Christoph Peters, geboren 1966 in Kalkar am Niederrhein; 1988–94 Studium der Malerei an der Staatlichen Akademie der Bildenden Künste in Karlsruhe bei H. E. Kalinowski, G. Neusel und Meuser; 1993 Meisterschüler; seit 1995 Luftsicherheitsbeauftragter am Flughafen Frankfurt/Main.

Stadt Land Fluß

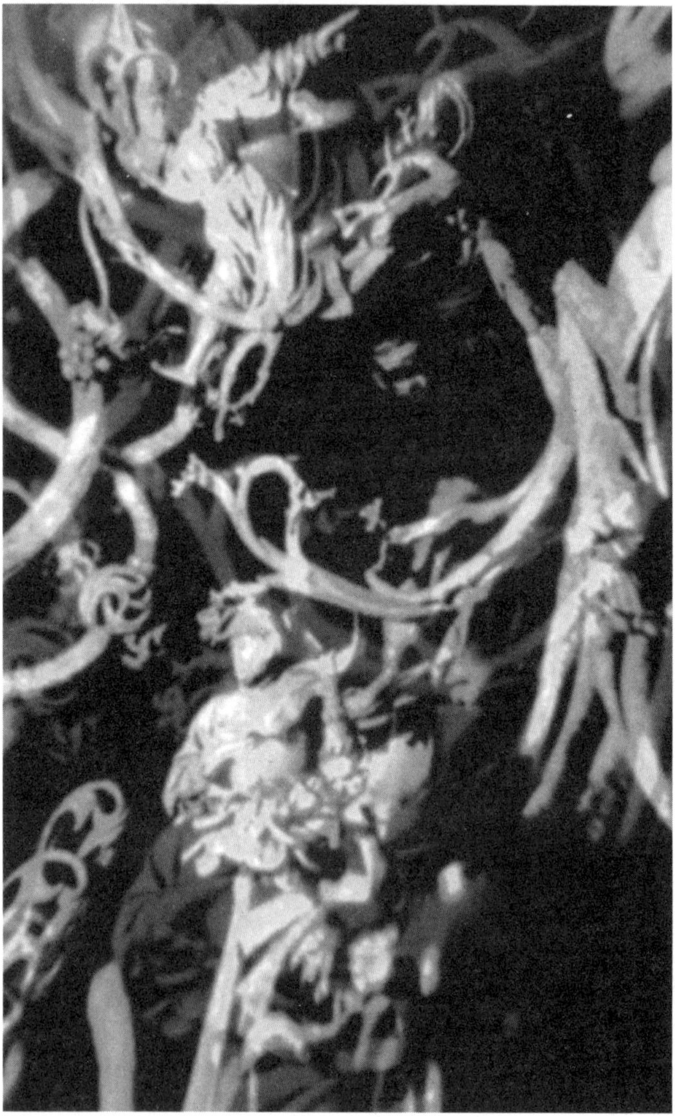

Christoph Peters

Stadt Land Fluß

Roman

Büchergilde Gutenberg

Lizenzausgabe für die Büchergilde Gutenberg,
Frankfurt am Main und Wien,
mit freundlicher Genehmigung
der Frankfurter Verlagsanstalt

Satz: Fotosatz Reinhard Amann, Aichstetten
Druck und Bindung: Franz Spiegel Buch GmbH, Ulm
Printed in Germany
ISBN 3 7632 4889 7

für Hilde

Vorbemerkung

Seit Gabriel Celestes 1605 mit dem Erscheinen des ersten Teils seines berühmten Romans *Der gesottene Ochse oder Von der vielfältigen Lust des Fleisches*[1] die moderne Erzählkunst begründete, haben Schriftsteller aller nachfolgenden Generationen mit Vorreden und Nachworten versucht, den Leser über den Wirklichkeitsgrad ihrer Geschichten zu täuschen. Schon Celestes behauptete, die Berichte über Don Diego da Fama von zuverlässigen Gewährsleuten gehört zu haben, einem maurischen Seefahrer und einem Dominikanermönch aus Toledo nämlich, die jedoch beide, wie Martin Landmann in seinem Buch *Maulwurfsschächte*[2] schlüssig nachgewiesen hat, nie gelebt haben. Die Liste reicht, um nur einige der bekannteren Titel zu nennen, von Magdalena Hunds *Das Virginal*[3], über Sirins berühmtes Skandalbuch *Viola*[4], bis hin zu Lucas Umbras hinreißendem Roman *Nadiana*[5], wobei die Nadia, die ihm den Namen gab, eigentlich Navina heißt. Sie ist die Tochter eines indischen Sikh und der Mutter meines besten Freundes Paul. Umbra behauptete allerdings, Nadia sei Anfang '72 von Rosenkranz und seinem mystischen Bruder Strohmann in einem feuerroten Fiat X 1/9 (Bertone) gezeugt

worden, eine Theorie, die allein durch die Größe des genannten Fahrzeugs ad absurdum geführt wird.
Obwohl sich nach vierhundert Jahren Betrug also eigentlich die Erkenntnis durchgesetzt haben müßte, daß alle Literatur auf Simulation und Mimikry gründet, und sogar die Wissenschaft inzwischen so ehrlich ist, ihre Methoden als zumindest teilweise fiktional zu enttarnen, ist das Verlangen vieler Leser nach Spuren der Deckungsgleichheit von Leben und Werk, Welt und Beschreibung ungebrochen. In schöner Regelmäßigkeit erscheinen geistreiche Feuilletons, wenn endlich intime Tagebücher oder Briefwechsel des einen oder anderen Großschriftstellers veröffentlicht worden sind. Finden sich darin sexuelle Eskapaden, dunkle Obsessionen oder wenigstens alkoholische Exzesse, kann man sicher sein, daß auch die Nachfrage nach Romanen des entsprechenden Autors letztmalig und für kurze Zeit ansteigt. In vielen Buchhandlungen enthalten die Abteilungen *Biographien* und *Modernes Leben* inzwischen ohnehin ebenso viele Titel wie das *Belletristik*-Regal.
Desto nötiger scheint es mir, darauf hinzuweisen, daß die nachfolgenden Aufzeichnungen des Kunsthistorikers Thomas Walkenbach vollständig erfunden sind. Thomas Walkenbach war nicht mein Freund, der sich das Leben genommen und mir seinen Nachlaß anvertraut hat. Ich hatte weder privat noch beruflich je mit ihm zu tun. Ich war weder sein Untersuchungsrichter noch sein psychologischer Gutachter. Ich habe seine Papiere auch nicht beim Erwerb meines Hauses auf dem Dachboden gefunden – ich besitze gar kein Haus. Zwischen meinem und seinem Leben gibt

es nicht die geringste Parallele. Er ist Niederrheiner, ich bin Rheinländer, und deren Verhältnis ist – jedenfalls von niederrheinischer Seite – immer ein wenig gespannt gewesen. Ich wurde 1966, also vier Jahre nach Walkenbach, in Oberwesel geboren, mein Vater war Volksschullehrer, meine Mutter Hausfrau. Ich habe in Köln Biologie studiert und arbeite als Ichthyologe am Frankfurter Zooaquarium. Außerdem bin ich im Gegensatz zu Walkenbach Nichtraucher, und am Mittelrhein ziehen wir ein gepflegtes Glas Riesling der niederrheinischen Bier-Schnaps-Kombination vor. Meine Frau heißt Hilde. Sie unterrichtet Latein am hiesigen Mädchengymnasium, obwohl ihr Abitur auch für ein Medizinstudium gereicht hätte. Es geht ihr gut. Daß ihr Name, wie der von Walkenbachs Hanna, mit *H* beginnt, ist reiner Zufall.

Trotz der umfangreichen Studien, die im Vorfeld dieses Buches notwendig wurden, hält sich meine Liebe für niederrheinische Schnitzkunst in Grenzen. Bei der Suche nach geeigneten Forschungsgegenständen für Thomas Walkenbach fiel meine Wahl allein deshalb auf Henrick Douwerman, weil dessen Lebenslauf nach wie vor gewaltige Lücken aufweist, die ich mit Spekulationen und Halbwahrheiten füllen konnte. Die wenigen gesicherten Erkenntnisse über Douwermans Leben und Werk habe ich größtenteils den Publikationen H.P. Hilgers[6] und Barbara Rommés[7] entnommen. Letztere war außerdem so freundlich, meine zahllosen Fragen kenntnisreich und – trotz der damit verbundenen Risiken – vor dem Erscheinen ihrer umfassenden Douwerman-Monographie[8] zu beantworten. Des weiteren war Wilhelm Hünermanns Roman *Meister Douvermann – Der Bildschnitzer Unserer Lieben Frau*[9] für den von Walkenbach ganz unwissenschaftlich wiederbelebten *Mythos Douwerman* trotz seiner miserablen literarischen Qualität sehr hilfreich.

Panofskys Aufsatz *Die Perspektive als symbolische Form*[10] mußte aus dramaturgischen Gründen leider unberücksichtigt bleiben. Ich halte es ohnehin für unwahrscheinlich, daß seine zweifellos treffenden sinnesphysiologischen und wahrnehmungspsychologischen Einwände gegen die Zentralperspektive als ein der Wirklichkeit adäquates Abbildungsverfahren dem Renaissancemenschen bewußt waren.

Besonderen Dank schulde ich meiner wunderbaren Zahnärztin Frau Dr. Andrea Habig und ihren Mitarbeiterinnen, die mir alle zahnmedizinischen Sachverhalte mit Engelsgeduld erläutert haben, selbst wenn andere Patienten deshalb länger warten mußten. Außerdem danke ich Dr. Matthias Bauer, Marcus Braun und Peter von Felbert für manche Anregung und Kritik und natürlich meiner Frau Hilde, ohne deren liebevollen Beistand dieses Buch nicht zustande gekommen wäre.

C.P.

1 Gabriel Celestes, El buey suelto bien se lame o la desmesurada tendencia a la carnalidad, Madrid 1605
2 Martin Landmann, Maulwurfsschächte – Literarische Ein- und Ausgänge, Stuttgart 1993
3 Magdalena Hund, The Virginal, London 1928
4 W. Sirin, Viola, New York 1955
5 Lucas Umbra, Nadiana, Berlin 2000
6 Hans Peter Hilger, Stadtpfarrkirche St. Nicolai in Kalkar, Kleve 1990
7 Barbara Rommé (Hrsg.), Gegen den Strom – Meisterwerke niederrheinischer Skulptur in Zeiten der Reformation, Berlin 1996
8 Barbara Rommé, Henrick Douwerman und die niederrheinische Bildschnitzkunst an der Wende zur Neuzeit, Bielefeld 1997
9 Wilhelm Hünermann, Meister Douvermann – Der Bildschnitzer Unserer Lieben Frau, Bonn 1949
10 Erwin Panofsky, Die Perspektive als symbolische Form, in: Vorträge der Bibliothek Warburg, 1924/25

Nach wie vor liegt der Brief mit dem Befund ungeöffnet da. Ich wandere im Zimmer auf und ab. Drehe Runden um den Eßtisch, gebe mir Mühe, den Brief nicht zu sehen. Ein Esel am Wasserrad, stumpf und unermüdlich. Die Mechanik ächzt, der Brunnen ist leer, Trockenzeit. Ich halte an, stampfe auf, so fest, daß den alten Leuten in der Wohnung unter mir der Putz in die Kaffeetassen rieselt. Und weiter. Bewegung löst Verkrampfungen aller Art. Peripatetik für Stubenhocker. Ein anderes Spiel: Ich versuche, wie als Kind auf den Pflastermustern der Bürgersteige, einen bestimmten Schrittrhythmus einzuhalten. Jetzt ist die Problemstellung anspruchsvoller: Wie nähert man sich innerhalb eines Quadratrasters dem Kreis an? Alternierende Springerzüge – etwas Besseres fällt mir nicht ein. Schräg links, waagerecht, schräg rechts, senkrecht. Mehrfach verknoten sich meine Beine. Das einfarbige Parkett macht die Sache nicht leichter. Durch einen falschen Zug gerate ich in eine Spiralbewegung, drifte nach innen, die Schwerkraft des Zentrums saugt mich unwiderstehlich an, ich zerschelle an der Tischkante. Neuer Versuch. Ich markiere den Ausgangspunkt mit einem Flußkiesel. Vorsich-

tig, als ginge es ums Ganze, setze ich die ersten Schritte. Allmählich begreifen meine Füße das Gesetz, schaffen die erste Runde. Bald läuft es flüssiger, ich rotiere taumelnd um mich selbst, folge meinem vorgegebenen Kurs, schlingernd, wie ein Planet, der nach einer gewaltigen Kollision noch eben seine Umlaufbahn hält. Dann ein erneuter Fehltritt (mit Absicht, wegen des schrecklichen Endes). Ich verlasse das Gravitationsfeld der Sonne, die Zentrifugalkräfte schleudern mich in die endlosen Weiten des Universums, ich pralle gegen den Schrank.
Es ist gleich vier Uhr, und ich habe heute nichts zustande gebracht. Zum fünften Mal durchsuche ich sämtliche Ablagen nach dem Postkartensatz von Douwermans Xantener Marienretabel, den Astrid mir geschickt hat. Die Karten müssen ganz neu sein, bei meinem letzten Besuch vor acht Monaten lag noch das Schwarzweißphoto von 1970 aus. Den Domherren ist es wider Erwarten nach fünfundzwanzig Jahren gelungen, brauchbare Aufnahmen, insbesondere von der Wurzel-Jesse-Predella, in Druck zu geben.
Im Moment halte ich es am Schreibtisch nicht aus. Unfähig, mich zu konzentrieren, flüchtig, gasförmig. Geist in Diffusion. Alle möglichen Teilchen fliegen in alle möglichen Richtungen, bis der ganze Raum schwächlich nach etwas Undefinierbarem riecht. Um Viertel nach neun der erste Blick in den Briefkasten. Solange er leer ist, halbstündliche Nachkontrolle bis elf. Später kommt die Post nie. Das Telephon funktioniert seit zwei Tagen nicht mehr. Fluchtwege: Für eine Tageszeitung zum Kiosk laufen (hin und zurück gut dreißig Minuten plus fünf Minuten Blättern),

sie könnte eine wichtige Nachricht enthalten. Trotzdem Ruhe bewahren. Ein doppelter Cognac, damit das Hirn weich wird. Oder Hemden waschen. Oder Kaffee aufsetzen, den ich dann vergesse. Zwischendrin halbherzige Versuche, zu denken, eine Verbindungslinie zu ziehen, wobei ich keine Ahnung habe, was eigentlich verbunden werden soll. Wahlloses Blättern in den Bildbänden auf der Suche nach etwas Unbekanntem, Übersehenem. Bibliotheks-Paläontologie. Kubikmeterweise Papier umgraben, um das Missing link zu finden, wenigstens ein Fingerglied, einen kleinen Zeh. Oder umgekehrt: Plötzlich taucht eine Perspektivkonstruktion auf (Uccelo? Brunelleschi?), vor Jahren achtlos in der hintersten Gedächtnisreihe abgelegt, ohne Registriernummer, kurz vor dem endgültigen Verblassen. Ich bin sicher, daß sie die Lücke schließen wird, daß sich völlig unerwartete Bezüge herstellen lassen, die ganze italienische Renaissance in neuem Licht. Aber wo ist die Abbildung? Fünftausend Buchrücken lächeln desinteressiert wie die Sphingen von Karnak. In den Kisten mit Postkarten und Photos mache ich seit langem nur noch Zufallsfunde, abgesehen davon, daß ich sie in irgendeinem geliehenen Band gesehen haben könnte, der längst wieder in seinem angestammten Bibliotheksregal verstaubt. Aber von Minute zu Minute bin ich fester überzeugt, daß ich ohne dieses Blatt keinen Millimeter vorankomme, daß meine ganze Arbeit in sich zusammenfällt, unhaltbar ist, wertlos. Natürlich finde ich nichts, bin aber so bis vier, halb fünf beschäftigt, dann kann ich guten Gewissens Feierabend machen. Wie viele Karren Abraum hat

Leakey weggekippt, Abend für Abend, ehe ihm eines Tages unter der sengenden Zenitsonne Kenias sein Turkana-Knabe grinsend in die Hand biß. Ausdauer und Geduld und Beharrlichkeit. Morgen wieder.

Ich stelle den Fernseher an, schalte meine sieben Programme durch, Börsendaten, Serengetilöwen, Puppenspiel. Ein Gespräch mit Strafgefangenen: *Die Mauern bleiben – Leben nach dem Knast*. Davon will ich nichts hören.

Ich schaue durch die verdreckten nikotingelben Wollgardinen auf die Straßenbahnhaltestelle. Mittwochs kam Hanna immer früher aus der Praxis. Vielleicht steigt sie aus, wie sie all die Jahre ausgestiegen ist, sieht zum Fenster hoch, lacht und winkt, wenn sie mich hinter der Gardine erkennt, den Hausschlüssel schon in der Hand. Drückt den Knopf an der Fußgängerampel, obwohl weit und breit kein Wagen zu sehen ist, wartet stur auf Grün. – Dann bin ich schnell in die Küche gegangen, habe den Herd eingeschaltet für Bratkartoffeln, Schnitzel (Hanna liebte Kalbsschnitzel in allen Variationen), Gemüse oder Nudelwasser, und meist blieb noch Zeit, ihr die Tür aufzumachen.

Ich koche gern. Aber jetzt beschränkt sich meine Karte auf gebratene Eier mit Speck, Bananenpfannkuchen und Salbei-Spaghetti. Eine Zeitlang habe ich jeden Tag einen Aufwand getrieben, wie meine Mutter an Weihnachten nicht. Kochbücher studiert, Rezepte verglichen, synoptische Fassungen von Klassikern wie Coq au vin oder Carré d'agneau entwickelt, den halben Morgen Zutaten ausgesucht, mit Fischhändlern gestritten, Metzger zur Weißglut gebracht.

Hanna hat bei Tisch fast immer geredet, oft so ausdauernd, daß sie gar keine Pause zum Essen fand. Alles wurde kalt, schmeckte dann nicht mehr, zumindest war ich überzeugt, daß es nicht mehr schmecken konnte, und gekränkt, weil sie gar nicht merkte, was sie sich da in Fünfminutenabständen zwischen die Zähne schob: Daß mein Lammrücken genau auf den Punkt gebraten war, die Sauce wunderbar ausgewogen, die Böhnchen knackig mit einer Spur Knoblauch. Nicht, daß sie schwatzhaft gewesen wäre, jedenfalls nicht im üblichen Sinn. Hanna mußte reden, um Ordnung in ihren Kopf zu bekommen. Ohne Punkt und Komma, ausufernd, angespannt. Ihr Schädel lief ständig über, weil sie nicht in der Lage war, Belanglosigkeiten sofort zu vergessen, auf Abstand zu halten. Vieles erzählte sie drei-, viermal. Die Geschichten irrten wie Ratten in einem Labyrinth durch ihre Hirnwindungen, blieben stecken, kehrten um, wiederholten sich, bis sie endlich ihre Koje entdeckt hatten, Heu und Weizenkörner. Alles schien gleich wichtig und völlig unsortiert, weshalb Hanna sich beim Erzählen immer strikt an die Chronologie hielt. Auf das Nacheinander der Ereignisse war Verlaß, Streichungen konnte man später vornehmen. Erlebnisse mit Patienten, Gebißbefunde, Stolz auf eine besonders gelungene Brücke, Ärger mit dem Labor, weil der Abguß mißlungen war und sie dem hilflosen Opfer zum zweiten Mal das Maul mit dieser gallenbitteren Silikonpaste stopfen mußte; die peinlichen Auftritte des Pharmavertreters, der ihr heute Blutungsstiller mit Orangengeschmack, beim nächsten Mal Zahnpolitur auf Bienenwachsbasis aufschwatzen wollte, und regelmäßig Frontberichte vom Kleinkrieg zwischen Frau Almeroth, die schon für Hannas Vater Amalgam gemixt und Speichel gesaugt hat, und Lise, einem siebzehnjährigen Aussiedlermädchen, das Hanna eingestellt hatte und mit einiger Mühe zur Sprechstundenhilfe ausbildete. Etwas abseits Frau Jung, vergeblich um Neutralität bemüht. Lise war tolpatschig, fahrig, überempfindlich, planlos. Sobald ihre Hände nichts zu tun hatten, verschwand sie in Tagträumen. Aber wir mochten sie. Ihr blasses ungeschminktes Gesicht – Lises Vater hielt Make-up für die unmittelbare Vorstufe der Unzucht –, ihren seltsam provinziellen, fast bäuerlichen Charme, den sie ohne Berechnung einsetzte, sinnlich, verspielt und auf altmodische Art rein; ihre ungläubige Freude über Lob oder ein Kompliment.

Lise ist erst vor fünf oder sechs Jahren mit ihren Eltern nach Deutschland gekommen, aus einem hauptsächlich von Deutschstämmigen bewohnten Dorf in der kasachischen Steppe, wo man an den protestantischen Gott und die ferne Heimat glaubte, an das Land der Väter, das gelobte Land. Dort wären die Menschen fromm und fleißig und von Gott deshalb mit den Gütern der Welt reich gesegnet, wohingegen einen hier als aufrechte, aber verschwindende Minderheit die gerechte Abstrafung der russischen Heiden schuldlos mit ins Elend riß. Am Ende ihrer Kindheit, als Lise ihren Platz in der Welt kannte, gelernt hatte, wie man Kartoffeln pflanzt, Hühner rupft, Suppe kocht, die schönen Lieder *Ein feste Burg ist unser Gott* und *He-ho spann den Wagen an*, wurde sie in einem wackeligen, aus den Nähten platzenden Überlandbus einige hundert Kilometer nach Baikonur verfrachtet, in eine Sujus-Rakete gesetzt und nach Alpha germani '90 geschossen. Dort war alles anders.

Ich habe mich immer wieder gewundert, wieviel Hanna über ihre Patienten wußte, wenn sie es denn wußte und nicht bloß schloß. Was kann einer schon groß erzählen, während vier Hände in seinem Mund arbeiten. »Du liest Gebisse wie römische Auguren Hühnerlebern«, habe ich einmal zu ihr gesagt, da war sie für den Rest des Tages beleidigt. Sie speicherte jede Kleinigkeit und rekonstruierte aus Dutzenden von Details ganze Genealogien. Manchmal durchforstete sie den halben Abend alte Patientenkarteien nach längst verstorbenen Urgroßeltern, die vor fünfunddreißig Jahren von ihrem Vater behandelt worden waren. Schon der alte Martinek hatte neben medizinischen Einträgen alles mögliche zu seinen Patienten notiert, wie er behauptete, als Erinnerungsstütze. Bei Gelegenheit, meist sonntags nach dem Kaffee, mußte er sich dann von Hanna anhand der Stichpunkte mit kriminalistischer Hartnäckigkeit nach deren Aussehen, Charakter, wirtschaftlichen Verhältnissen und Schrullen befragen lassen. Sein Gedächtnis war erstaunlich, selten, daß ihm zu einem Patienten nichts einfiel. Er wußte von Skandalen, heimlichen Liebschaften, Ehebruch, kannte die kommunalen Mandatsträger, Bündnisse, Feindschaften, wer wann gegen wen um was prozessiert hatte, Hunderte skurriler Anekdoten. Er erzählte kühl und pointiert, war aber selbst nie verwickelt. Der allseits respektierte Zahnarzt und Jagdpächter Dr. Hans Martinek hatte zeitlebens auf seinem Hochstand gesessen und das Treiben der Sauen beobachtet. Manchmal erkundigte er sich nach Kindern und Enkeln, wunderte sich oder wunderte sich nicht, stellte Ferndiagnosen, machte Therapievorschläge, belehrte Hanna eines Besseren, schimpfte über die gegenwärtige Verteufelung des Amalgams und die Sparpläne des Gesundheitsministers und hieß seine Frau mit distanzierter Bestimmtheit Sherry ausschenken, als sei sie die Sprechstundenhilfe und solle den Bohrer richten.

Hanna liebte ihren Vater abgöttisch. Sie verteidigte ihn gegen jede Kritik meinerseits, vehement und eifernd, als handele es sich dabei um Hochverrat. Ich bin zwiegespalten. Die Zuneigung, die ein Mann für den Vater seiner Frau fühlt, hält sich zwangsläufig in Grenzen. Er war immer schon da, größer und stärker als alle anderen, einen selbst inbegriffen. Er gewährt Schutz, Rechtleitung und Vergebung in Fülle, selbst als halbdebiler Trottel noch, der kaum alleine die Toilette benutzen kann. In seiner Anwesenheit verwandelte Hanna sich in ein kleines Mädchen, das um Papas Anerkennung warb. Sie äußerte nichts, was sein Mißfallen erregte, entgegnete nichts, wenn er Behandlungsmethoden pries, die längst überholt waren, oder politische Ansichten von beispielloser Borniertheit von sich gab. Später, zu Hause, verabscheute sie sich dafür, nahm sich vor, bei nächster Gelegenheit energisch zu widersprechen, aber sobald der Alte selbstherrlich und majestätisch den Kopfplatz am Mittagstisch einnahm, schrumpfte Hanna zusammen, war folgsam und redete nur, wenn sie gefragt wurde.

Im Zimmer über mir fallen Schüsse. Die Leute scheinen schwerhörig zu sein. Das habe ich schon oft gedacht. Sie machen alles laut. Wahrscheinlich leiden die Rentner in der Wohnung unter mir nicht weniger. Das Haus ist fünfundzwanzig Jahre alt. Damals hat sich noch niemand für Schalldämmung interessiert. Es gibt weder Stille noch Dunkelheit. Nie. Bis zehn am Abend kann ohnehin jeder nach Belieben Krach schlagen. Bohrmaschinen rattern, Türen knallen, Schränke werden verrückt; wüste Beschimpfungen, Lustschreie, Lachanfälle, gurgelnde Abflüsse, Popmusik. Wir leben hier öffentlich, sind Lauscher und Belauschte, stehen unter Beobachtung, verurteilen Stimmen. Ich höre Hundegebell. Eine Stahltür wird aufgebrochen und kracht gegen Holz. Überhastete Schrittfolgen hallen durch das Lager einer dubiosen Spedition am Stadtrand: »Hände hoch, Polizei! – Werfen Sie die Waffe weg!« – »Ich habe sie nicht umgebracht.« – Dann der Hauptkommissar, väterliche Strenge über einer Schlucht von Traurigkeit: »Es ist aus, Tom, seien Sie vernünftig.« – Tom sackt auf einen Stuhl und wird von Weinkrämpfen geschüttelt.

Ich weiß nicht, was die Leute an Krimis finden. Tragödien, die früher Jahrhunderte erschüttert und geläutert hätten, verpuffen jetzt im Stundentakt auf allen Kanälen. Zu Tausenden verschwinden die Täter in Untersuchungsgefängnissen, enden im Kugelhagel oder richten sich selbst. Kommissare werden melancholisch, zynisch und endlich auch erschossen. Einer, ein Amerikaner, lief nach sechsundsiebzig Folgen Amok. Beim Zuschauer keine Reaktion, höchstens ein leichtes Kribbeln in der Magengegend, das man Spannung nennt. Ich kenne es von Hanna, die immer wollte, daß ich diese Filme mit ihr anschaue. Oft habe ich dem Mörder gewünscht, daß seine Flucht ein Ende hätte, daß er irgendwo Ruhe fände, einen Ort, um zu begreifen, fernab der Zivilisation, in einem Blockhaus in den Rocky Mountains, aber spätestens am Flughafen wurde er dann doch gefaßt. Vielleicht hatte er noch einige Patronen. Wenn er mit jedem Schuß ein Stück Wild erlegt hätte, wäre er zumindest durch den ersten Winter gekommen. Nach einigen Monaten Aktenverwaltung statt hektischer Fahndung, die Sonderkommission aufgelöst, keine Pressekonferenzen mehr, andere Verbrechen füllen die Zeitungen. Er kann abwägen, ob er sich stellt, ausliefern läßt oder für den Rest seines Lebens als Einsiedler Gold wäscht, Pelztiere wildert, mit besoffenen Indianern Tauschhandel treibt. Vielleicht hält er es auch eines Nachts einfach nicht länger aus. Dieses eine Mal will es dem mürben Hirn nicht gelingen, wach zu werden, sich aus dem Traum zu befreien: Der unendlich zähe Widerstand des Abzugs, als wolle er die Tat mit aller Macht verhindern, Millimeter für Millimeter Gewalt, der Finger schmerzt, er wird tagelang schmerzen, dann eine ausgedehnte Phase vollkommener Stille, in der nichts geschieht, bis plötzlich ein dumpfer Schlag durch den Arm fährt, ein Revolver fällt aufs Parkett, noch immer völlig geräuschlos, und daneben eine Tote, für die er sein Leben gegeben hätte. Vielleicht stürmt er schreiend und ohne Schuhe durch die verschneiten Wälder, verballert seine letzte Munition, liquidiert ein halbes Dutzend Krüppelkiefern, bricht zusammen, erfriert. Heldentaten und Verbrechen sind unkompliziert, schnell geschehen. Zufälle, Unachtsamkeiten, Ausnahmezustände. Eine fremde Frau liegt neben dir, gleich ob tot oder lebendig, gehört ihr das nächste Jahrzehnt. Den Fall mit dem Zuschnappen der Handschellen abzuschließen ist so unsinnig wie die obligatorische Umarmung am Ende von Romanzen, das dezent gebräunte Fleisch in weichgezeichneter Glückseligkeit, schweiß- und faltenfrei, blaue Stunde, ohne Zögern, ohne Angst.

Wir haben uns, seit wir uns kennen, unsere Leben erzählt, Hanna und ich. Das war unsere Art Liebe. Hanna täglich in ihren seltsamen Kreisen, gebetsmühlenartig, so lange, bis sie den endgültigen Wortlaut der Geschichte samt Deutung gefunden hatte. In dieser Fassung wurde sie schließlich gespeichert, ging ins offizielle Repertoire über und konnte bei passender Gelegenheit vorgetragen werden. Ich habe nie erlebt, daß Hanna in Gesellschaft etwas erzählt hätte, was ich nicht bis in Phrasierung und Stimmführung hinein bereits gehört hatte. Während der ersten Zeit habe ich sie oft unterbrochen, um die Sache abzukürzen, weil ich nicht verstand, daß Hanna so die Dinge aus der Beliebigkeit in ihren Besitz überführte. Dann starrte sie mich an, verstört, etwas wirr, aber auch ärgerlich und fuhr unbeeindruckt fort. Wie eine Spinne, die, wenn ihr ein böser Junge das halbfertige Netz zerrissen hat, ja auch kein neues anfängt, sondern einfach da weiterbaut, wo sie stehengeblieben ist, selbst auf die Gefahr hin, ihre Eier am Ende ins Nichts zu legen.

Ich hatte immer Angst, mich zu wiederholen. Nicht aus Furcht, Hanna zu langweilen. Hanna vergaß vieles nach kurzer Zeit. Die Wiederholung selbst schreckt mich, die Gewöhnung an einen bestimmten Wortlaut, der das Vage eindeutig macht und vertreibt. Mir sind die dicken weichen Bildteppiche lieb, an vielen Stellen ausgebleicht, von Motten zerfressen, nur noch ein Schatten ihrer selbst, aber voller zwielichtiger flüchtiger Ahnungen, hier und da noch scharf umrissene Fragmente in leuchtenden Farben, frisch wie am ersten Tag, die winzigen roten Blüten eines knorrigen, wehrhaften Christusdorns, der jahrelang neben der Terrassentür stand und von dem niemand weiß, warum gerade er überlebt hat; leptosome, wenig standfeste Tierfiguren aus grellbunten Pfeifenputzern und krakelig bemaltem Styropor, die nie so gelangen wie in der Bastelanleitung; der schreiende, vor Schmerz, in Todesangst, zum Himmel schreiende, blutüberströmte Maulwurf, dickflüssiges Zinnober auf schwarzem Samt, den Tante Dora mit ihrem langen, schmalgeschliffenen Küchenmesser zwischen den Gitterstäben des Kellerfensters erstach, nachdem er doch auf dem Kiesweg schon mehreren Spatenhieben ausgewichen war, und ich konnte ihn nicht retten. Mit jeder Wiederholung werden die Bilder blasser, fadenscheiniger, bis am Ende der Putz hervortritt, flach und hart und spiegelglatt poliert, der nur das kalte Echo der Worte zurückwirft.
Aber Hanna wollte wissen, wie ich geworden bin, wer ich vor ihr war, gerade so, wie bei ihren Patienten, nur hundertmal genauer. Sie befragte meine Eltern, Onkel und

Tanten, blätterte bei jeder Gelegenheit die dicken kunstledernen Photoalben durch, in denen meine Entwicklung bis zum dreizehnten Lebensjahr ausführlich dokumentiert ist, sieben an der Zahl. In den ersten fünf Bänden hat Mutter noch zu jedem Bild einen lustigen Kommentar geschrieben. Hanna brauchte festen Boden unter den Füßen, nicht dieses Puzzle aus zerfledderten Stoffetzen. Also habe ich sie gereinigt, ausgebürstet, nachkoloriert, Stück für Stück vernäht, bis sich zusammenhängende Szenen ergaben. Und allmählich ist darüber auch die Zeit vor Hanna in ihren Besitz übergegangen. Zumindest hatte sie eine Art Vormundschaft darüber. Meine Geschichte ist die, die Hanna verstand. Hätte ich nicht ihr, sondern Regina, Eva oder Astrid erzählt, sähe alles anders aus. Was ich Hanna nicht erzählen konnte, ist irgendwann verschwunden. Vielleicht ist es auch noch da, in einen Kokon eingesponnen, verkapselt und geduldig abwartend, wie die Herpesviren in meiner Lippe, die auf eine schwache Stunde des Immunsystems lauern, auf den nächsten Fieberschub, einen Sonnenstich, einen Vollrausch.

Ich bin jetzt dreiunddreißig, und ein Drittel meines Lebens gehört Hanna ganz. Was mit den ersten zweiundzwanzig Jahren ist, weiß ich, wie gesagt, noch nicht. Gibt es mich unabhängig von ihr überhaupt? Reste von Leinenbinden, eine Handvoll Glassplitter um den Schädel verstreut, die Gürtelschnalle aus Messing, der schmucklose Ring: mein Hügelgrab im Schatten einer Esche, ein Findling als Dach. Ich werde Staubpinsel aus feinstem Marderhaar verwenden, ein Fläschchen Kunstharz, um die morschen Knochen notdürftig zu stabilisieren. Kleine Pappschachteln mit Schaumstoff, mit Watte ausgekleidet und sorgsam beschriftet, nehmen mich auf.

Die Bilder. Die Bilder habe ich für mich. Und die Träume vielleicht, Angst und Schrecken, unbeeinflußt von Mondphasen. Hanna fand Bilder schön oder nicht schön. Zwar ließ sie sich von mir bereitwillig durch Museen und Ausstellungen schleppen, hätte unter anderen Umständen allerdings auch gut darauf verzichten können. Wenn ich ihr wortreiche Erklärungen gab, stilgeschichtliche Einordnungen, gefiel ihr ein Bild gleich viel besser. Ich wollte seit meinem sechzehnten Lebensjahr Kunsthistoriker werden. Vor-

her wollte ich im Prinzip auch nichts anderes, aber ein Beruf dieser Art existierte bei uns nicht. Ich wollte die Bilder verstehen, die Menschen hinter den Bildern und die Menschen auf den Bildern. Aber das ist nicht Wissenschaft, sondern Liebhaberei. So begründete schon Professor van den Boom sein *befriedigend* für meine Magisterarbeit. Über meine Karriere mache ich mir keine Illusionen. Sie fällt aus. Ich kann damit gut leben, und Hanna scherte sich auch nicht darum. Man weiß ja, welche Leute die Promotionsstipendien, Assistentenstellen und Universitätspreise bekommen: Papiertiger, Staubmilben. Aus lauter Sorge, eine These nicht beweisen zu können, werfen sie statt Gedanken lieber Anmerkungen zu Anmerkungen zu Anmerkungen aus. Agnes Bleyle, Dissertation über die Floralsymbolik beim Meister des Frankfurter Paradiesgärtleins, 238 Seiten, 657 Fußnoten, summa cum laude. Eva Liebig, meine alte Feindin, hat unlängst in Kleve eine Archivalie entdeckt, der zufolge Henrick Douwerman 1513 mit 140 Gulden verschuldet gewesen ist. Damit reist sie jetzt von Kongreß zu Kongreß.
Anfangs haben viele geglaubt, daß auch aus mir etwas Besonderes würde. Meine Eltern natürlich, aber außerdem die Kindergärtnerin, Lehrer und unser Hausarzt. Etwas Besonderes hieß: Rechtsanwalt, Mediziner, Studienrat. Mein Großvater mütterlicherseits war so sehr von meiner Einzigartigkeit überzeugt, daß er ein Buch über mich begann. Es bricht gegen Ende des dritten Lebensjahrs auf Seite vierundzwanzig ab. Mutter gab mir das Kuvert zehn Jahre nach seinem Tod zusammen mit Briefen und Post-

karten. Beim Aufräumen der Kellerschränke war sie darauf gestoßen, und beinahe wäre der ganze Stapel im Müll gelandet. Seine Handschrift kam noch dramatischer daher, als ich sie in Erinnerung gehabt hatte. Mühsam eingeübte Schwünge und Schleifen, ausladend wie bei Autographen aus der päpstlichen Kanzlei, die Großbuchstaben zu wilden Initialen aufgebauscht. Spiralen wickelten sich um die Senkrechten der großen *D; Rinder* standen wie in einem alten Nachen, der über den blaßblauen Tintenfluß setzte, auf dem Abschwung des *R*, die Querbalken der *T* und *F* flatterten hoch über den Zeilen, Wimpel über Schlachtreihen. Eine andere Zeit wehte herüber, das vergangene Jahrhundert, die Vergangenheit überhaupt, Kaiserreiche, Kanonendonner. Die Vorfahren wisperten sich meinen Namen zu. Aus unserem Stamm wird einer hervorgehen. Aber die Prophezeiung erfüllte sich nicht. Bei meinem letzten Umzug sind die Blätter offenbar endgültig verlorengegangen. Möglich, daß Hanna sie weggeworfen hat.

Die Kunst zu Beginn: fremd, roh, stolz. Gold und Pfeffer. Koggen vor dem Stadttor, die Segel voll Wind. Ein düster geharnischter Mohr im Kreis seiner Getreuen: der Heidenkönig. Die Linke am Knauf des mächtigen Schwerts, in der Rechten das Zepter. Hellebarden, Morgensterne, Bögen, Pfeile, das Löwenbanner. Im Hintergrund tobt ein Kampf. Er wird verlorengehen. Vor dem König sitzt die Königin in einen purpurnen, hermelingefütterten Mantel gehüllt. Ihre Arme scheinen die Erinnerung an einen Säugling zu wiegen. (Das Jesuskind? – Sie ist nicht die Gottesmutter Maria.) Den Armbrustbolzen, der ihr im Hals steckt, sieht man kaum, es fließt auch kein Blut. Zofen ringsherum, kalkweiße Gesichter, aber lächelnd: Ihre Herrin wurde des Martyriums für würdig befunden. Der Himmel hat ein geöffnetes Fenster, Gottvater schaut zu, wohlgefällig, ohne erkennbare Regung. Engel steigen auf und nieder, legen die reine Seele, ein kränkliches, unterernährtes Kind, vertrauensvoll in seine Hände. Der Himmel ist jedoch schon blau, und erste Wolken sind aufgezogen: rechter Flügel des Georgsaltars, A. D. 1484, St.-Nicolai-Kirche, Kalkar, Niederrhein. Der Name des Malers ist nicht überliefert. Eine rätselhafte Geschichte, die mir damals niemand erzählen konnte. Samstag für Samstag eine Dreiviertelstunde Betrachtung, Staunen, vorsichtige Schlußfolgerungen, allesamt falsch. Während der Pfarrer zu Buße und Umkehr rief, auf daß wir nicht dem ewigen Feuer anheimfielen, während das Opfer zur Vergebung unserer Sünden nach der Ordnung Melchisedeks dargebracht wurde, der Segen des dreifaltigen Gottes auf uns kam, Weisung und Trost, Erschütterung und Langeweile, doch auf die entscheidenden Fragen gab es keine Antwort: Wer ist die Frau? Wer der fremde Fürst? Wer hat geschossen? Warum schreit sie nicht?

Hanna hat die Tafel mehrfach gesehen. Sie ist ihr nicht im Gedächtnis geblieben.

Die Legende: Ursula, Tochter aus englischem Herrschergeschlecht, soll mit einem Ungläubigen verheiratet werden. Aber sie hat ihr Herz Gott versprochen. Eine Frist von drei Jahren wird vereinbart, um den drohenden Krieg mit der Sippe des Abgewiesenen zu verhindern. Ursula zieht mit 11000 Jungfrauen nach Rom. Entfacht das Feuer des Glaubens neu. Der Papst legt sein Amt nieder und folgt ihr nach. Auf der Rückfahrt geraten ihre Schiffe in ein verheerendes Unwetter, werden abgetrieben und gelangen über den Rhein nach Köln, das von den Hunnen belagert wird. Alle Gefährtinnen werden erschlagen. Über das Schicksal des Papstes ist nichts bekannt. Aber der Anführer der Barbaren verfällt Ursulas Liebreiz, muß sie besitzen. Sie allein soll sein Weib sein, die Freude seiner Tage und Nächte, sein ein und alles, bis in den Tod. Als sie ihn um Jesu willen zurückweist, eher sterben will, als diese verdammte Menschenliebe aushalten, erschießt er sie eigenhändig mit einem Pfeil. Aber der Pfeil trifft ihn selbst. Sein Kampfeswille ist gebrochen, er befiehlt seinen Truppen den Rückzug, flieht den Ort des Schreckens, verschwindet namenlos in den Wirren der Völkerwanderung. Köln ist frei.

Wir wohnten damals in Niel. Mutter war schon seit zehn Jahren nicht mehr die Dorflehrerin. – Das klingt, als ob sich damals und dort etwas ereignet hätte, und wir wären danach fortgegangen. Aber von Mutter abgesehen, die aus Essen kam, hat bis zu meinem Auszug keiner von uns je woanders als in Niel gewohnt.
Niel gehörte zu Kalkar. Köln lag jenseits des Horizonts und zugleich nahe, Mutters Tanten und Onkel Leonard lebten dort. Niel war ein weitläufiges Dorf. Die Häuser wahrten, außer im Kern, wo sich um Kirche, Pastorat,

Schulhaus und Friedhof die vier größten Gehöfte drängten, gebührenden Abstand zueinander. Dazwischen Äcker, Weiden, Koppeln. Es hatte als einzige feste Grenze im Osten den Rhein, nach Westen hin allmähliche Auflösung in Kiesgruben und Brachland, der Süden ging in Weert über, wobei niemand genau sagen konnte, wo Niel aufhörte und Weert anfing. Niel-Nord zerfiel hinter dem Postamt in letzten Melkställen.

Zweimal jährlich Hochwasser, aber der Deich hielt. Wir sahen vom Eßzimmer aus Flaggen und Kajüten dahinter vorbeiziehen, Vater immer ein wenig bang: Vierhundert Jahre zuvor hatte Niel auf der anderen Rheinseite gelegen. Dann war es eine Zeitlang Insel mit Landverbindung bei niedrigem Pegelstand gewesen, am Ende des 17. Jahrhunderts wurde es endgültig linksrheinisch, und bei den Nielern bildete sich eine neue Identität aus. Seitdem rückte der Fluß ab, bis in den fünfziger Jahren die Ufer massiv befestigt wurden. Jetzt ist er zum Stillhalten gezwungen.

Die Wählerliste umfaßte 1962, in dem Jahr, in dem ich geboren wurde, außer denen der Eltern, 347 Namen. Niel hatte also 349 erwachsene Einwohner. Es gab zwei Bäcker mit angeschlossenem Gemischtwarenladen, einen Schmied, zwei Schreiner, ein Postamt samt Postbeamten, nämlich Hein mit dem tränenden Glasauge, der auch allmorgendlich die Briefe austrug; zwei Wirtschaften, Sahm im Zentrum und Thekaat im Süden, bei denen sich die Stammtische trafen, Hochzeiten, Vereinsfeste und Beerdigungen gefeiert wurden, Beerdigungen fast immer bei Sahm, wegen der Nähe zum Friedhof.

Vaters Großeltern hatten Anfang des Jahrhunderts den kleinen Hof in Südniel gekauft, gleich hinterm Damm, weil auf der anderen Rheinseite kein Stück Acker mehr zu bekommen war. Mein Urgroßvater konnte außer Landwirtschaft nichts. Das Geld stammte von seinem älteren Bruder, der den Familienbesitz bewirtschaftete. Ländereien blieben in unserer Gegend ungeteilt. Söhne, die nicht erbten, mußten sich als Knechte oder Melker verdingen. Die meisten waren kaum in der Lage, einen eigenen Hausstand zu gründen, von Fortpflanzung ganz zu schweigen. Der Zweig verdorrte. Immerhin hatte mein Urgroßonkel bereits ausreichend Vermögen erwirtschaftet, um seinen Bruder abfinden zu können. Der suchte sich eine neue Bleibe und eine Frau. Wir starben nicht aus. Von meiner Urgroßmutter weiß ich nichts, nicht einmal, wie sie hieß, wahrscheinlich Maria oder Anna oder Annamaria.

Manchmal beneide ich Adelige und Großbauern, die ihre Sippen über Jahrhunderte zurückverfolgen können. Sie haben weitverzweigte Stammbäume, die hängen in protzigen Goldrahmen neben dem Kamin. Sie bewohnen Stammlande, zeugen Stammhalter, die immer wieder dieselben Namen tragen, Robert, Johannes oder Wilhelm zum Beispiel, von denen wissen sie allerhand zu erzählen. Fehden, Intrigen, Husarenstücke, Brautraub und Brudermord. Es gibt eine verstoßene Linie, Abkömmlinge des schwarzen Schafs, dessen Erinnerung durch hartnäckiges Totschweigen gewahrt wird. Unsereins kennt vielleicht drei, vier Generationen, danach herrscht Dunkel.

Erbnamen gab es in unserer Familie allerdings auch. Eigentlich hätte ich wieder Jakob heißen müssen, gerufen »Köb«, wie mein Großvater, mein Vater heißt Josef, »Jupp«, wie sein Großvater, immer abwechselnd, aber meine Eltern haben mich, insbesondere auf Mutters Drängen hin, Thomas genannt, und zwar nicht, was noch angegangen wäre, nach dem Aquinaten, sondern nach dem Apostel, dem Zweifler. Als hätte sie von Anfang an ausschließen wollen, daß ich jemals wirklich zu Niel gehören würde. Vielleicht wußte sie auch schon, daß man in Vaters Familie nicht alt wurde, und hoffte, mich vor einem frühen Tod zu bewahren, indem sie die Jakob-Josef-Linie ein für allemal abbrach. Von den Männern hat, obschon sie alle kräftige, äußerlich kerngesunde Leute waren, außer Vater keiner die sechzig erreicht, von den Frauen ist keine siebzig geworden. Wir sind ein Kurzprogramm.

Als Mutter nach Niel kam, Januar 1958, war der Vater meines Vaters – mein Großvater ist er ja genaugenommen nie gewesen – gerade im Alter von fünfundfünfzig an Blasenkrebs gestorben. Vater sagt, er sei ziemlich elend krepiert, und im ganzen Haus habe es noch Wochen später nach Pisse gerochen. Seine Frau, die immerhin sechs Jahre lang meine Großmutter war, starb zehn Jahre später, mit dreiundsechzig an Darmkrebs. Nach mehreren nutzlosen Eingriffen lag sie sieben oder acht Monate zu Hause und wurde von ihren Kindern gepflegt. Die Geschwulst habe sich langsam ins Freie gezwängt. Erst sei da ein erbsengroßes Löchlein gewesen, das nach kurzer Zeit etwas dem Inneren einer Walnuß Ähnliches nach draußen gelassen

habe. Als sie tot war, drückte sich ein Fleischkloß von der Größe einer eingeweichten Semmel aus ihrem Leib.
Während ihres Sterbens ging mein Vater, der, obwohl nicht der Erstgeborene, ihr Lieblingssohn war, abends fast täglich zu ihr, um sie zu waschen und die Wunde zu verbinden. Vater löste dann immer auch ihr Haar aus dem Knoten, aufgrund starken Rheumas hatte sie einen fast steifen rechten Arm und konnte es nicht selbst. Er löste ihr Haar, fettig, vom Angstschweiß verklebt, oder strohtrocken, wenn es frisch gewaschen war, das lange alte gelbgraue Haar einer todkranken Frau, die, wenn man den wenigen Photos glauben darf, nie besonders schön gewesen war, Haar ohne Zauberkraft, das sie höchstens in mondlosen Nächten für ihren Mann, meinen verhinderten Großvater, geöffnet hatte, der Sohn öffnete es jetzt, um es zu kämmen, Strähne für Strähne in die Hand zu nehmen, vielleicht zu wiegen, und dann mit der Bürste in kräftigen Zügen vom Scheitel herunter zu fahren, was wohl vorher nie ein Mann getan hatte. Vermutlich hätte sie es auch befremdlich gefunden, wenn nicht obszön: unvorstellbar, daß Jakob Walkenbach auf eine derart absonderliche Idee verfallen wäre.
Ich habe sie während ihres Sterbejahres dreimal besucht. Häufigere Besuche hätten sie zu sehr angestrengt, zumal sie zehn Enkel hatte. Ich wußte, daß sie am Sterben war. Sie lag da sehr dunkel im Schlafzimmer, die Blenden waren geschlossen, und die Nachttischlampe gab nur wenig trübes Licht ab. Lag oder saß halb mit zwei dicken Kissen im Rücken in ihrer Hälfte des Ehebetts, während die andere

von einem steifen braunroten Stoff bedeckt wurde, der auch über ihre Seite gezogen wurde, wenn sie das Bett noch für länger verließ. Über dem Bett hingen eine nazarenische Lithographie, Anna Selbdritt, und das Kruzifix aus Steinguß. In der hintersten Ecke stand kaum noch erkennbar der Klostuhl, den Vater irgendwo aufgetrieben hatte. Die Luft war stickig. Es roch nach Salbe, Ausscheidungen und etwas Unbekanntem. Sie nahm meine Hände in ihre, ich konnte sie nicht schnell genug wegziehen, und sprach freundlich zu mir.

Ich habe den Geruch jetzt wieder deutlich in Erinnerung. Als Sechsjährigem hat er mir Brechreiz verursacht. Für Hanna verband er sich lediglich mit ihrer Arbeit in der Klinik während des Studiums, im praktischen Jahr: »Ein Krankenhaus riecht nun mal nach Krankenhaus«, sagte sie, »so wie eine Autowerkstatt nach Öl riecht und ein Frisiersalon nach Haarspray.«

Mein Kinderschrecken, nachdem ich begriffen hatte, daß Totsein heißt, jemanden nie mehr wiederzusehen. Er ist geblieben, selbst der Schnaps konnte ihn höchstens für Momente vertreiben. Vielleicht hatte Hanna deshalb keine Angst: Sie kannte den Tod nur aus sicherer Entfernung. Und natürlich auch, weil sie Vertrauen in die Medizin hatte. Und weil von ihren Verwandten niemand vor der Zeit gestorben war.

Es ist ihre entsetzliche Gelassenheit gewesen, die mir Hanna von Stunde zu Stunde fremder gemacht hat, am Ende unerträglich. Wenn sie geweint hätte: »Du mußt bei

mir bleiben, Walkenbach, jeden Augenblick mußt du mich festhalten, vor allem wenn es dunkel ist«, das hätte ich verstanden, mir wären Kräfte zugewachsen, ich hätte alles für sie getan. Und jetzt würden wir uns erholen. Wir wären noch einmal nach Italien gefahren, erleichtert oder um zu vergessen, wenigstens für Augenblicke.
Statt dessen: »Ich rege mich erst auf, wenn ich wirklich Grund dazu habe.«
Der Griff, mit dem sie mein Handgelenk umklammert hat, als es zu spät war.
Ich werde diesen Brief ins Altpapier geben, er nützt niemandem mehr.

1974 starb Onkel Theo, der ältere Bruder meines Vaters, kaum vierundvierzigjährig, an einem Infarkt. Ich erinnere die nächtliche Szene: Licht im Flur, draußen gurgelte unser Mercedes im Leerlauf und fuhr dann fort, mein Wecker stand auf halb vier, im Bad lief der Wasserhahn, wovon war ich aufgewacht? Mutter zog sich an, ich lehnte tranig und schlafwarm im Türrahmen, ließ mich auf die Wäschetonne fallen, hielt mühsam die Augen auf. Sie sagte, während sie mit allen zehn Fingern fette Tagescreme in ihrem Gesicht verrieb, Tante Lene habe angerufen, Onkel Theo sei tot, und ich solle wieder ins Bett gehen. Morgens wußte ich, daß es kein schlechter Traum gewesen war. Träume fühlten sich anders an. Er habe Tante Lene gegen halb zwei geweckt, weil er Schmerzen in der Brust gehabt habe und Übelkeit und Schwindel, weißt du, zehn Minuten später, noch vor dem Eintreffen des Notarztes, sei er tot gewesen –

so Mutter beim Frühstück. Vater ging an dem Tag nicht zur Arbeit, sondern half der Tante, die zahllosen Formalitäten zu regeln: Verhandlungen mit dem Bestattungsunternehmer, Auswahl des Sarges, Eiche massiv oder Furnier, Bronze- oder Holzkreuz, mit oder ohne Corpus; Zeitungsanzeigen, Drucksachen, das Bild für den Totenzettel (Jan Joests Auferstehungstafel vom Kalkarer Hauptaltar), die Kurzbiographie, Gebete, Spruch des Herrn: »Denn alles Fleisch, es ist wie Gras«; Anzahl der Gedecke beim Leichenschmaus, wie viele Sorten Wurst. Während der Beerdigung trug Vater seine dunkle Sonnenbrille, obwohl die Sonne gar nicht schien. Er nahm sie weder in der Kirche noch später beim Kaffee ab. Von der Seite sah ich, daß er stark gerötete Augen hatte. Onkel Henno, der jüngere Bruder, der den elterlichen Hof übernommen hatte, weinte ohne Brille. Es war eine sehr traurige Beerdigung. Anschließend wurde viel getrunken. Wim van Dyck stürzte am frühen Abend beim Verlassen der Wirtschaft und schlug sich den Ellbogen auf.

Mit seinem plötzlichen Tod wurde Onkel Theos Scheitern endgültig. Vielleicht war er froh, die Sache hinter sich zu haben. Seine Tiefbaufirma, gegründet, um unsere rückständige Region mit einer modernen Infrastruktur auszustatten, hatte zwei Jahre zuvor Konkurs anmelden müssen. Irgend etwas war ihm über den Kopf gewachsen, vielleicht hing der Niedergang entfernt mit der Ölkrise zusammen, vielleicht hatte er sich schlicht übernommen, betriebswirtschaftliche Fragen hatten ihn nie interessiert. Anfangs, als überall neue Straßen gebaut und die Treckerpisten asphaltiert wurden, blühte das Geschäft. Onkel Theo war der reichste Mann im Dorf. Er besaß Bagger, Planierraupen, Teerwalzen, ein Dutzend Lastwagen und begann mit dem Bau einer Villa. Auf Flurböden und Treppe wurde Carrara-Marmor verlegt, in den Wohnräumen Parkett mit Wurzelholzintarsien. Aus Delft ließ er sich handbemalte Kacheln für Küche und Bäder liefern, die Dachrinnen sollten aus Kupfer sein. Ein Schwimmbad war geplant, im Keller ein Kühlraum für Schweinehälften und Rinderviertel, Schmalz und Schwartenmagen. Der Konkursrichter platzte mitten in die Bauarbeiten. Immerhin waren die Wohnräume zu diesem Zeitpunkt schon so weit gediehen, daß Onkel Theo mit seiner Familie – er hatte vier Kinder – einziehen konnte. Zur gleichen Zeit zündete sich Ernst Krebber, Onkel Theos Konkurrent aus Mörmter, sonntags beim Stammtisch – demselben, zu dem auch mein Vater und seine Brüder gingen – die Havannas mit gerollten Hundertmarkscheinen an und ließ Gerd Thekaat eine Flasche Asbach bringen. Sobald die Zigarre glühte, drückte er die Geldreste in den Ascher. Dabei schaute er jedem aus der Runde fest in die Augen, den Arm rechtwinklig aufs Knie gestützt, denn das war erst der Anfang. Der Kalkarer Sparkassendirektor hatte kurz zuvor nach einer Prüfung der Bilanzen beider Unternehmen seine Kreditzusagen auf Krebber beschränkt, weil auf so engem Raum ohnehin nur einer überleben könne. Er hatte damit Onkel Theos Pleite verschuldet. Selbstverständlich, daß unsere Familie daraufhin geschlossen und binnen eines Monats ihre Konten bei der Sparkasse kündigte.

Sechs oder sieben Jahre später, als sämtliche Feldwege asphaltiert, alle Orte umgangen und auch die letzten Dörfer an die städtische Kanalisation angeschlossen waren, bekam auch Krebber keinen Kredit mehr und mußte verkaufen.

Jetzt ist wieder eine Fliege in den Schnaps gefallen. Als ob ich nichts Besseres zu tun hätte, als Fliegenleben zu retten. Die kleinen Drosophilas lieben alle Arten alkoholischer Getränke. Sie tauchen in jedem Spätsommer auf. Wenn ich auf dem Weg zum Supermarkt durch einen Brei aus faulenden Mirabellen waten muß, weiß ich, daß die Fliegenzeit naht. Beim Einkaufen kleben die Schuhe dann immer am Boden. Drosophila melanogaster: die braunbäuchige Taufreundin. Ein gewaltiger Name für einen unscheinbaren Schmarotzer. Zehn bis fünfzehn schwirren momentan um die Lampe. Warum sie so unwiderstehlich und todsicher Wein- und Schnapsgläser ansteuern, kann ich auch nicht sagen. Mir scheint das Fliegenschicksal nicht so schwer, daß Rauschmittel vonnöten wären, um es auszuhalten. Vielleicht ist die Erklärung einfach die, daß der Duft von vergammelnden Früchten das Gären oder Brennen unbeschadet übersteht. Die Fliegen riechen ein Festmahl und machen sich aus allen Teilen der Wohnung auf den Weg zum heiligen Gral. Endlich am Ziel, krabbeln sie erst einige Zeit seine Wände entlang, schlürfen Reste, drehen eine Abschiedsrunde im Glas, schließlich bricht die Bewegungskoordination zusammen, Manövrierunfähigkeit, sie stürzen ab und ersaufen, wenn ich sie nicht rechtzeitig herausfische. Wahrscheinlich ist die Dosis trotzdem längst tödlich. Jedenfalls habe ich nie beobachtet, daß eine aus dem Koma erwacht wäre.

Übrigens ist Niel nicht der richtige Name des Ortes. Niel hieß ein anderes Dorf in unserer Gegend, dort wurden im Februar 1945 von Holland aus die deutschen Linien durchbrochen. Aber da es das echte Niel längst nicht mehr gibt, spielt es keine Rolle, ob ich H., das es auch nicht mehr gibt, jetzt Niel nenne oder Niel H. oder irgendeinen anderen Ort irgendwie. Außerdem wohnen meine Eltern noch da, wo früher Niel gewesen ist, und Tante Lene und Tante Marga, Onkel Hennos Witwe, mit ihren drei Töchtern, die als einzige aus unserer Generation geblieben sind. Sie alle werden froh sein, wenn sie mich verleugnen können. Da ist es besser, mit Niel fortzufahren.

Wanderdünen aus Gerste, Weizen und Roggen. Mehlkrater. Getrennt von zerrissenen Planen, astlöchrigen Bretterwänden. Als ob sich so eine Ordnung aufrechterhalten ließe. Ich versinke ohne Todesangst bis zum Hals, die Körner rutschen nach, krabbeln in Hemd, Hose und Sandalen, zerkratzen die Haut, injizieren dem Freßfeind winzige Dosen Gift. Übersät von geröteten Einstichen, Juckreiz am ganzen Körper, schwimme ich mich frei. Schrill kreischend durchzucken Flugteufel den Giebel, jagen ihre Schatten die Wände entlang, stopfen ihrer Brut hastig die orangeroten Schnäbel, schießen ins Freie zurück. Es ist Hochsommer, der Speicherboden biegt sich. Zwischen den Schindeln bricht die Sonne so grell herein, daß einem, wenn man sich danach wieder dem Dunkel zuwendet, minutenlang phosphorgrüne Flecken vor der Pupille tanzen. Durch die Luken wird ein zweiter Dachstuhl aus Lichtbalken gebaut. Er ist mit stumpfen gallertartigen Wärmeziegeln gedeckt. Ich grabe meine Arme bis zu den Schultern ins kühle Mehl, lasse es meßbecherweise auf die nackten Oberschenkel rieseln. Über mir schweben bewegungslos graue Plastikrohre, Ansaugstutzen, Gebläse, mit dünnen Strohtauen nachlässig an den Querlatten aufgehängt. Schon ein leichter Windstoß brächte sie gefährlich ins Schaukeln. Aber die Luft steht. Überall und reglos zerrissene Spinnweben, Staubfäden, verfilzte Haare vor langer Zeit gestorbener Mädchen. Knittrige Papiersäcke, zusammengestauchte Kartons bäumen sich ein letztes Mal auf. Vielleicht liegen darunter ihre Halstücher, Strumpfbänder, Hauben oder ein eilig zusammengeschnürtes Bündel Briefe. Ich werde nicht nachschauen. Im Halbdunkel der Teller für die Katzen mit gestockter Milch und verschimmelten Brotkanten voll toter Käfer. Als wäre dieser Ort seit Menschengedenken von niemandem betreten worden. Dafür muß es Gründe geben. Vielleicht wird ein Verbrechen verheimlicht. Manches deutet darauf hin. Die Stricke, der unbestimmte Modergeruch, glänzende Kratzer und Dellen in dem mannshohen Blechtrichter der Futtermühle, die wie von Riesenhänden durch den Boden gerammt wurde. Das untere Drittel ist mit Stalaktiten aus gehärtetem Mehl überzogen. Man kann sie abbrechen und auf die Holzbohlen knallen, dann steigt eine Wolke auf. Rattenfallen in den Ecken, vergiftete Lieblingsspeisen. Ich stelle alle Gewichte auf die alte Kornwaage und werde für zu leicht befunden. Hier könnte man sich am Jüngsten Tag aber verbergen. Ich würde die mächtige Falltür herablassen, den Riegel vorschieben, darauf ein Dutzend prallgefüllte Roggensäcke stapeln. Der Zugang wäre ein für allemal versperrt. Und die Getreidevorräte würden für ein Viertel der Ewigkeit reichen. Dann sähe man weiter.

Ich bin geflohen. Vor den honiggelben, mit schwarzen

Totenflecken übersäten Fliegenfängern, vor Rosinenstuten mit Mettwurst und Zuckerrübensirup, vor Tante Margas erdbraunen Handrillen, Onkel Hennos zerfleddertem Mullverband um beide Ellbogen. Vor seinem scheppernden Husten, dem Auswurf. Vor dem Tiergeruch in den Kleidern, dem Molkegeruch über den Eimern, durchdringend und säuerlich, vor den Schnapsfahnen. Davor, daß ich etwas Neues erzählen soll, daß ich mich auch irgendwie nützlich machen könnte, daß Vater sich meiner schämt. Ich bin geflohen, aber ich darf nicht bleiben. Ich werde vermißt, jemand ruft nach mir: »Es ist doch gleich vorbei.« – Was wissen sie schon. Unten schreien die hungrigen Schweine wie am Spieß, wuchten ihre Fettleiber gierig auf die Kobengitter. Manchmal springt eins heraus. Selten. Dafür stehen überall Mistgabeln bereit. Onkel Henno hat mehr Angst vor einer wildgewordenen Sau als vor einem ausgebrochenen Bullen. Die Sau kann dir mit einem Biß den Unterschenkel durchtrennen. Da stößt man ihr besser eine Gabel ins Genick. Noch besser in den Rüssel, der ist die empfindlichste Stelle. Hier oben wäre ich sicher gewesen. An den scharfkantigen Stufen der Eisentreppe hätte sie sich die Läufe aufgeschlitzt, wenn nicht den Bauch. Der Schäferhund Rezzo zerrt an seiner Kette. Ich höre sie über den Beton schleifen.
Warum sind wir hier? Warum habe ich mich überreden lassen mitzukommen? Meine Cousinen schweigen mich von jeher hartnäckig an. Sie spielen nicht mit, streuen den Hühnern Mais hin, sammeln kotverkrustete Eier und spritzen den Stall aus. Ich bin ein feiner Pinkel, der sich nicht gerne

die Finger schmutzig macht. Auf der Tenne greifen die Männer mit eingeseiften Armen abwechselnd einer Kuh in die Gebärmutter, wühlen im Bauch, tasten nach den ungeborenen Vorderhufen. Überlegen, ob der Tierarzt geholt werden muß. Zwischen den schwarzen feuchtglänzenden Hinterschenkeln wabern in einem weißlichen, mit feinsten Äderchen durchzogenen Hautballon bromfarbene Reste des Fruchtwassers. Sie werfen sich knappe Sätze zu in einer rohen Sprache, die ich kaum verstehe und die Mutter für schädlich hält, nicht nur wegen der zahlreichen Grammatikfehler. Mit mir sprechen sie gebrochen Hochdeutsch. Schließlich erwischt Onkel Drissen die Hufe doch, knotet sie an der Seilwinde fest und kurbelt in mehreren Gängen das Kalb heraus. Es klatscht wie tot ins Stroh. Die Kuh leckt ihm den Nährfilm vom Fell ab, es wird durchkommen. Auf einer umgedrehten Kartoffelkiste wartet das Tablett mit frischen Schnapsgläsern. Die eisgekühlten Bierflaschen beschlagen, Etiketten lösen sich ab. Tante Marga schenkt die erste Runde aus. Sie stoßen ihre Gläser aneinander, stecken zerbeulte Zigaretten an, treten die ausgelutschten Kippen im Stroh aus, daß ich fürchte, die Scheune geht in Flammen auf. Verschmieren Schweiß und Dreck im unrasierten Gesicht. Reiben sich die Nachgeburt ins Haar.

Später in der Küche essen wir unter den überdimensional vergrößerten Paßbildern von Jakob und Anna Walkenbach Schweinebraten mit Weißbrot. Alle haben die Schuhe ausgezogen. Ich rutsche ein bißchen mit dem Teppich über die Kacheln. Die Cousinen sitzen eng zusammengerückt auf der Eckbank, starren auf die geblümte Plastikdecke und sagen wie üblich kein Wort. Onkel Drissen entzündet seine Zigarre alle zehn Minuten für drei Züge neu. Die Ferkelpreise sind gefallen oder gestiegen. Es wird wegen der Dürre des Sommers dies Jahr nur wenig Futterrüben geben. Mit der Kardanwelle des alten Hanomag stimmt etwas nicht.

Dies ist das Land meiner Väter. Hier fließen Milch, Blut und Motoröl reichlich. Die Vorratskeller quellen über von Fleisch und Eingemachtem. Schinken und Würste hängen zum Trocknen unter der Decke. Sonntags schwimmt auf der Suppe ein großes Fettauge, es gibt drei Markklößchen für jeden, da kann sich keiner beschweren.

Allerdings ist Onkel Henno krank. Ernstlich krank. Er hat nach einer verschleppten Grippe beide Nieren verloren und muß dreimal pro Woche zur Dialyse. Aber sein Herz schlägt noch ordnungsgemäß, in der Lunge steht kein Wasser, sein Darm endet nicht mit einem Loch in der Bauchdecke, an das ein Plastikbeutel angeschlossen wird. Seine Mittelfußknochen liegen nicht bloß. Er hofft, mit einer Spenderniere in Kürze wieder einsatzfähig zu sein, schenkt eine weitere Runde Schnaps aus. Für uns Kinder Zitronensprudel. Wir trinken auf seine Gesundheit, darauf, daß es schon wieder werden wird. Im Flur läutet das Telephon. Es ist Mutter, die nun doch gerne wüßte, wann wir endlich nach Hause kommen, die Bratkartoffeln sind nämlich schon schwarz. Vater will sich aber noch um die Kardanwelle kümmern.

Danach sah ich Onkel Henno für viele Jahre nicht oder

höchstens flüchtig. Zuerst, weil ich mich weigerte, an Familienfesten teilzunehmen, dann, weil ich fortzog und selten in der Gegend war. Ich fragte bei sporadischen Anrufen auch nicht nach ihm. Manchmal, wenn er gerade wieder zwischen Leben und Tod hing, erzählte Mutter davon, und ich hörte pflichtschuldig zu. Vater rief aus dem Hintergrund, ich könne meinem Onkel ruhig mal eine Karte ins Krankenhaus schicken, da bräche mir kein Zacken aus der Krone. Ich notierte artig die Adresse und warf sie am nächsten Tag weg. Als Onkel Henno nach seinem ersten Infarkt in Nimwegen auf der Intensivstation lag, wollte er sterben. Vater sei weinend aus dem Krankenhaus gekommen, sagte Mutter, und das berührte mich stärker als Onkel Hennos Lage.

Von seiner Krankheit abgesehen, war Onkel Henno ein gewöhnlicher Kleinbauer gewesen, beliebt, aber ohne nennenswerten Einfluß im Dorf. Einer, der freiwillig nie woanders als im eigenen Bett schlief, Städte für menschenfeindlich hielt und fremde Länder lieber ihren Bewohnern ließ. Er fuhr nicht einmal, wie die meisten Nieler, zum Tanken nach Holland, wo der Diesel billiger war, weil er den für die Traktoren ohnehin steuerfrei bekam. Damit lief auch sein zweihunderter Benz. Er war Mitglied im Schützenverein, ohne je zu schießen, und, solange es seine Krankheit erlaubte, aktiver Feuerwehrmann. An Kirmes ging er mit Tante Marga drei Nächte hintereinander zum Tanzen ins Zelt und am folgenden Morgen jeweils allein zum Frühschoppen, damit der Kater erst gar keine Gelegenheit fand, sich hinter seiner Stirn einzunisten. Die

Leute in Niel hatten zum Trinken ein anderes Verhältnis als die städtischen Bürgerfamilien, aus denen Hanna stammte. Kirmes und Königschießen, Hochzeiten und runde Geburtstage wurden als kollektiver Vollrausch begangen. Keiner mußte sich schämen, im Weizen aufgewacht zu sein, ohne Hausschlüssel zwischen Fahrradkette und Erbrochenem. Eine Schlägerei mit zertrümmerten Nasen, Rippenprellungen galt als Höhepunkt, von dem alle Beteiligten Jahrzehnte später noch stolz berichteten, auch wenn ihre Berichte meist nicht mehr auf eigener Erinnerung beruhten, sondern eher auf dem, was ihnen in den nächsten Tagen von dieser oder jener Seite zugetragen worden war. Nach einiger Zeit hatte man die Szenen dann doch wieder klar vor Augen, sah deutlich, wie der linke Haken die gegnerische Kinnspitze traf, und natürlich hatten die anderen mehr abbekommen als man selbst. Onkel Henno ist jedoch nie in eine Schlägerei verwickelt gewesen, auch nicht, als er noch gesund war, wohl oft Augenzeuge, weil er meist mit den letzten ging, vom Tresen gleich in den Melkstall.

Das nächste Mal sah ich Onkel Henno im Januar '89, als Hanna und ich uns für das Verlobungsgeschenk, eine drehbare Kuchenplatte, bedankten und ihn und Tante Marga zu unserer Hochzeit im kommenden Juni einluden. Ich hatte mir immer vorgenommen, meine Hochzeit ohne Verwandte zu feiern, aber Hanna fand, daß ein solcher Affront nur unnötige Streitereien im Vorfeld bedeute, die am Ende das ganze Fest in Mitleidenschaft zögen, und sie wolle sich an dem Tag uneingeschränkt freuen können, ohne zornige Väter und beleidigte Mütter neben sich und ohne eine grollende Sippe vor der verschlossenen Tür.

Onkel Henno begrüßte Hanna mit »Frau Doktor« und Hanna sagte: »Guten Morgen, Herr Walkenbach.« Wir wurden ins Wohnzimmer geführt, das eigentlich eher ein Saal als ein Zimmer war und nur zu besonderen Gelegenheiten beheizt wurde. Zinnteller mit Stadtansichten hingen an der Stirnwand, dazwischen ein ausgestopfter Fasan, gegenüber ein Marder, den Tante Marga eigenhändig im Hühnerstall erschlagen hatte, und eine gerahmte Luftaufnahme des Hofs. Tante Marga trug einen dunkelblauen Faltenrock, darüber eine karierte Bluse aus Seidenimitat mit breiter Schleife, deren Enden wie zwei Lätzchen auf ihrem gewaltigen Busen lagen. Onkel Henno hatte den schwarzen Sonntagsanzug mit weißem Hemd angelegt, jedoch keine Krawatte: Hals und Gesicht waren ihm infolge jahrelanger Cortisonbehandlung so stark angeschwollen, daß sich der oberste Hemdknopf nur mit Gewalt hätte schließen lassen. Eine Gespenstermarionette. Wenn er ging, schlurfend, mit langen Pausen, schien es, als schleife der Kopf den Rest wie einen leeren Sack hinter sich her. Irgendwo hoch über der Bühne führte die unsichtbare Hand den unsichtbaren Faden, der mittels einer Messingöse an der Schädeldecke befestigt war, durch zwei weitere Schnüre ließen sich die Arme kurz hochreißen. Sonst nichts. Er trug Pantoffeln, aus den Socken lugte leichentuchweiß Verband, die Füße starben schon, so weit reichte der Wille nicht mehr. Seine Lungen schepperten wie eine mit Heftzwecken gefüllte Kalebasse. Aber er rauchte noch. Unterm

Hemd, halb links, zeichnete sich jetzt der Kotbeutel ab. Was stand in seinen Augen, so in Augen denn etwas steht? Sprich: »Wie geht's denn so, Onkel Henno, was machen die Rinder, reicht das Heu?« Oder: »Ich schreibe ja gerade ein Buch über die philosophischen Implikationen der Zentralperspektive in der italienischen Renaissancemalerei, sehr interessant, da solltest du dich mal mit beschäftigen.«

Die Cousinen, inzwischen alle um die achtzehn, saßen immer noch schweigend in einer Reihe auf dem Sofa. Tante Marga brachte Korn für Onkel Henno und mich, für die Frauen kirschroten Baesenjenever. Zum Wohl. Wir waren willkommen, trotz allem, wir gehörten dazu, ich, der Sohn des Bruders, und Hanna, seine künftige Frau, Gründe genug.

Hanna war ganz unbefangen. Vielleicht, weil ihr jede Scheu vor Todkranken fehlte, vielleicht auch, weil sie nie einen Hof von innen gesehen, nie mit einem Bauern gesprochen hatte. Und weil sie ein unerschütterliches Vertrauen in Familienangehörige mitbrachte. Sogar die Cousinen tauten nach einiger Zeit und zwei, drei Likörchen auf. Sie waren nicht hübsch. Hellhäutig, rotwangig, voller Sommersprossen; pralle Brüste, ausladende Becken, runde Hüften. Sehr weiches Fleisch, vermutlich schwaches Bindegewebe. Rembrandts *Hendrickje* fiel mir ein, Rubens *Helene mit dem Pelzchen*. Mit Leibls Augen sah ich letzte Exemplare einer zum Aussterben verurteilten Mädchenart. Hanna gelang, daß sich binnen kurzem alle Vorbehalte in Luft aufgelöst hatten. Dann wollte sie unbedingt die

Ställe anschauen. Onkel Henno strahlte wie ein Junge, den die still und unglücklich angebetete Lehrerstocher plötzlich bittet, ihr seine Insektensammlung zu zeigen. Tante Marga gab zu bedenken, daß Hannas künftige Schwiegermutter sich beim Mittagessen vor dem Schweinegestank in ihren Kleidern ekeln würde, aber Hanna wischte alle Einwände leichthändig und lachend vom Tisch.

Es hatte sich nichts verändert in den zehn Jahren. Ich fand alles vor, wie ich es zurückgelassen hatte. Ringsum war Niel vernichtet worden, von seinen Bewohnern selbst, freiwillig und systematisch, hier hatte es aus unerfindlichen Gründen überdauert. Die Rindviecher dampften, eine Katze lugte verstohlen vom Heuboden herunter. Millionen Fliegen. Die verlassenen Rauchschwalbennester des Vorjahres bröckelten unter der Decke. Über den selbstvergessen dösenden Frischlingen hingen an waghalsigen Drahtkonstruktionen die roten Wärmelampen, die Muttersauen rieben sich an den Stangen ihrer engen Käfige die Zecken aus der Schwarte, angegurtet, der lederne Bauchgurt mit einem Karabiner im Boden verankert, damit man gefahrlos die Bruchferkel operieren und die künftigen Eber kastrieren konnte. Vor den Trögen warteten dieselben grauen Plastikeimer mit grobem Mehl, Molke und Kraftfutter auf die Nachmittagsfütterung. Ohne Rücksicht auf ihren allerfeinsten Sonntagsstaat kletterte Tante Marga in eine Box, schnappte sich ein drei Tage altes Ferkel und gab es Hanna auf den Arm. Und Hanna redete so lange auf den zappelnden, ängstlich kreischenden Wurm ein, bis er ganz still wurde. Onkel Henno saß schwer atmend auf einem

Strohballen und schaute kopfschüttelnd zu. Manchmal huschte ihm ein schiefes Lächeln übers Gesicht, als rechne er jeden Moment damit, daß Hanna das Schweinchen mit einem schrillen Entsetzensschrei fallen ließ und Hals über Kopf flüchtete. Sie war die erste Städterin, die erste Studierte, die zu den Tieren wollte, die keine Angst hatte, sich schmutzig zu machen, und sich nicht schämte, nachher wie ein Bauer zu riechen. Daran mußte er sich erst gewöhnen.

Wir kamen mit anderthalb Stunden Verspätung ziemlich betrunken zum Mittagessen. Mutter war ganz Vorwurf, und Vater zwinkerte mir hinter ihrem Rücken zu.

Von da an besuchten wir Onkel Henno regelmäßig. Hanna fühlte sich wohl dort, wie sonst nirgends. Sie liebte Onkel Henno und Tante Marga mehr als ihre eigenen Verwandten und stand umgekehrt bei ihnen in höherem Ansehen als alle leiblichen Nichten und Neffen.

Und ich? – Manchmal fielen mir Dinge in die Hände, belanglose Dinge, dann stürzte etwas hundert Meter tief in einen Grubenschacht, schlug auf und zerplatzte in tausend Splitter, in denen sich für den Bruchteil einer Sekunde mit schmerzhafter Deutlichkeit eine abgestorbene Empfindung spiegelte.

Wir halfen die Ställe auszumisten, kippten Schubkarren mit schierer Schweinescheiße auf den Misthaufen, fuhren in sengender Hitze Stroh ein, stapelten die Ballen auf dem Dachboden. Ich weiß nicht, ob wir wirklich eine große Hilfe waren, jedenfalls fielen wir abends immer völlig erschöpft ins Bett. Und Onkel Henno war stolz, daß wir kamen.

Sein Lachen auf den Photos, die ich voriges Jahr kurz nach Weihnachten gemacht habe. Drei Tage lang hatte ich den ganzen Hof photographiert, jeden Winkel, elf 36er Filme voll, trotz schneidenden Winds und eisiger Kälte, ständig fror der Belichtungsmesser ein. Wenn Onkel Henno starb, würden auch die letzten Reste des alten Niel ein für allemal ausgelöscht werden, vermutlich in fremde Hände fallen, so daß ich nicht einmal mehr Zutrittsrecht hätte. Dann wäre bis auf die Rheinauen keiner von den Orten, an denen ich aufgewachsen bin, mehr übrig. Ich wollte Bilder haben, unbestechliches Beweismaterial für eine halbwegs gesicherte Rekonstruktion der Vergangenheit, gegen die labilen Schaltungen in meinem Hirn, die von Jahr zu Jahr fehlerhafter werden würden und eines Tages womöglich von einem ausgebrochenen Tröpfchen Blut hinweggespült. Feste Punkte gegen kaum meßbare, sich jeder Prüfung entziehende elektrische Signale und Lichtblitze, gegen die Aufschneiderei der Botenstoffe und ihren fatalen Hang zur Mythenbildung, gegen die Leichtgläubigkeit der Synapsen.

Am letzten Abend photographierte ich Onkel Henno. Im Hintergrund der krüppelige Tannenbaum mit bunten Lämpchen, auf dem Tisch ein Teller voll Bratwurst und ein Korb Brötchen, Bierflaschen, Schnapsgläser. Wer es nicht weiß, kann nicht sagen, ob er tatsächlich lacht und nicht etwa weint. Ich kann bezeugen, daß er gelacht hat. Nicht nur. Er hat auch den Mull von seinen Füßen gewickelt und mir die eitrigen Löcher gezeigt, die einfach nicht heilen wollten, und gesagt, daß sie ihm die Füße abnehmen müß-

ten, wenn nicht bald Besserung eintrete. Aber eben auch gelacht. Er hatte ja keine Angst mehr. Der Vertreter des Todes gehörte seit langem zur Familie, hatte sich beinahe schon häuslich eingerichtet. *Hein Winkelmann, Prokurator.* Einer von diesen abgewirtschafteten, Außendienstmitarbeiter genannten Hausierern am Rande der Kündigung, die mit ihren billigen Kunstlederköfferchen über die Dörfer ziehen, bei jedem Kunden einige Korn kippen und abends die Frau verprügeln. Mit Henno Walkenbach gab es nicht mehr viel Arbeit, da brauchte es keinen ehrgeizigen, erfolgssüchtigen Aufsteiger. Onkel Henno behandelte den armen Tropf freundlich, wies ihm nie die Tür. Fragte, was er trinken wolle, plauderte ein bißchen über dies und das, wartete aber einstweilen noch mit der Unterschrift. Nächste Woche vielleicht, oder in zwei, drei Monaten, möglicherweise auch erst im kommenden Frühjahr.
Im kommenden Frühjahr. Ende April. Das genaue Datum weiß ich nicht mehr: Die sich im Laufe eines Lebens einige Male wiederholende Szene, daß mitten in der Nacht das Telephon klingelt, einen aus dem ersten Schlaf reißt, und man weiß, noch ehe man den Hörer abgenommen hat, daß es nichts Gutes bedeutet. Diesmal Mutter gegen halb zwei: Onkel Henno ist tot.
Die Beerdigung war traurig und grotesk. Würgen im Hals, trotzdem plötzlich das Gefühl, laut loslachen zu müssen. In der Nacht hatte es stark geregnet, doch jetzt schien die Sonne, Dunst stieg auf, und es wurde rasch drückend schwül, viel zu heiß für die Jahreszeit. Wir schwitzten furchtbar in unseren dunklen Anzügen. Vor dem gotischen

Portal der Reginflediskirche beteten die Frauen vom Mütterverein Rosenkranzgeheimnisse. Es klang, als murmelten die Nornen das Schicksal der Welt. Direkt vor der Leichenhalle, wo wir, die Angehörigen, standen, war der Boden von kleinen Ameisen weitläufig unterhöhlt. Sie krabbelten uns die Knöchel hoch und bissen die Tanten durch ihre schwarzen Strumpfhosen. Schließlich fuhr Pater Brost in seinem Elektrorollstuhl vor. Wegen der vielen Leute, nachher paßten gar nicht alle in die Kirche, benutzte er das fünfundzwanzig Jahre alte Fronleichnamsmegaphon. Es hatte einen Wackelkontakt, so daß immer nur Bruchstücke zu verstehen waren. Nach einigen Psalmversen setzten sich die Träger, Feuerwehrleute in Uniform, den Einsatzhelm stramm unterm Kinn festgezurrt, mit Onkel Henno in Bewegung. Ich glaube nicht, daß er noch sehr schwer war. Es folgten der Pater mit den Meßdienern, Tante Marga und die Cousinen, dann wir. Vater hatte wieder seine Sonnenbrille auf. Schließlich schlängelte sich eine lange Prozession durch die schmalen Friedhofswege, und der knirschende Kies übertönte die Allerheiligenlitanei. Das Grab war mit leuchtend grünen Kunstrasenmatten ausgelegt. Die Träger stellten den Sarg auf eine Hebebühne, Pater Brost schwenkte ein Weihrauchkreuz darüber, etwas abseits wartete der Bestattungsunternehmer mit der Fernsteuerung auf ein Zeichen, und endlich verschwand die Kiste leise surrend in der Tiefe. Inzwischen hatte hinterm Grab die Freiwillige Feuerwehr Niel Aufstellung genommen. Der Brandmeister brüllte: »Feuerwehr! Stillgestanden!« Worauf alle ihre Helme abnah-

men und auf die Brust drückten, einer senkte die Fahne übers Grab: »Feuerwehr! Rührt euch!«
Danach die Schützen mit drei Fahnen, aber ohne Befehlshaber.

Der Beerdigungskaffee fand nicht bei Sahm, sondern bei Birkhoff statt. Birkhoffs *Schwanenritter* liegt im Niemandsland zwischen Niel und Weert, aber näher zu Weert hin. Thekaat gibt es schon seit Mitte der siebziger Jahre nicht mehr. Wim Thekaat war mitsamt Leiter und zwei Eimern rücklings aus einem Kirschbaum gestürzt und hatte sich das Genick gebrochen. Als seine Frau Frieda ihn anderthalb Stunden später fand, im hohen Gras locker mit vollreifen Schattenmorellen bestreut, hielt sie die schwarzrote Flüssigkeit, die ihm aus Mundwinkeln, Nase und Ohren rann, einen Moment lang für Kirschsaft. Irgend etwas an seinem Tod warf Fragen auf, allerhand Gerüchte machten die Runde, aus denen am Ende nichts folgte. Frieda Thekaat zog bald darauf zu ihrer Tochter nach Bocholt und vermietete das Lokal an einen ambitionierten Jungkoch, der es komplett renovierte und in *Le veau d'or* umbenannte. Zehn Jahre lang wartete er Abend für Abend auf Feinschmecker aus dem Ruhrgebiet und ging am Ende doch pleite. Inzwischen gehört das gesamte Anwesen einer Wohngemeinschaft alleinerziehender Mütter unbekannter Herkunft, erst mißtrauisch beäugt, dann als unvermeidlich hingenommen, die aber nur Haupthaus und Garage nutzen und die Wirtschaftsgebäude den umliegenden Kleinbauern als Geräteschuppen lassen. Von Onkel Henno haben sie sich ein halbes Dutzend Hühner gekauft, dreimal pro Woche holen die Kinder frische Milch.

Nach Wim Thekaats Tod überlegten die älteren Südnieler einige Monate, ob sie sich künftig bei Sahm versammeln sollten. Sie hielten einen Probestammtisch ab, Henk Drissen lud versuchsweise, und weil er zehntausend Mark bei einer Lotterie gewonnen hatte, zu seinem 59. Geburtstag ein. Rinder- und Schweinebraten waren gut, die Gemüseplatten ordentlich, schließlich entschieden sie sich aber doch für Birkhoff, nicht nur, weil der *Schwanenritter* näher lag: In Südniel gab es keine Großbauern. Sie besaßen dort kein Land, und es hätte ihnen auch keiner welches verpachtet. Südniel war immer frei gewesen. Ein loser Verbund unabhängiger Selbstversorger. Jeder überlebte irgendwie. Wenn es eng wurde, halfen die Nachbarn aus. Tauschhandel ersetzte das knappe Geld. Überschüsse, die man hätte verkaufen können, wurden bis Mitte der fünfziger Jahre kaum erwirtschaftet. In den Gärten wuchsen Möhren, Kohl, Kartoffeln, Salat und Erdbeeren, und auf den Weiden standen alte Obstbäume, in deren Schatten Sauen die Mittagshitze verschliefen, während ihre Ferkel sich um die Zitzen stritten. Was man nicht sofort verbrauchte, wurde eingekocht. Während des Sommers zischte der große schwarze Kessel Tag und Nacht auf dem Herd. Vater holt sich noch heute zum Nachtisch eine Dose Mirabellen, Birnen oder Pfirsiche hoch und löffelt schweigend die Erinnerung an Kindertage. In den Kellerregalen, wo früher Hunderte Einmachgläser die Angst vor schlechten Zeiten in Schach hielten, stapeln sich jetzt Konserven aus Kalifornien und dem Odenwald.

Eier waren die Hauptwährung für den Außenhandel, und die Hühner legten das ganze Jahr über reichlich. Die Rheinschiffer tauschten Eier gegen Kohlen, gegen Bauholz, gegen Zement, während des Krieges, wenn man noch eine Speckseite drauflegte, sogar gegen Rohstahl. Mein Großvater Jakob Walkenbach brachte es auf diesem Wege zu einem Destillationsapparat, der jedoch beim ersten Brennversuch explodierte, ohne daß er auch nur einen Tropfen Schnaps gewonnen hätte. Wenn das Hochwasser zurückging, konnte man in den Senken zwischen Vor- und Hauptdeich Hechte, Barsche und Rotfedern mit der Hand fangen. Auch die überzähligen Fische wanderten ins Weckglas – wie Bratheringe in Essigmarinade eingelegt – und machten so die Freitage erträglich. Um Weihnachten kam der Metzger und schlachtete das Schwein. Es war zwölf Monate lang mit Kartoffelschalen, Essensresten und Fallobst gemästet worden und hatte gut fünfzehn Zentimeter Fett angesetzt. Bis zur Erfindung der Bolzenpistole wurde ihm entweder die Kehle durchgeschnitten oder der Schädel mit einem Vorschlaghammer zertrümmert. Das warme Blut stand wie ein apokalyptischer Pfuhl in der gekachelten Waschküche. Selbst die scharfen Dämpfe der abgeflämmten Borsten rochen verheißungsvoll. Drei Tage lang wurde gewurstet, gepökelt, geräuchert und ausgelassen, dann konnte der Winter kommen.

Die Südnieler waren stolz auf ihre Unabhängigkeit. Arbeit gegen Lohn nahmen sie erst an, als Leute aus den eigenen Reihen ihr Unternehmerherz entdeckten und dringend Maurer oder Lastwagenfahrer brauchten. Onkel Theo beschäftigte in seiner besten Zeit halb Südniel. Die Verachtung für die Überheblichkeit der Großbauern im Zentrum aber blieb, auch als diese ihre Vormachtstellung längst eingebüßt hatten. Großbauern waren habgierig, korrupt und moralisch verkommen. Sie unterhielten geheime Verbindungen zur Obrigkeit, um ihre Vorherrschaft zu sichern. Im Zweifel verrieten sie das Dorf für einen persönlichen Vorteil. Und sie rückten den Mägden zu Leibe. Schwangere wurden bei Nacht und Nebel fortgeschickt oder gingen ins Wasser, ehe die Sündenfrucht sichtbar wurde. Kein Bauer hätte je seine Magd geheiratet, selbst dann nicht, wenn sie schön und er ledig gewesen wäre. Spuren hinterließen die Mädchen selten. Eine Nell von der anderen Rheinseite, erzählte Onkel Henno, wurde Anfang der sechziger Jahre spätabends in Schimpf und Schande davongejagt, als aufflog, daß sie Vater und Sohn van Dornick gleichermaßen zu Willen gewesen war. Anschließend sei es zu einem handgreiflichen Generationenkonflikt gekommen. Dafür gaben sie sich besonders fromm. Der Pfarrer stattete reihum seelsorgliche Besuche ab, segnete Vieh, Haus und Hüter, lobte den mit Honigkerzen und frischen Blumen reich geschmückten Herrgottswinkel, verteilte Andachtsbildchen unter den Kindern und ging mit der Zusage für eine neue Kasel oder wenigstens mit einem Korb frischer Wurst.

Selbstverständlich entstammten alle Bürgermeister den reichen Höfen, ganz gleich welcher Kaiser, Kanzler oder Führer gerade regierte.
Die Südnieler waren auch fromm, aber ihre Liebe zum Klerus hielt sich in Grenzen. Die Pfarrer gehörten dem gegnerischen Lager an: Nur Großbauern konnten die Kosten für Internat und Priesterseminar aufbringen. Als das Konzil die Verwaltung der Gemeindefinanzen auf die Kirchenvorstände übertrug und der Pfarrer nur noch eine von sechs Stimmen hatte, wurde Pastor Emil Hermes umgehend entmachtet. Hermes leistete allerdings keinen nennenswerten Widerstand, schien im Gegenteil sogar froh, daß man ihm die Dinge der Welt jetzt vom Hals hielt. Er war im Krieg zweimal verschüttet worden. Es hieß, die Schädelverletzungen hätten ihm ein kindliches Gemüt erhalten oder zurückgegeben. Seine beiden Nachfolger hingegen, Pfarrer Thom und Pfarrer Rückert, verließen Niel binnen Jahresfrist in heiligem Zorn, nicht ohne vorher den Hochmütigen, Stolzen und Ungehorsamen die Hölle prophezeit zu haben. Erst Pater Brost gelang es, die Kluft zu überbrücken, indem er sie einfach nicht zur Kenntnis nahm.
Es war Onkel Hennos ausdrücklicher Wunsch gewesen, von Pater Brost beerdigt zu werden, obwohl ein Großneffe, Paul Walkenbach aus Recklinghausen, der wenige Monate zuvor geweiht worden war, sich mehrfach für diese Aufgabe ins Spiel gebracht hatte. Es wäre seine erste Beerdigung gewesen.
Pater Brost predigte über Leid als Möglichkeit, und wir

glaubten ihm kurzfristig – nicht nur, weil er nach einem Schlaganfall selbst halbseitig gelähmt war. Beim Beerdigungskaffee saß er neben Tante Marga und sprach das Tischgebet. Kaplan Paul hatte sein Kommen aus Termingründen in letzter Minute ganz abgesagt, worüber alle sehr verärgert waren. Die gemeinsame Empörung verscheuchte den Schmerz ein wenig. Die Walkenbachs aus Bielefeld, Meerhoog und Recklinghausen tauschten mit dem Nieler Zweig Neuigkeiten aus, während die Nachbarn verschiedene Modelle diskutierten, wie Tante Marga den Hof halten könnte. Wegen der großen Hitze gingen die Männer bald zum Bier über. Allerdings stießen sie ihre Gläser nicht aneinander, und das »Prost« fiel sehr leise aus. Die ersten Schnäpse gaben uns die Gewißheit zurück, daß es möglich sei weiterzuleben, und das war ganz in Onkel Hennos Sinne.
Nirgends, auch nicht weit abseits von Tante Marga, habe ich jemanden sagen hören, es sei ja gut, daß er es jetzt hinter sich habe.

Später, gegen fünf, bin ich von Birkhoff aus zum Rhein gegangen. Erst ein Stück die Straße entlang, kurz hinter dem Schild *Stadt Kalkar – Ortsteil Niel* rechts ab, vorbei an Onkel Hennos Hof, wo Vater mit Tante Marga, Tante Lene und den Cousinen die Beileidsbriefe durchsah. Bei Thekaat durch das Gatter auf den Deich. Hanna hatte den ganzen Tag über Schwindel und Kopfschmerzen geklagt und war mit Mutter nach Hause gefahren, um sich hinzulegen. Sie schob Tiefdruck und Kreislauf die Schuld zu.

Bei klarem Wetter kann man vom Deich aus die Wiesen sehr weit überblicken, bis Grieth, wo der Rhein eine S-Kurve macht und sich für wenige Kilometer nach Osten wendet. Es scheint dann, als läge die Griether Kirche mitten im Fluß. Jetzt hing heller Dunst über der Ebene, St. Reginfledis verschmolz mit den Friedhofspappeln zu einem grauen Fleck. Dahinter gab es nichts. Die Kühe waren auf eine andere Weide gebracht worden, lediglich eine kleine Herde Schafe graste den Hang ab. Seit kurzem muß man vorsichtig sein, wenn man über einen Zaun steigt. Einige Bauern lassen den Zuchtbullen wieder mit Kühen und Kälbern zusammen laufen. Ein Pärchen Austernfischer schreckte hoch und zog so niedrig zum anderen Ufer davon, daß die Flügelspitzen aufs Wasser schlugen.
Die Rheinwiesen haben sich, seit ich denken kann, kaum verändert. Nur die Kopfweiden werden mit jedem Orkantief weniger. Sie sind morsch und hohl und brechen eines Tages auseinander. Man trifft selten jemanden. Oft weht ein scharfer Wind. Mutter zog mich immer warm an, weil sie Angst hatte, ich würde mich sonst erkälten. Wir sollten auch nicht zu nah ans Wasser gehen. Sie hatte mehrfach von ertrunkenen Kindern in der Zeitung gelesen. Aber Mutter saß im Arbeitszimmer über Diktaten, und zwischen den Basaltblöcken der Böschung fanden sich die interessanteren Dinge: Möwenskelette, Entenschnäbel, tote Fische, Muscheln, verkohlte Puppenköpfe, zerfledderte Hefte mit nackten Mädchen, Tennisbälle, bunte Flummis. Jede angespülte Flasche konnte den verzweifelten Hilferuf eines gefangenen Kapitäns enthal-

ten. Die Schiffe schleppten lange Gischtfäden hinter sich her. Wir träumten vom Ozean und hofften auf einen richtigen Brecher. Aber selbst während der Herbststürme fielen die Wellen spätestens an den Kribben in sich zusammen. Richtung Norden, wo das Ufer nicht befestigt war, gab es Lehmbänke, aus denen haben wir Zwerge und Vögel geformt, allerdings war der Lehm von schlechter Qualität, mit Sand und Öl durchsetzt, so daß unsere Gebilde beim Trocknen gleich wieder auseinanderfielen. Einmal – ich war ganz allein und überzeugt, mein Glaube sei größer als ein Senfkorn – habe ich versucht, ihnen Leben einzuhauchen. Den Winter über lagern hier Tausende Saatgänse aus Skandinavien oder Rußland. Es werden von Jahr zu Jahr mehr, und die Bauern kassieren vom Landwirtschaftsminister kräftige Entschädigungen für die verwüstete Grasnarbe. Bevor auf allen Äckern Kunstdünger gestreut wurde und die Bodenbeschaffenheit an Bedeutung verlor, galten die Auwiesen wegen des fruchtbaren Rheinschlamms als das wertvollste Land. Möglicherweise rührt meine Ägyptenliebe daher. Wir haben dieselbe Lebensgrundlage.
Ich stolperte zwischen eingetrockneten Kuhfladen und Brennesseln den Hang hinunter, die Disteln krochen noch am Boden. Unten verstellte der Vordeich den Blick aufs Wasser. In der Mitte der beiden Dämme eine kleine Kuppe, die aussah, als läge darunter ein vergessener König begraben. Kiebitze stiegen hoch und flogen ihre aufgeregten Scheinangriffe, ich war ihrem Gelege zu nahe gekommen. Abwechselnd stürzten sie sich auf mich, drehten erst im letzten Moment ab. In den Weiden-

büschen am Ufer flatterten Zeitungsfetzen und Nylonstrümpfe wie Gebetswimpel am Tsangpo. Der Fluß vergewissert sich seiner Heiligkeit heute selbst. Ich erzählte ihm: Von Onkel Henno, der es geschafft habe, und von Hanna, um die ich Angst hätte. So oft in letzter Zeit ginge es ihr schlecht. Zerschlagen und matt, der ganze Körper aus Blei. Was, wenn eine Krankheit sich eingenistet hätte und wir wüßten es nur noch nicht. Onkel Henno sei immerhin siebzehn Jahre lang gestorben. Hanna wolle noch so viel, sie stünde doch erst am Anfang, und ich fände mich ohne sie auch gar nicht zurecht. Der Fluß hörte zu, beschönigte nichts, formulierte behutsam seine Einwände. Keine Beschwichtigungsversuche, kein billiger Trost. Man fühlt sich nie angegriffen von dem, was er sagt, da kann man leichter etwas annehmen. Vielleicht gibt es Religionen, weil Flüsse, Bäume und Felsen so gute Zuhörer sind. Ich warf eine leere Rotweinflasche ins Wasser, ließ einige Steine über die Oberfläche springen. Vierzehn Aufsetzer waren das beste Ergebnis an dem Tag.

Mit Ausnahme des Wohntrakts hat Tante Marga den Hof inzwischen tatsächlich verpachtet. Der neue Bauer ist gerade dabei, die Schweine abzuschaffen. Schweine seien unrentabel zur Zeit. Statt dessen will er neue Milchkühe kaufen und die Bullenmast vergrößern. Dafür müssen die Ställe umgebaut werden. Bis jetzt verweigert Tante Marga ihre Zustimmung noch, aber Jungbauern sind rar, spätestens wenn er mit der Auflösung seines Vertrags droht, wird sie nachgeben. Doch es sind nicht nur die Räumlich-

keiten. Was mir jetzt erst klar wird: Irgendwie hat Onkel Henno mit seiner Krankheit die Südnieler zusammengehalten. Dort trafen sie sich täglich, arbeiteten, beredeten den Lauf der Welt, tranken Kaffee oder Schnaps.
Ich will mir nichts vormachen. Sie gehörten der Vergangenheit an. Alle waren um die sechzig oder älter, Onkel Henno starb bloß zuerst.

Die Vernichtung Niels begann bereits vor meiner Geburt, und unsere Familie war maßgeblich daran beteiligt. Besonders Vater als Kirchenvorstandsvorsitzender und Onkel Theo mit Walkenbach Hoch-Tief-GmbH. Aber auch Onkel Henno hatte eine Gerätehalle mit Wellblechdach angebaut, seine Tenne betoniert und Spaltenböden in die Ställe gelegt, auf denen die Jungbullen ausrutschten und sich die Beine brachen. Hat die Kühe künstlich besamen lassen, die Holzdielen durch Fliesen und PVC-Platten ersetzt, eine resopalbeschichtete Einbauküche gekauft, und der Fernseher lief den ganzen Tag.

Vernichtet wurden (ohne Anspruch auf Vollständigkeit):
– die Sandwege, die Schlaglöcher, die Pfützen
– die Hälfte der Hecken, zwei Drittel aller Kopfweiden, vier napoleonische Pappelreihen
– die Margeriten, das Löwenmäulchen, der Fingerhut, die Kornblumen, sogar die Ackerwinde (Klatschmohn, Kamille, Löwenzahn und Gänseblümchen haben überlebt)
– der Admiral, das Tagpfauenauge, der Schwalbenschwanz, der Zitronenfalter, der große Fuchs (Kleine Füchse gibt es

noch und Kohlweißlinge, obwohl die am entschiedensten bekämpft worden sind.)

– der Angelus, die Sonntagsvesper, der Herzjesufreitag, die Rosenkranzandacht

– die nazarenischen Lithographien: Flucht nach Ägypten, Anna Selbdritt, Maria lactans, Antonius predigt dem Vieh

– die Heiligenhäuschen

– die Gewitterkerzen

– die grünen halbrunden Scheunentore, die Blenden

– die alte Schule. Vater hat den Abriß am nachdrücklichsten betrieben, obwohl er dort seine Frau erstmals geküßt und vermutlich seinen Sohn gezeugt hat.

– die Tennen: Alle Häuser hatten eine Tenne. Gestampfter Lehmboden, keine Zwischendecke, man schaute in den offenen Dachstuhl. Ursprünglich der Dreschplatz, diente sie nach der Einführung der Mähdrescher als Lager und Werkstatt, außerdem als Hühner-, Schweine-, Schaf- oder Pferdestall. Oft befand sich in einer Ecke auch das Plumpsklo. Seines Lebensraums beraubt starb

– das jährliche Schwein aus

– die Hausschlachtungen verschwanden und damit der Schwartenmagen im Glas, das Schmalz im Eimer, der Pannas. Die luftgetrockneten Schinken und Mettwürste waren der größte Verlust. Selbst Onkel Henno gab seine Sau in den letzten Jahren zum Großschlachter und erhielt das Fleisch in eisschrankgerechten Portionen verschweißt, die Wurst in Dosen zurück

– die Melkschemel, die Melkstelle, die Melker

– Kordhüte und Lederkappen

– die Klumpen
– die kleinkarierten Kittelschürzen, die geblümten Kopftücher
– die Sensen, der Dreschflegel, das Zaumzeug, das Joch
– die letzten Kaltblüter fuhren zum Abdecker und wurden Leim
– die neugotischen Kachelböden, die Holzbohlen
– die Schmierseife
– die brusthohen Wandvertäfelungen aus Wurzelfurnier
– die Kohleöfen und damit
– die Ofenrohre, die Eierkohlen, die Briketts, das Koks, der Holzklotz, die Schürhaken, die Ascheneimer
– das Butterfaß
– die emaillierten Waschschüsseln, die Nachttöpfe
– die Kaffeemühlen, die geklöppelten Sonntagsdecken, die Sammeltassen
– die Küchenschränke mit den Glasfenstern, die rot- oder blauweißen Gardinchen dahinter
– die Einmachgläser verschwanden relativ spät, als sich die ersten Supermarktketten in Kalkar niederließen
– der uralte Käse, den Fritz Sahm sen. in einem winzigen Raum neben seinem Lokal verkaufte
– der Priem
– der Kirmesbaes (1 $\frac{1}{2}$ Pfund schwarze Johannisbeeren oder schwarze Sauerkirschen; eine Stange Zimt; zwei Stangen Bourbon-Vanille; ein gutes Pfund brauner Kandis; fünf Flaschen Doppelkorn. Alles zusammen in einem großen verschließbaren Glas vier bis fünf Monate ziehen lassen. Ab und zu durchrühren. Das ist Tante Miekes Rezept. Ihr

Baes war sehr berühmt, aber sie ist inzwischen weit über achtzig und hat seit drei Jahren keinen mehr aufgesetzt.)

– der schwarzgebrannte Schnaps. Den letzten Südnieler Obstler (gut 50%), abgefüllt in eine Mariakron-Flasche, brachte Vater im Spätsommer 1989 mit, als Gegenleistung für die Reparatur einer Strohpresse nachts um halb zwölf auf freiem Feld

– das Schnapstrinken selbst.

Wenn man sich an den Schnaps erst gewöhnt hat, schmeckt er nur noch wie bitteres Wasser. Ich bin auf dem Sofa eingeschlafen, was mir schon nüchtern zuwider ist, gegen drei frierend und mit Kopfschmerzen aufgewacht und beim Aufstehen in den vollen Aschenbecher getreten. Das Hemd war klamm und roch nach Nikotinschweiß. Auf dem Flur stellte ich fest, daß der Hosenknopf fehlte. Warum tut man sich das immer wieder an? Trunksucht als Traditionspflege. Die leidige Übertreibung heimischer Bräuche bei Exilanten. Vater trinkt seit Onkel Hennos Tod morgens Milch und abends alkoholfreies Bier oder gespritzten Apfelsaft. Sonntags gönnt er sich ein Viertel Rotwein zum Essen, weil er gelesen hat, das sei gut gegen Arterienverkalkung und Herzinfarkt. Seine wilden Jahre sind lange vorbei. Aber er ist eben auch nie fortgegangen. Der Umzug vom elterlichen Hof in die alte Schule, von Südniel ins Zentrum also, blieb die tiefgreifendste Ortsveränderung seines Lebens. Ich weiß nicht, ob ich ihn beneiden soll.

In den Küchenschränken waren nur vollständig leere Aspirinstreifen und eine Rolle Pfefferminz, dafür ist ein

Teeglas herausgefallen und in tausend Stücke zersprungen. Die Splitter liegen noch da, ich kann die Küche nur mit Schuhen betreten. Dann habe ich im Bad den Spiegelschrank ausgeräumt: Magen-, Hals- und Kohletabletten, Schleimlöser, Immunstimulanzien, ein angefangener Zyklus von Hannas Pillen, Vitamine, Kalzium, Hautcremeproben, Franzbranntwein, ein Tütchen Latschenkiefer Badeöl – sie hat dieses Zeug gesammelt. Schließlich fand ich eine staubgraue Schmerztablette und bin ins Bett geschwankt.

Hanna hat oft auf dem Sofa geschlafen. Bevorzugt nach dem Mittagessen, aber auch abends. Mit brennenden Lampen, bei laufendem Fernseher, die Zeitung in der Hand. Sie schlief lieber in kleinen Einheiten. Tagsüber nach Möglichkeit hier und da ein Stündchen. Nachts stand sie auf, weil sie Durst hatte, Schokolade essen mußte, zum Klo. Oder einfach, um auf die Uhr zu schauen. Das gab ihr ein Gefühl, zu schlafen und doch nicht zu schlafen. Die Kontrollverluste hielten sich in Grenzen. Der Traum geriet nicht außer sich, ein Einbrecher hätte sie geweckt. Sich schlafen legen: sich ausliefern. Auf der letzten Klassenfahrt habe ich ein albernes Photo von Lutz Schwalen gemacht. Er schlief mit weit offenem Mund, Janssen hatte ihm ein Stück Camembert fast bis in den Rachen geschoben. Ein harmloses Beispiel, aber Schwalen war nachher sehr aufgebracht. Er ekelte sich vor Käse wie vor nichts sonst, alle wußten das, und hätte beim Aufwachen beinahe in den Bus gekotzt.

Wie fanden unsere Vorfahren den Mut, die Augen

zuzumachen? Es gab weder Steinhäuser noch Türschlösser. Jahrtausende lang blieb der Kampf mit Tigern, Hyänen, Wölfen und Dschinnen unentschieden. Es stand keineswegs fest, wer am Ende über das Land herrschen würde. Jeden Morgen wurde neu ausgezählt. Vielleicht trinkt man deshalb hauptsächlich abends. Nicht gegen den Tag, sondern aus Furcht vor den Schrecken der Nacht. Wenn das Unbekannte übermächtig wird und keiner seine Hand über einen hält. Die Schutzengel sind ausgezogen. Wer glaubt an Alarmanlagen? Banken, Behörden und die Industrie stellen Leute mit scharfen Hunden ein, um ihr Gelände zu sichern, obwohl dort nicht einmal der Vorstandschef schläft. Womöglich war die Entlassung der Nachtwächter nach der Erfindung der Straßenlaternen voreilig. Was hilft es, wenn die Gefahr deutlich erkennbar ist, aber niemand vor ihr warnt, geschweige denn einschreitet. In den Städten wurde es schließlich so hell, daß die Leute sich Blenden, Vorhänge oder Rolläden anschaffen mußten, um überhaupt einschlafen zu können. Und alles war wieder beim alten: Dunkelheit, Ohnmacht, Einzelhaft. Nie vor dem Sterben ist man so allein wie im Schlaf. Durch Hypnos Höhle fließt der Lethe-Strom, aus dem später die Toten trinken, um endlich zu vergessen. Eine leichte Sterbeübung alle vierundzwanzig Stunden. Der Traum als Jüngstes Gericht jeden Tages. Nur, daß morgens keine Klarheit herrscht.

Hanna wurde häßlich, wenn sie schlief. Ihr schönes großflächiges Gesicht mit den breiten, hoch angesetzten Jochbeinen, das bei diffusem Licht ganz flach schien, fast

ohne Schatten, verzerrte sich, als sei sie in einem aussichtslosen Kampf umgekommen oder bei einem Vulkanausbruch. Wach sah sie manchmal fast asiatisch aus. Ich vermute, daß sie einen Tataren oder Mongolen in ihrer Ahnenreihe hatte. Wie sie dalag. Auf unserer grobkarierten Couch unter der kaugummigrünen Polyesterdecke, oft noch ihren zwanzig Jahre alten Morgenrock um die Füße geschlagen. Der Mund schief, die Haut wächsern. Augenhöhlen und Lippen verfärbten sich graublau, und der Unterkiefer drückte sich so unglücklich in den Hals, daß es aussah, als hätte sie ein Doppelkinn. An anderen Tagen quoll ihr Gesicht auf und bekam rote Flecken, Ausschlag, die Konturen verschwammen, jede Pore ein Krater. Ich habe mich nie an diesen Anblick gewöhnt. Abscheu vor der Frau, die man liebt. Ein befremdliches Gefühl. Wahrscheinlich ging es ihr umgekehrt nicht anders. Die meisten Menschen wirken im Schlaf wenig anziehend. Nur kleine Kinder schlafen schön.
In welchem Alter habe ich die Gewißheit verloren, daß mir nichts geschieht? Bei Onkel Theos Tod hatte ich sie schon nicht mehr. Die Baader-Meinhof-Bande erschoß und entführte, meine Eltern waren gegen sie und äußerten das auch in aller Öffentlichkeit. Mutter fand, man solle ihnen den Kopf abschneiden. Es bestand die Gefahr, daß sie sich eines Nachts dafür rächen würden.

Wieviel Niedertracht braucht es, einen Schlafenden zu töten?

Bevor die Kopfschmerzen mich geweckt haben, war mein Schlaf schwarz, komatös. Dann ließ die Betäubung nach, sonst wäre ich nicht aufgewacht. Trotz meiner Abneigung gegen die Couch habe ich gezögert, ins Bett umzuziehen. Das Schlafzimmer hat kein Fenster, nur eine sauber eingestaubte Lüftung, und befindet sich genau in der Mitte des Hauses. Seit vier Tagen funktioniert der Lichtschalter nicht mehr. Es kann auch das Kabel sein oder die Fassung, an der Birne liegt es nicht, das habe ich überprüft. Sobald die alkoholische Euphorie nachläßt, verfalle ich in Panikzustände. Manchmal höre ich auch Klopfzeichen, wie es sie in Burgtürmen gibt, wenn die ermordete Urgroßtante umgeht. Vermutlich das Hämmern des Pulses in den Schläfen oder eine Maus im Luftschacht. Für solche Situationen habe ich gerne eine funktionstüchtige Lampe.

Mein, unser Bett ist nur mäßig breit, einsvierzig, und Hanna hat sich oft beklagt, daß ich sie nachts herausdrängen würde. Aber in ihre Hälfte wage ich mich jetzt nicht mehr vor. Schon um ihren Geruch nicht zu verfälschen. Selbst wenn ich sehr betrunken bin, wacht ein innerer Zöllner argwöhnisch über die Grenzen ihres Gebiets.

Ich hatte dann einen seltsamen Traum, episch, endzeitlich. Kinoformat. Solche Träume habe ich in letzter Zeit oft. Ich weiß nicht, ob sie etwas bedeuten. Aber die Häufung irritiert mich. Früher habe ich mich viel mit der Apokalypse beschäftigt, schon wegen der zahllosen spätmittelalterlichen Darstellungen. Selbst wenn man sehr fromm erzogen wurde, kennt man nur einen Bruchteil der Offenbarungszeichen, von den Accessoires der Heiligenschar ganz zu schweigen. Schon als Kind hat mich neben den Ursula-Tafeln das Gerichtsfresko über dem Nordchor am meisten fasziniert. Frauen und Weltuntergänge. Die Zeit war nahe. Meine Mitschüler erzählten während der Messe Witze. Gott hatte ihre Herzen verhärtet. Gleichzeitig kämpften hoch über uns zu Füßen des Erlösers Engel und Teufel so verbissen um die frisch verklärten Leiber, daß man Angst haben konnte, sie würden entzweigerissen, und der Herr müsse noch vor der Urteilsbegründung wieder von vorne beginnen. Zwar waren die Dämonen interessanter als die Cherubim, und verglichen mit den Verdammten wirkten die Gerechten blaß, aber ich war trotzdem entschlossen, bis zum Ende standhaft zu bleiben und gerettet zu werden.

Wir befanden uns im nächsten oder übernächsten Jahrtausend. Die Welt wurde von China aus regiert, ebenso brutal wie erfolgreich. Mitteleuropa war bedeutungslos geworden, eine barbarische Region, die zur Entwicklung der Menschheit seit langem nichts mehr beigetragen hatte. Wir besuchten Hannas Schwester, die mit einem Ägypter verheiratet war, in Kairo. Hanna hat gar keine Schwester, geschweige denn eine, die in Kairo lebt. Seit unserem letzten Aufenthalt, der wegen der dortigen Unruhen in den vergangenen Jahren auch nie stattgefunden hat, hatte die Stadt sich stark verändert, war wie Hongkong oder Singapur geworden. Ein pulsierendes Geschäftszentrum, glitzernd, abweisend. Hochhäuser bestimmten das Bild, Wolkenkratzer, die diesen Namen wirklich verdienten: Oft lagen die mittleren Geschosse in explodierenden Kumuli, während

die Bewohner der oberen freie Sicht weit über die Libysche Wüste oder bis zum Sinai hatten. Aber niemand sah hin. Alle waren mit wichtigen Aufgaben beschäftigt.
Eine trübbraune Dunstglocke senkte sich gerade zwischen die Türme, schluckte bereits die Hälfte der Stockwerke. Schmutztropfen legten sich wie eine Staubschicht auf die Scheiben. Stumpfes Licht und eine Stille, als zöge ein Wirbelsturm auf, doch selbst die Stürme waren beherrschbar geworden. In den Büros wurden die Lampen eingeschaltet. Dort lebten die Menschen für ihre Arbeit, Arbeit machte frei. Wer sich an alle Vorschriften hielt, hatte nichts zu befürchten, aber niemand kannte alle Vorschriften. Der Abschaum, Ägypter vor allem, harrte stumpf aus und hoffte auf Almosen. Diebstahl, Raub, Erpressung waren ausgerottet. Niemand versprach sich vom Verbrechen noch einen Vorteil, denn jede Tat wurde aufgeklärt, die Todesurteile sofort vollstreckt. Es würde bis in alle Ewigkeit keine Veränderung mehr geben. Ein Viertel der Weltbevölkerung war chinesisch und gehorchte seinen Oberen bedingungslos. Jeder Chinese mußte lediglich drei Nichtchinesen überwachen, eine überschaubare Aufgabe. Viele von ihnen gehörten zudem einem der Geheimdienste an, denen die Ergreifung von Abweichlern oblag. Es war die Zeit der großen Drangsal, aber die himmlischen Erntearbeiter, die die Gerechten pflücken sollten, ehe auch sie verfaulten, blieben aus.
Da die Entfernungen durch die Höhe der Gebäude zu groß waren, um allein mit Aufzügen bewältigt zu werden, hatte das Verkehrsministerium vor kurzem ein völlig neues

Fortbewegungsmittel in Betrieb genommen, zunächst noch als Prototyp, denn seine Herstellung verlangte den Technikern das äußerste ab, aber in der Hoffnung, damit in naher Zukunft ein dichtes Verkehrsnetz aufzubauen. Das Gerät ähnelte einem Zeppelin, beigemetallic, etwa dreißig Meter lang, der, je nach Bedarf, entweder mit einem kleinen Propeller geflogen wurde oder sich direkt an die Fassade anlegte und wie eine Raupe daran entlangkroch. Aber das eigentlich Sensationelle war, daß bei der Außenhaut erstmals ein gänzlich neuer Werkstoff zum Einsatz gekommen war, den Professor Lin Wang am Institut für biochemische Kunststoffproduktion der Universität Beijing in mehrjähriger geheimer Forschung entwickelt hatte. Das Material besaß einerseits die gespannte Beweglichkeit von Fleisch, reagierte auch auf Berührungsreize, konnte aber mittels elektromagnetischer Wellen in einen Zustand der Härte versetzt werden, die Glas oder Granit noch übertraf. Die Regierung überhäufte Professor Lin mit Preisen und Auszeichnungen, er durfte sogar die Lotuskrawatte tragen, eine Ehre, die sonst nur ehemaligen Ministern und hohen Polizeioffizieren zuteil wurde.

Ich hatte schon von Lin Chen gehört, obwohl Hanna und ich erst gestern angekommen waren. Man konnte ihr kaum entgehen. Sie war Lin Wangs Tochter und als einzige in der Lage, die Raupe zu fliegen. Warum das Gefährt ausgerechnet in Kairo erprobt wurde, wußte ich nicht. Vielleicht waren die Verkehrsprobleme hier am drängendsten. Lin Chen flimmerte pausenlos auf riesigen Videoschirmen über die Häuserwände, eine sonore Männerstimme feierte

dazu Wohlstand und Harmonie, die Kraft des Fortschritts und den bedeutenden Anteil, den Disziplin und Opferbereitschaft des gesamten Volkes an der Realisation dieses einzigartigen Projektes gehabt hätten.
Lin Chen stand in der gläsernen Kanzel und steuerte den riesigen Wurm lässig konzentriert. Ihre Bewegungen hatten die tierhafte Ökonomie der wilden Mädchen abgelegener Pazifikatolle. Ich stellte mir vor, daß sie tauchte wie ein Seeotter, zwischen den Korallen Krebse und Muscheln sammelte, noch im Wasser die Schalen brach und den Eiweißbrei roh ausschlürfte. Obwohl sie nur hier und da einen Hebel betätigte oder einen Knopf drückte, schien sie jeden Muskel zu spüren. Ganz anders als die gewöhnlichen Chinesinnen mit ihren nach innen gedrehten Füßchen, den automatenhaften Trippelschritten. Lin Chen schwieg während des ganzen Spots, sie sah den Zuschauer nicht einmal an. Etwas Dunkles trennte sie von den Menschen ab. Vielleicht sollte sie wegen ihrer geheimen Kenntnisse isoliert leben, oder sie hatte einen Widerwillen gegen sie, die Arroganz höherer Töchter, Ekel vor der Verwechselbarkeit ihrer Volksgenossen.
Während des Flugs trug sie einen taillierten, enganliegenden schwarzen Overall mit Tastatur am Revers, ansonsten wie alle Chinesen den dunkelblauen Einreiher, weißes Hemd und eine in drei Blaustufen gestreifte Krawatte. Es wurde kein Unterschied zwischen Männer- und Frauenkleidung gemacht. Für eine Asiatin war ihr Gesicht ungewöhnlich schmal. Dabei eben, großflächig, mit den hohen ausgeprägten Backenknochen. Trotzdem ähnelte sie Hanna

nicht. Ich fand sie sehr schön. Es herrschte inzwischen jedoch ein anderes Ideal. Mondrund sollten die Gesichter sein. Niemand wäre auf die Idee gekommen, sich seine Lidfalte operieren zu lassen. Lin Chens Züge erinnerten zu sehr an Europa.

Hanna und ich standen am Fenster und sahen auf die belebten Straßen hinab. Ihre Schwester war ausgegangen, wir hatten die Wohnung für uns. Trotz der Entfernung konnte man die Chinesen deutlich erkennen, düstere Fixpunkte in den Menschenströmen, die sich nicht von der Stelle bewegten und jede Unregelmäßigkeit meldeten.

In der Wohnung war es sehr dunkel. Ich weiß nicht, weshalb wir kein Licht machten. Ich hatte jedoch keine Angst. Hanna vielleicht, wir sprachen kaum.

Als Lin Chen einschwebte, war ich nicht überrascht, obwohl es hieß, daß man sie selten zu Gesicht bekäme. Ich hatte mit ihr gerechnet. Genaugenommen hatte ich sogar die ganze Zeit auf sie gewartet. Sie war meinetwegen gekommen, nicht auf höhere Anweisung, eher trotz ausdrücklichen Verbots. Sie stand in ihrer Steuerkanzel und sah mich an. Obwohl durch zwei Scheiben getrennt, schwang zwischen uns ein Einverständnis, das Hanna ausschloß. Ich hoffte, daß Hanna nichts bemerken würde, denn es war von der Art, wie man es unmöglich mit zwei Frauen gleichzeitig haben kann, ohne eine von beiden zu hintergehen. Die bloße Empfindung bedeutete Verrat. Ich stand reglos da, mit halboffenem Mund.

Der Anblick von Schönheit versetzt mich nach wie vor in Schockstarre. Wahrscheinlich habe ich deshalb selten Eroberungen gemacht. Mehr als ein gequältes Lächeln bringe ich nicht zustande. Wenn überhaupt. Vermutlich sehe ich nur verschreckt aus. Als hätte plötzlich jemand sein Messer gezückt. Dann folgt eine Übersprunghandlung: Weil das Hirn sich nicht zwischen Flucht und Angriff entscheiden kann, kratze ich mir am Hinterkopf oder stecke eine Zigarette an.

Chen hatte mich angeschaut und alles verstanden. Auch den Schrecken. Wir würden uns wiedersehen.

Als ich Hanna zum ersten Mal ins Haar griff, war auch so ein Blick durch uns gegangen. Aber das lag Jahre zurück. Dann hatten wir uns kennengelernt, Fragen gestellt, und mehr und mehr trübten Einzelheiten die Sicht. Einzelheiten, die mir gefielen oder nicht, Ansichten, unverrückbare Überzeugungen, Hanna fächerte sich in tausend Facetten auf und wurde mir täglich rätselhafter. Wie ich ihr. Unfähig, die Bruchstücke zusammenzusetzen, krallten wir uns ineinander, wie zwei Erstkläßler, die sich schützend über ihre Sandburg werfen, wenn eine Horde Älterer sie umstellt. Die mühsam errichteten Zinnen und Türme zerdrücken sie selbst, den Rest zertreten die Feinde trotzdem. Vielleicht begreift man einen Menschen besser, solange man von seinen Gewohnheiten nichts weiß. Das Wesentliche brennt sich in einer Nacht ein, und es wäre vernünftig, es dabei bewenden zu lassen.

Langsam schwebte Chen davon. Ohne zu winken, ohne zu lächeln. Nichts deutete darauf hin, daß etwas geschehen war. Ihre Augen ruhig in meinen, verließ sie den Fensterrahmen. Ich machte keine Verrenkungen, um noch einige

Sekunden zu gewinnen. Hanna sagte: »Ein hübsches Mädchen.« Sie hat die Schönheit anderer Frauen immer anerkannt. Ich nickte und erläuterte ihr beflissen die technischen Besonderheiten des Flugwurms.

Plötzlich – vorher war keine Nacht hereingebrochen, wir hatten auch nicht geschlafen – ein Zeitsprung: der nächste Morgen. Ich hatte eine Verabredung mit Chen. Wie sie zustande gekommen war, wußte ich nicht. Sie hatte uns zu einem Probeflug eingeladen, aber Hanna fürchtete sich und sagte, ich solle alleine fliegen, mein Interesse an dem Gefährt sei ohnehin ausgeprägter als ihres, sie werde unterdessen Verschiedenes erledigen. In ihrer Stimme schwang ein seltsamer Ton. Wir warteten auf einem weiten menschenleeren Platz, wo sich eine Art Haltestelle oder Freilufthangar befand, umstellt von rostroten Hochhäusern und Flutlichtbatterien. Offenbar hatte Hanna hinter meinem Rücken mit Chen eine Absprache getroffen. Der Verdacht drängte sich auf. Ich wußte weder Gründe noch Umstände, noch was die beiden vereinbart hatten, aber daß Hanna fortgehen würde, stand fest. Es war ein Abschied für immer, obwohl sie etwas wie »Bis heute abend dann, paß gut auf dich auf, komm nicht so spät« sagte. Sie hatte mich heimlich und ohne meine Zustimmung an ihre Nachfolgerin abgetreten. Sie räumte kampflos das Feld. Ich sprach mir Ausreden vor. In ihrem letzten Blick lag Sorge, nicht die rasende Gekränktheit einer Verlassenen. Kein Vorwurf. Nur leise Trauer. Schließlich stieg sie eine breite graugepflasterte Treppe hinauf und verschwand in der Drehtür des Hauptgebäudes.

Eine kleine Erleichterung setzte sich der Schuld auf den Schoß und pfiff ein dummes Lied, um die Angst hinauszujagen. Aber der Raum hatte keine Tür, und die Wände rückten näher.

Dann stand Chen neben mir, faßte mich am Ellbogen, zeigte in den Himmel. Ich hatte ihre Ankunft gar nicht bemerkt. Hoch über uns lag der Flugwurm waagerecht in der Luft, und aus der Einstiegsluke baumelte ein Seilzug mit einer Trapezschaukel bis auf den Boden. Es sei ganz leicht, sagte Chen, ich solle mich nur gut festhalten und gerade strecken, den Kopf nach unten, wie ein Stabhochspringer, kurz bevor er sich über die Latte drückt. Im selben Moment schnellte ich schon hinauf.

Die Kanzel war geräumig und rundum verglast, Tastaturen, Regler und Anzeigen wirkten übersichtlich, aber Chen erklärte, ehe der Wurm in Serie ginge, müsse die Navigation deutlich vereinfacht werden. Decke, Boden und die offene Rückwand hatte man mit orangeemaillierten Aluminiumplatten verkleidet. Dahinter befand sich ein leerer Raum, der später je nach Bedarf für Passagiere, Frachtgut oder auch als mobile Forschungsstation eingerichtet werden konnte. Chen gab die Flugkoordinaten ein, lautlos setzten wir uns in Bewegung.

Ich kenne fünf Sorten von Frauen, sie verteilen sich gemäß des Zwiebeldiagramms: Einige widern mich an, einige mehr interessieren mich nicht, an den meisten schätze ich irgend etwas, bei wenigen überfällt mich Gier, am seltensten sind die, deren bloße Anwesenheit genügt. Nichts drängt, alles ist möglich. In diese Kategorie fiel Chen.

Dafür hatte ich Hanna verraten. Hanna, die das einzige Exemplar einer sechsten Gruppe ist, in der alle anderen zusammenfallen. Mit jedem Blick bohrte sich die Treulosigkeit tiefer. Wir schwebten zwischen Wolkenkratzern. Unter uns versiegelte Flächen, der Himmel mit einem dicken Teppich aus Treibsand zugehängt. Hinter den Spiegelfassaden lauerten bösartige Sekretärinnen und zerrissen sich die Mäuler. Jede Bewegung wurde registriert. Solange wir in Sichtweite flogen, mußten unsere Berührungen zufällig wirken. Ich inszenierte: Meine Rechte brüderlich auf ihrem Schulterblatt, während die Linke auf einen Punkt am Horizont deutete (»Schau dahinten: die Pyramiden, der Sphinx«); wilde Gestikulationen, damit sie ihre Hand beschwichtigend auf meinen Unterarm legen konnte; ein Stolpern, um mich an ihrer Taille zu fangen. Es war ihr strengstens verboten, den öffentlichen Raum zu verlassen. Wer sich der Kontrolle entzog, hatte augenscheinlich Grund dazu. Der einzige Ort, wo wir uns unbehelligt würden lieben können, war das Armenviertel Imbaba. Dort lebten ausschließlich Ägypter, es gab nur wenige Spitzel. Die Unübersichtlichkeit der Gassen machte eine wirksame Überwachung unmöglich. Imbaba war amorph, dschungelhaft. Hier wurde gemauert, dort eingerissen, die zahllosen Händler wechselten in einem fort die Plätze. Garküchen, Saftläden öffneten und schlossen wieder, um zwei Stunden später an anderer Stelle ihre Suppen, Koteletts, Erfrischungsgetränke zu verkaufen. Alles befand sich in ständiger Umwandlung. Die Behörden hatten schließlich kapituliert, ließen jetzt alle Zugänge bewachen und stellten lediglich ausgewählten Personen Zutrittsberechtigungen aus. Chen besaß dieses Papier natürlich. Wir würden Imbaba jedoch erst am späten Abend anfliegen, bis dahin hatte sie Bereitschaftsdienst.

Plötzlich blinkte eine rote Lampe auf, die Lautsprecher spuckten künstlich erzeugte Sätze aus, die ich nicht verstand. Chen sagte, es sei ein Notruf, wir müßten umgehend nach Mohandesin. Ich bemerkte erst jetzt, daß im hinteren Teil ein Operationssaal eingerichtet war. Offenbar wurde sie auch für Rettungsflüge herangezogen. Chen programmierte den Computer, der Computer errechnete die günstigste Route, Chen bestätigte, und im selben Moment dockten wir auch schon an, ohne daß ich in der Lage gewesen wäre, das überflogene Gelände überhaupt wahrzunehmen.

Jeder Turm hatte seine eigene Krankenstation. Eine Schleuse öffnete sich, und vier Ärzte schoben eilig den Operationstisch herein. Leise surrend fuhren weitere Apparate aus dem Boden. Der Assistenzarzt schloß Schläuche und Kabel an. Phosphoreszierende Linien zuckten über die Monitore. Irrlichternde Hirnströme, Herzschläge, Geistesblitze. Auf dem Tisch erkannte ich Hanna. Sie war krank auf den Tod.

Von ihrem chronisch niedrigen Blutdruck und der leichten Wetterfühligkeit abgesehen ist Hanna immer kerngesund gewesen. Als Säugling mußte ihr ein angeborener Leistenbruch operiert werden, das ist alles. Die Narbe – klassisch in Form einer Hühnerleiter – wuchs mit und verblaßte. Keine Polypen, keine Blinddarmentzündung, sie hat sogar

ihre Mandeln noch. Eine kränkelnde Frau hätte ich nicht lieben können. Hanna hatte das geahnt und darauf vertraut, daß ich sie mit Chen einfach vergäße, daß ihr Bild ins Nichts abstürzen würde, wie bei einem virusinfizierten Computer. – Als ob wir mit 0 und 1 schrieben.
Der Chirurg sagte, es bestünde kaum Hoffnung, aber man wolle nichts unversucht lassen, je kleiner die Chance, desto triumphaler der Sieg der Medizin, wenn man sie trotzdem nutze, und jetzt solle ich mich scheren, schließlich trüge ich die Schuld am Zustand der Patientin. Ich nickte.
An der Schleuse nahm mich ein fünfköpfiger Sicherheitstrupp in Empfang. Der Ranghöchste drückte mir einen Zettel in die Hand. Ich sei festgenommen. Chen erhob keinen Einspruch, sie hätte ohnehin nichts für mich tun können, der Befehl kam von höchster Stelle. Ich wehrte mich nicht, dachte auch nicht daran, mich zu verteidigen. Ich war so allein, wie ein Mensch sein kann, und weinte.

Aus Hannas Hälfte wehten Spuren ihres wunderbaren Geruchs herüber. Ich habe nie eine besser riechende Frau getroffen. Meine Wimpern waren verklebt, die Tränendrüsen hatten tatsächlich Flüssigkeit abgesondert, die sich in den Augenwinkeln sammelte, bis die Oberflächenspannung riß.
Wenn der Traum ganz dicht unter dem Wachbewußtsein treibt, beginnt der Körper, ihn in die Tat umzusetzen. Dann hört man plötzlich seine eigene Stimme im Nebenraum oder gibt sich selbst die Hand. Eines Nachts schrie Hanna plötzlich laut auf. Ich hatte nach einer Flanke von Bonhof

einen fulminanten Volley unter die Latte gedroschen und dabei unglücklich mein Knie in ihren Oberschenkel gerammt. Hanna jammerte, daß es weh täte, ich war ärgerlich, denn durch ihr Geschrei hatte sie meine letzte Chance verpatzt, Nationalspieler zu werden. Am Morgen, während ich schon über Kompositionsauszügen zu Douwermans Sieben-Schmerzen-Altar brütete, präsentierte sie mir vorwurfsvoll ihren Bluterguß.

Natürlich hat es etwas Lächerliches, sich in seine Zahnärztin zu verlieben, noch dazu während der Behandlung. Nüchtern betrachtet, kommt man dem Gesicht einer fremden Frau selten so nahe wie dem seiner Zahnärztin. Was mich später immer beunruhigt hat. Denkt man Sprechstundenhilfe, Bohrer und Angstschweiß weg, ist es dieser Abstand letzten Zögerns, auf den in Filmen der erste Kuß folgt. Allerdings ringen sich die meisten Schauspielerinnen leichter dazu durch als Hanna. Ich war fünf Jahre jünger, studierte alte Kunst ohne Perspektive, und zum vierten Termin erschien ich angetrunken, woraufhin sie sich weigerte, mir das Betäubungsmittel zu spritzen. Ein gutes Zeichen für den Anfang.
Nachdem Hanna sich endlich entschlossen hatte, mich zu lieben, erklärte sie unsere Geschichte umgehend zum Wunder. Wir standen im Mittelpunkt des Universums, von Ewigkeit her füreinander bestimmt, die Götter hatten uns zu ihrer persönlichen Angelegenheit gemacht. Wir sollten ein Beispiel sein, wie einst Philemon und Baucis. Weil Hanna sich nicht vorstellen konnte, daß sie jemanden wie mich unter normalen Umständen geheiratet hätte,

mußten himmlische Mächte ihre Finger im Spiel gehabt haben. Sie war sicher, wir hätten uns getroffen, selbst wenn ich im Kongo geboren wäre oder in Botswana, was durchaus möglich ist, es gibt hier viele Studenten aus Afrika, die leiden auch unter Zahnschmerzen. In Wirklichkeit habe ich unsere Geschichte ziemlich kalt eingefädelt.
Verfolgt man die Fäden weiter zurück, hatten wir das Glück oder Unglück, daß Frau Dr. Leineweber, die Nachfolgerin des guten alten Dr. Flotte, der schon meine Milchzähne versorgt hatte, so fest von den katastrophalen Spätfolgen des Amalgams überzeugt war, daß sie meinte, meine einzige Chance, Zeugungsunfähigkeit, Migräne und Hirntumoren zu entrinnen, sei, sämtliche alten Füllungen auszubohren und durch Kunststoff zu ersetzen. Sie könne ohnehin nicht verstehen, wie ihr Vorgänger es, bei allem Respekt, mit seinem ärztlichen Gewissen vereinbart habe, mir derartige Riesenmengen Gift in die Zähne zu spachteln. Mein Vertrauen zu Ärzten war immer grenzenlos und gehört jeweils dem, der mich gerade behandelt. Wenn einer morgen sagt, er müsse mir, um meine haltungsbedingten Rückenschmerzen zu kurieren, leider einen Zeh abnehmen, ließe ich ihn bestimmt gewähren. Also willigte ich ergeben ein und verbrachte die Monate vor den Abiturprüfungen statt über Büchern auf dem Zahnarztstuhl, erleichtert, eine wirklich ernste Bedrohung meines Lebens im letzten Moment abgewendet zu haben. Als krönenden Abschluß der Runderneuerung wollte sie mir noch eine Art Beißring anpassen, da meine Zähne allesamt unnatürlich tiefe Schleifspuren (*Schliffa-*

cetten, wie Hanna sagte) aufwiesen, verursacht wahrscheinlich durch nächtliches Knirschen oder Verkrampfung der Kiefermuskulatur infolge seelischer Anspannung. Aber dazu kam es nicht mehr. Hanna, die mein Gebiß am besten kannte, hielt dies in meinem Fall übrigens für unnötig, und ich glaube nicht, daß ästhetische oder gar erotische Motive ihr Urteil in medizinischen Fragen hätten beeinflussen können.

Ich verließ Niel mit Abitur und der Gewißheit, mindestens bis Anfang Dreißig kariesfrei zu sein. Nach knapp vier Jahren jedoch, es war Ende August, zertrümmerte eine Laugenbrezel die erste Plastikplombe, wenig später zerbrach die nächste an Graubrotrinde. Die Krater, die meine Zunge in den Backenzähnen ertastete, waren beachtlich. Ich lebte inzwischen zwar schon anderthalb Jahre hier, wußte jedoch niemanden, der mir einen guten Zahnarzt hätte empfehlen können. Die meisten Mitstudenten stammten aus dem Hinterland und gingen während der Semesterferien zu den Ärzten ihrer Kindheit, aber ich fuhr selten nach Niel, und mein Glaube an Frau Dr. Leineweber war erschüttert.

Der Sommer '85, erinnere ich mich, galt als Jahrhundertsommer und leitete mit satten dreißig Grad die Schlußoffensive ein. Diverse Kreisdirektoren hatten das Auffüllen der privaten Schwimmbassins verboten, ebenso die Bewässerung von Blumenrabatten und Zierrasenflächen, hatten Bußgelder bei Zuwiderhandlung festgesetzt und die Bevölkerung aufgefordert, nicht täglich zu duschen, in den Straßenbahnen stank es schon morgens nach Schweiß.

Die Magazine veröffentlichten geistreiche Aufsätze über die Folgen der Hitze für Arbeitsmoral und Lebensart. Wer daheimgeblieben war, bereute es jedenfalls nicht wegen des Wetters, sondern nahm seinen italienischen Aperitif während der Mittagspause in einem der zahlreichen Straßencafés.
Telephonbuch und Stadtplan zufolge lag die *Gemeinschaftspraxis Dr. med. dent. Hans Martinek & Dr. med. dent. Hanna Martinek* meiner Wohnung am nächsten. Andere Gründe gab es nicht. Wenn man fehlende Zielgerichtetheit der Protagonisten als Indiz für übernatürliches Eingreifen deuten will, spricht dieser Anfang vielleicht für Hanna. Und was, wenn Dr. Flotte ein Jahr später pensioniert worden wäre? In diesen Fallstricken verfängt man sich fast zwangsläufig, sobald es um große Liebe geht. Inzwischen glaube ich, daß man im Prinzip mit ziemlich vielen Frauen leben könnte, nur eben nicht, wenn man diese Möglichkeit voraussetzt. Neulich las ich, wichtig für das Gelingen einer Ehe sei es, regelmäßig den Anfangszauber zu beschwören, sich einen Privatmythos zu stiften. Aber ich bezweifle, daß unsere in Verzückung und Taumel begonnenen Lieben besser ausgehen als die Zweckgemeinschaften früherer Zeiten. Ich weiß auch nicht, ob die Erinnerung an verlorene Paradiese das Erdenleben leichter macht.

Im Wartezimmer hingen – halb verdeckt von einem kränkelnden Ficus – das Bild eines unbekannten Meisters, der sich als Kandinsky versucht hatte, sowie zwei Hundertwasserpostkarten mit silberner Signatur auf Schwarz in

überdimensionalen rotgoldgesprenkelten Holzrahmen. Ich dachte: »Der alberne Beruf des Kunstberaters hat offenbar doch Zukunft.«
Zeitschriften hielt man für überflüssig, außer Krankenkassenpostillen lag lediglich ein zerlesenes *Weltbild*-Heft aus. *Weltbild* war auch in Niel sehr beliebt gewesen. Ich erwartete ein konservatives Ehepaar um die fünfzig, routiniert freundlich, mit der standesüblichen Spur Herablassung. Auf dem Weg zum Behandlungsraum sah ich Hans Martinek durch einen Türspalt beim Händewaschen, er paßte ins Bild, und ich hoffte, von der Gattin behandelt zu werden. Immerhin war die Sprechstundenhilfe nett und hübsch, legte mir die Serviette an und fragte, ob ich Schmerzen hätte.
– »Nein.«
Ich dachte über einen originellen Einstiegssatz nach, um Herrn oder Frau Doktor gleich meine ergebene Ebenbürtigkeit zu signalisieren. Aber dann kam ein schlicht gekleidetes Mädchen herein, ungeschminkt, die halblangen Haare nachlässig am Hinterkopf zusammengesteckt, das sich artig vorstellte und mir etwas linkisch die Hand gab. Alle Ärzte, bei denen ich bis dahin gewesen war, hätten meine Eltern sein können, und ich hatte ihnen die Verantwortung für meine Rettung immer bereitwillig überlassen. Ich sagte, mir seien zwei Füllungen durchgerostet, merkte im selben Moment, daß die Formulierung im Zusammenhang mit Plastik reichlich schief war, aber Hanna lachte, auch die Sprechstundenhilfe lachte, und beide stimmten überein, das hätten sie noch nie gehört.

– »Haben Sie sonst Beschwerden?«
– »Mir bleibt immer Essen zwischen den Zähnen hängen.«
Hanna begann, indem sie mein verwüstetes Gebiß sorgfältig kartierte.
– »1/6er Füllung mesial; 1/7er Füllung distal, Tasche zwischen 3/5 und 3/6.« Und immer wieder kariös, kariös, kariös.
– »Zahnstein entfernen. – Rauchen Sie?«
– »Ziemlich viel.«
– »Die Weisheitszähne sollten Sie sich auch in absehbarer Zeit ziehen lassen.«
Meinen Blick kreuzte sie immer nur flüchtig, als weigere sie sich, zur Kenntnis zu nehmen, daß ein Mann an ihr Gefallen finden könnte. Professor van den Boom erzählte nach einer Japanreise, daß ihm dort selbst im dichtesten Gewühl der Tokioter Einkaufspassagen kein Mensch ins Gesicht geschaut habe. Kunststoff sei für Füllungen meiner Größenordnung ihrer Ansicht nach übrigens völlig ungeeignet, und sie sähe nicht, wie die Kollegin diese sinnlose Verschwendung von Zahnsubstanz rechtfertige, zumal die Gefährlichkeit von Amalgam keineswegs feststünde. Um die anderen Backenzähne sei es auch nicht gut bestellt. Es gebe drei Möglichkeiten: neue Plastikfüllungen, wovon sie, wie gesagt, dringend abrate, Amalgam oder Kronen. Offenbar gehörte sie einer neuen Ärztegeneration an, die glaubte, ihre Patienten in die Entscheidungsfindung mit einbeziehen zu müssen. Vielleicht war ich auch einfach nur älter geworden, und man sprach jetzt mit mir statt mit meiner Mutter. Ich fand sie bezaubernd und

schon deshalb vertrauenswürdig. Die Aussicht, sie über mehrere Monate wenigstens einmal pro Woche zu sehen, war verlockend, selbst unter diesen Umständen, und ich ging mit acht neuen Terminen nach Hause.

Ich kann mich an keine Zeit meines Lebens erinnern, in der ich nicht verliebt gewesen wäre, aber fast alle diese Lieben erstarben, sobald ihr jeweiliges Objekt länger als eine Stunde abwesend war. Die anderen sind selten über stille Anbetung und verbrannte Briefe hinausgekommen. Um so unbegreiflicher ist mir, was dazu geführt hat, daß ich zwei Tage nach Hannas ersten Eingriffen fest entschlossen war, sie zu heiraten. Ich beschloß, nüchtern und strategisch vorzugehen, als gelte es, eines dieser verzwackten Rätsel zu lösen, bei denen man nicht einmal die Anordnung der Begriffe kennt. Und das, obwohl die Bilder im Wartezimmer demonstrierten, daß sie von Kunst rein gar nichts verstand, obwohl mich die Art, wie sie sogar vor den Patienten um Vaters Anerkennung buhlte, peinlich berührte, obwohl sie in ihrem bisherigen Leben sicher nicht ein einziges Mal betrunken gewesen war.

Ich vermutete auch, daß es für einen Kunsthistoriker schwierig sein müsse, sich mit einer Zahnärztin zu unterhalten. Gibt es einen vernünftigen Grund, außer Geldgier, warum man Zahnmedizin studiert? Wenn jemand Vergnügen an filigranem Handwerk findet, kann er Goldschmied werden oder Mikrochips montieren. Ohne Mundgeruch, Spucke und Blut. Ist sein Trieb, der geschundenen Kreatur zu helfen, größer als aller Abscheu, soll er armen Kindern im Busch Einläufe machen oder Salz-Zucker-Lösung kochen oder sich als Chirurg versuchen. Einen Tumor zu operieren, das Leben einer Todgeweihten zu retten, so das möglich ist, mag einen mit Befriedigung erfüllen. Aber weshalb wird man Zahnarzt?

Am Morgen des nächsten Termins hatte ich Durchfall und ein böses Reißen in der Magengegend, trank in einem Zug ein Viertel Rotwein und lutschte anschließend ein Päckchen Pfefferminz, damit sie es nicht roch. Im Wartezimmer saß eine gepflegte ältere Dame, der meine unkontrolliert trommelnden Finger sichtbar auf die Nerven gingen. Sie sagte, ich bräuchte doch nicht solche Angst zu haben, es gebe so schöne Spritzen heutzutage, zu ihrer Zeit, da seien Zähne sogar ohne Betäubung gezogen worden. Frau Jung fragte, während sie die Ampulle mit dem Narkotikum in die Spritze schob, ob mir nicht gut sei, ich sähe blaß aus.

– »Es soll Gewitter geben, da spielt mein Kreislauf verrückt.«

Zum Glück merkt sich niemand Wetterberichte. Ich hatte mich nach längerem Hin und Her für Amalgamfüllungen und vier Goldkronen entschieden. Hanna kam, streckte mir schon in der Tür die Hand entgegen:

– »Geht es Ihnen gut?«

Offenbar wußte sie noch, wer ich war. Sie setzte die Spritze ruhig, es tat kaum weh, und verschwand gleich wieder. Ich hörte, wie sie im Nebenraum einem kleinen Jungen erklärte, daß er sich nicht schämen müsse, seine Klammer zu tragen.

In Niel hatte ich eine ungefähre Vorstellung der Regeln gehabt, nach denen gespielt wurde, und zugleich das vage

Gefühl, daß ich nicht mitspielen wollte. Paare waren Eltern. Sie zogen Nachkommen auf, die meine Schulkameraden waren. In den Schlafzimmern standen Wäschespinnen, Trimmräder und tragbare Fernseher. Die Männer tranken abends bei Sahm, während ihre Frauen die Kinder ins Bett brachten oder Socken stopften. Paul und Erika Janssen, Jan und Agnes Geerts, Karl und Wilma Schless, unsere nächsten Nachbarn, hielten sich nicht an der Hand, küßten sich nicht, sie tauschten nicht einmal vielsagende Blicke. Trotzdem schienen sie allesamt füreinander die einzig Möglichen. Ich weiß von keiner Scheidung. Liebende waren sie vielleicht bis zur Hochzeit gewesen, solange erzählte Tante Dora mit verschwörerischer Miene und einer Spur Mißbilligung, wer um wen freite. Manche begannen schon während der Verlobungszeit mit dem Hausbau, andere warteten noch auf die Zuteilung der Bausparverträge. Binnen Jahresfrist sollte sich Nachwuchs ankündigen, sonst stimmte etwas nicht.
Mit vierzehn erkannte ich Regina Seegers, und die Regeln galten nicht mehr. Sie war ein Jahr jünger als ich und ging als einziges Mädchen aus Niel zum Gymnasium. Allerdings nicht wie ich nach Kalkar, sondern nach Rees. Sie spielte Klavier und Oboe und sang die Soli in der Christmette. Ihr Vater war unser Organist. Wir schauten uns beim Verlassen der Kirche allsamstäglich unendlich lange an, aber meine Briefe beantwortete sie nicht. Sicher schämte sie sich, wie es sich für ein Mädchen gehörte. Sie wurde von Woche zu Woche schöner. In einer Sonntagsandacht, Sommer '78, trug sie ein enges hellgelbes T-Shirt, keinen

BH. Ich sah, daß sie schon sehr entwickelte feste Brüste mit weichen fleischigen Warzen hatte, die beim Gehen vergnügt hüpften, und erinnere mich nicht an den Nachhauseweg. Ich war überzeugt, daß eine Liebe dieser Größenordnung zwangsläufig ihre Erfüllung finden müsse, und bereit, zu warten, bis Regina ihre natürliche Scheu überwunden hätte. Ich machte ausgedehnte Spaziergänge bei jedem Wetter, in der Hoffnung, ihr eines Tages allein und unbeobachtet gegenüberzustehen. Alles hing an diesem Moment. Ich feilte an dem Satz, den ich als erstes sagen würde und der alles enthalten müßte, warf ihn probeweise den Nymphen in Weiden und Dornbüschen an den Kopf, um zu hören, ob er auch gut klang. Regina zuliebe ertrug ich drei Jugenddiscos im Kirmeszelt, aber sie kam nicht, worüber ich andernteils erleichtert war. Wir haben in all den Jahren nicht ein einziges Mal miteinander gesprochen. Dann stellte sich heraus, daß sie Frauen liebte. Bei Tante Dora sammelten sich die Gerüchte, verfestigten sich zur Gewißheit, und gleichzeitig wurde mein Entschluß, fortzugehen, endgültig.

– »Spüren Sie noch was, oder ist die Backe schon taub?«

Ich sagte: »Als Christen wissen wir ja, daß der Mensch erst in der Annahme des Leidens zu sich selbst findet.«

Das war eine Gemeinheit, aber sie verfing. Hanna lachte, erkennend und verblüfft:

– »Sind Sie auch katholisch?«

In der Frage schwang etwas sehr Ernstes mit, ich bin sicher, doch sie konnte sich später an das Gespräch gar nicht erinnern.

– »In der Gegend, aus der ich stamme, hat es keine Alternative gegeben.«
– »Und jetzt? Glauben Sie denn jetzt noch?«
Ich versuchte, ihr die weitverzweigten Tiefen meiner Überlegungen angesichts dieses unübersichtlichen Geländes vermittels eines geräuschvollen langanhaltenden Ausatmens deutlich zu machen, und fuhr mir dazu dramatisch durchs Haar.
– »Jedenfalls sitze ich oft in Kirchen.«
– »Können Sie den Mund etwas weiter aufmachen?«
Wenn es ausweglos ist, kehrt Ruhe ein. Zusehen als letzter Akt der Selbstbehauptung. Sie verrückte die Lampe, eine einäugige Gottesanbeterin auf dem Sprung. Mein Mund erstrahlte im Spiegel ihrer bespritzten Brille. Die Zähne leuchteten, Stalakmiten, Stalaktiten, von denen die Chef-Speläologin behauptete, sie drohten demnächst auseinanderzubrechen. Ihre Iris, honigfarben mit grünen Einsprengseln, dunkel umrandet, im weißen Apfel ein schwarzer Strich, irregeleitetes Blut. Der seltsam schwachsinnige Ausdruck eines hochkonzentrierten Auges aus nächster Nähe. Machte sie mein Stieren nervös? Bemerkte sie es überhaupt? Unmöglich zu entscheiden, ob sie mich anschaute oder den Bohrkopf. Sie verrückte nochmals die Lampe, so daß ich geblendet wurde.

Sehspiele. Den Apparat überlisten. Blick gegen den Schmerz in die flammende Augustsonne, Überwindung der Lidreflexe. Die natürlichen Schutzmechanismen vorsätzlich außer Kraft setzen. Möglich, daß man darüber er-

blindet. Der Feuerball schlägt um, auf dem Schirm erscheint sein Negativ: schwarzes Loch in flammendem Vorhof, Gottes Pupille. Dahinter sind Licht und Finsternis ungeschieden.
Weitere Selbstversuche zur Sinnesphysiologie aus Kindertagen: Ich liege auf dem kühlen Rasen, der Himmel gleißend über mir. Quetsche die Augäpfel mit den Fingern in die Höhlen, bis kein Photon mehr durchdringt. Stelle die schwarze Wand scharf. Wie das möglich ist, rein technisch, weiß ich nicht – die Entfernung zwischen mir und dem Objekt tendiert gegen Null. Unter zehn Zentimetern Abstand bleibt aber normalerweise jede Kontur verschwommen. Mikroben entstehen. Zellen, Hohlkörper, Geistwesen. Schweben, flackern, schieben sich ineinander, teilen sich, verlöschen. Innenansichten des Hirns im Leerlauf. Das mag es nicht. Es neigt zu Hyperaktivität. Wirft sich gegen die Schläfen, schlägt an die Decke, Druckwellen brechen sich am Hinterhauptbein. Man kann das nicht sehr lange aushalten. Zwei, drei Minuten. Dann schrittweise Rückkehr in die sichtbare Welt über Karmin, Purpur, Zinnober. Wenn die Lider nur noch ganz dünn über der Hornhaut liegen, platzt ein Dotter und zerläuft. Eine Gewöhnung an das Tageslicht ist mit geschlossenen Augen unmöglich. Der erste Blick nach draußen sticht, die Pupille kontrahiert auf eins, die Irismuskeln reißen fast. Eigentlich ist es für uns zu hell hier.
Ihre gummibehandschuhte Hand auf meiner nackten, ein Zufall, ich mußte einen der Absaugschläuche halten. Das Kitzeln vereinzelter Haare, die sich aus der Spange gelöst

hatten, auf meinem Unterarm. Die ungewöhnliche Konsistenz ihrer Haare, sehr dünn, trotzdem sperrig und etwas zu trocken. Ich schob den Arm weiter, bis mein Ellbogen ihr Knie berührte. Ihre kleine Brust unter dem gestärkten Kittel an meinem überhitzten Ohr, leichtes Pochen. Die Hoffnung, daß es tatsächlich ihr Herzschlag ist.
– »Sie bluten ziemlich stark. Die Blutung muß erst abklingen, bevor wir weitermachen können.«
Warum sagen Ärzte immer *wir*? Sie wickelte orangefarbene Wollfäden, getränkt mit gallenbitterer Flüssigkeit, um den abgeschliffenen Stumpf.
– »Lassen Sie mich doch zur Ader, dann sinkt der Leitungsdruck.«
Anstatt mit mir zu plaudern (»Das neunzehnte Jahrhundert hat fast alle Beschwerden, selbst Liebesschmerz, mit Aderlässen kuriert«), hörte sie sich im Nebenraum die Klagen eines Rentners über seine schlecht sitzende Prothese an. Frau Jung besprühte die Instrumente ausgiebig mit Desinfektionsmittel und legte diskret ein weißes Papiertuch über die blutigen Sauger, damit mir der Anblick nicht auf den Magen schlug.
– »Wissen Sie, wie viele Sauschlachtungen ich gesehen habe? Ich mußte als Junge sogar die Schüsseln halten, um das Blut für die Wurst aufzufangen.«
Letzteres war gelogen. Im Mundwinkel löste sich ein Tropfen Spucke. Dann kam Hanna zurück, holte ein halbes Dutzend schwärzliche Wattepfropfen aus meiner Backe, legte neue Fäden.
– »Sie bluten wirklich ungewöhnlich stark.«

– »Vielleicht will mein Blut nicht gestillt werden.«
Die Art, wie sie die Zementpaste zwischen den Fingern drehte, als forme sie die Nase für ein Knetgummimännchen oder rolle eingeweichtes Brot zu Kugeln, um kleine Rotfedern zu fangen, denen sie dann bei lebendigem Leib einen Haken unters Rückgrat stäche, als Köder für einen kapitalen Hecht. So habe ich es als Kind gemacht, und es braucht große Geschicklichkeit, wenn das Fischlein nicht vor der Zeit sterben soll. Später, als wir drei Wochen lang Abend für Abend an einem schmalen norditalienischen Fluß saßen, schossen ihr jedesmal Tränen in die Augen, wenn einer der zahlreichen Angler eine Forelle an Land zog, und sie sagte, daß sie es gar nicht wissen wolle, sobald ich zum Beispiel ansetzte, ihr die Funktionsweise von Maulsperre und Hakenlöser zu erklären.
Hanna kam mit einer Spritze, wie man sie benutzt, um Fenster mit Silikon abzudichten. Mir wurde schlecht. Zittern und Brechreiz. Der frühe Wein, die abschüssige Lage, der Blutverlust, die Übererregung, die unerhörte Bitterkeit. Mehr Speichel, als man schlucken kann. Gelenke aus warmem Wachs. Geradezu klassisch. Der Kreislauf, der Kreislauf. Ob wir eine kurze Pause machen könnten, mir sei irgendwie übel. Natürlich, ich sähe auch kreidebleich aus, weshalb ich nicht eher etwas gesagt hätte, womöglich vertrüge ich den Blutungsstiller nicht. Sie wies Frau Jung an, »Unverträglichkeitsreaktion bei Gingival-Retraktionsflüssigkeit« in meine Karteikarte zu schreiben.
– »Kann ich eine Zigarette rauchen? Auf der Terrasse vielleicht?«

– »Auf gar keinen Fall. Nicht solange Sie hier sind. Sie kippen mir ja um. Ich setze Ihnen jetzt ein Provisorium auf, den Abdruck machen wir beim nächsten Mal.«
Ob sie sich insgeheim freute, mich einmal öfter zu sehen als ursprünglich vereinbart? Ich mußte etwas sagen:
– »Ist es nicht schrecklich, jeden Tag all diese Leute mit verzerrtem Gesicht und Panik im Blick vor sich zu haben?«
– »Geht es Ihnen wieder besser? Glauben Sie, Sie schaffen es nach Hause?«
Nein. Wie denn? Geben Sie mir noch ein paar Minuten. Ich könnte Ihnen eine lustige Geschichte erzählen. Ich weiß. Natürlich. Ihr Wartezimmer ist überfüllt. Beim nächsten Mal vielleicht? Wir machen einen Doppeltermin. Im zweiten Teil greife ich dann in Ihren Mund. Nur so. Wie finden Sie das?
– »Ich meine, haben Sie nicht immer diese Fratzen vor Augen, wenn Sie Patienten auf der Straße treffen oder im Restaurant? Mir geht es beispielsweise oft so, ich bin Kunsthistoriker, ich sitze in der Kneipe, und die Leute um mich herum sehen plötzlich aus wie Figuren von Douwerman. Kennen Sie Douwerman?«
– »Ehrlich gesagt, da habe ich noch nie drüber nachgedacht.«
– »Macht nichts. Kaum jemand kennt Douwerman, obwohl er wirklich bedeutend ist. Seine beiden Wurzel-Jesse-Predellen sind das Verrückteste, was es an spätgotischer Schnitzkunst gibt.«
Da lächelte sie mich zum ersten Mal an.
– »Nein, tut mir leid, kenne ich wirklich nicht.«

– »Ich kann Ihnen ein Buch mitbringen.«
– »Ich interessiere mich schon für Kunst. Ich habe früher sogar selbst gemalt. Aber heute komme ich nicht mehr dazu.«
Dann ein kurzes Schweigen, das ebenso freundlich wie entschieden signalisierte, daß meine Zeit abgelaufen war.
– »Bis zum nächsten Mal.«
Hätte ich sagen sollen, daß ich mich jetzt schon freute, leichenblaß und mit zitternden Knien, eben knapp einem Kollaps entgangen?
Noch nicht ganz aus der Tür, steckte ich mir eine Zigarette an, und Hanna hatte unrecht: Der Rauch des ersten Zuges, der einem die Lungen bis auf den Grund mit dem sanftesten Geschmack füllt, den der Tod annehmen kann, gab mir die Fassung zurück. Allein deswegen höre ich mit dem Rauchen nicht auf.

Was sollte ich anfangen mit den neun Tagen, die vergehen mußten, ehe ich die Liebe meines Lebens wiedersehen würde? Und ich war doch vier Jahre lang überzeugt gewesen, nachdem Regina sich dem eigenen Geschlecht zugewandt hatte, daß die Zeit der großen Lieben vorüber sei. Heutzutage treffe man Absprachen über friedliche Koexistenz in gemeinsamem Wohnraum, einige sich auf die Grundlagen der Kindererziehung, Einbauküche, Automarke. Oder aber man lebt seinen Trieb aus, Raserei angesichts eines Hinterns, eines Gangs, fällt übereinander her bis zum Überdruß, schreit sich dann wegen nichts an, und ein halbes Jahr später sitzt man in aller Freundschaft beim Italiener. Keinesfalls endet es tödlich oder im Wahn.

Ich hastete mehrmals täglich an ihrer Praxis vorbei, in der Hoffnung, daß sie gerade in dem Moment aus der Tür träte. Was sie natürlich nicht tat. Ich sah nicht einmal ihren Schemen hinterm Fenster. Ich schlief schlecht oder gar nicht und bebrütete Angstträume. Appetitlosigkeit bis zum Essensekel, Schweißausbrüche. Und immer wieder Erschrecken, als sei etwas ganz Ungeheuerliches geschehen, als hätte man jemanden umgebracht.

Ich kramte die Kladde mit den Aufsätzen hervor, die ich zwischen vierzehn und achtzehn geschrieben hatte: *Himmel in Stein – Die Kathedralen* – nach Besuchen in Strasbourg und Freiburg; *Piero della Francescas verschollene Sebastiantafel – Eine Spurensicherung; Altdorfers St. Georg als Beginn der europäischen Landschaftsmalerei*; Skizzen zur *Philosophie der Zentralperspektive*. Auf der Mappe stand in feierlich gotischen Lettern *Für Regina*. Ich hatte sie angelegt, damit sie später, wenn das Gesetz sich erfüllt hätte, meine Geschichte vor ihrer Zeit verfolgen könnte. Ich überlegte, ob ich sie für Hanna aufbewahren sollte, und fand den Gedanken ebenso geschmacklos wie vernünftig. Als wenn man die Quadratfunktion *Große Liebe* einfach mit neuen Zahlen rechnen könnte, und zeichnete dann eine leicht verschobene, aber im Prinzip identische Parabel aufs Millimeterpapier. Die Möglichkeit, daß es eine zweite große Liebe gibt, war minimal unerträglicher als die, daß man nur eine Chance hat. 0,0000001 auf der nach unten offenen Walkenbachskala. Man kann zwar durch unendlich kleine

Zahlen dividieren, jedoch nicht durch Null. Der Unterschied zwischen nichts und etwas. Aber Regina liebte Frauen. Genaugenommen hatte es meine erste Chance nie gegeben. Kurz entschlossen warf ich alles weg, bereute es zwei Tage später, da waren die Zeugnisse ihrer Epoche schon auf dem Weg zum Recycling.

Ich tauschte die sieben Schmerzen, sieben Freuden Mariens in Douwermans Fassung gegen meine Version von Hannas Sätzen, Bewegungen, Blicken. Versuchte, alle Details genauestens zu erinnern. Vertraute Methoden: Rekonstruieren, analysieren, deuten, die Deutung revidieren, zum gegenteiligen Ergebnis kommen, abermals die reinen Fakten prüfen, den Hang zu voreiligen Schlüssen bremsen, allzu vage Vermutungen zurückstellen, den Betrachterstandpunkt hinterfragen. Wie gut, daß ich wissenschaftliches Arbeiten gelernt hatte. Und daß die Kunst Vergleichsmaterial in Fülle lieferte: Gesten, Augenaufschläge, verschämt, erwartungsvoll, einladend, fordernd; die verhaltenen Berührungen, die innigen, die nachdrücklichen, die zudringlichen. Damit beschäftigte ich mich tagelang, und die Stunden stürzten wie Gletscherbäche zu Tal oder froren fest, je nach Wetterlage. Dann schlichen sich Zweifel ein, ob die Liebe sich überhaupt noch so benahm wie in den Jahrhunderten vor unserem. Ob es nicht klüger wäre, Fernsehserien zu studieren oder wenigstens zeitgenössische Photographien. Kann man den Kampf um eine Frau gewinnen, ohne die neuesten Paragraphen des Regelwerks zu kennen? Ahmt die Kunst das Leben nach oder das Leben die Kunst? Oder haben beide womöglich gar nichts miteinander gemein? Aber Hanna roch nach Hortensien, senkte züchtig den Blick, ehe er verfänglich wurde, und errötete, wenn ich sie unvermittelt ansprach.

Abends saß ich in Ullas Kneipe an der Theke, stierte ins Leere oder auf die Schmerzmittelbatterie über den Gläserreihen. Seufzte schwer. Warf Sätze wie »Was will man machen« oder »Das Leben ist halt nicht so einfach« in die Debatte. Bis Ulla sich vor mir aufbaute, die Hände in den breiten Hüften:

– »Dann schütt dein Herz schon aus.«

– »Ach Ulla, das ist eine ziemlich komplizierte Geschichte. Ich bin sicher, daß ich Hanna heiraten werde.«

– »Und wie lange kennt ihr euch?«

– »Zwei Tage. Aber was heißt das schon, wenn es die große Liebe ist.«

Ulla drehte die Augen wie gegen den Himmel, griff nach der Grappaflasche und schüttete mir großzügig ein. Ich dachte, zum Glück gibt es Wirtinnen, die viel gesehen haben und Schnaps ausschenken, ohne daß man ein Rezept vorlegen muß.

– »Geh jetzt nach Hause und schlaf. Oder versuch's zumindest.«

Ein Walter oder Werner, der jede Nacht bei Ulla saß, Rundfunkredakteur, behauptete, daß die meisten, die hier regelmäßig tränken, schon neben ihr aufgewacht seien.

– »Wenn du Not hast, zu Ulla kannst du immer kommen ... Weißt schon, was ich meine.«

Ich hatte leicht angewidert genickt, nicht wegen Ulla, sondern wegen der Lässigkeit, mit der diese Ansammlung gutsituierter Herren in den Vierzigern ihre Triebabfuhr organisierte. Aber ich fand es beruhigend, zu wissen, daß Ulla sich in der Liebe auskannte, auch wenn sie schon lange nicht mehr daran glaubte.

Im Halbschlaf Kopfzerbrechen: Wie leite ich die erste eindeutig nicht zufällige Berührung ein ohne Gefahr der Zurückweisung? Wo schon durch den falschen Zeitpunkt alles verloren sein kann. Woran erkenne ich den richtigen Zeitpunkt? Der Nachteil der Bilder: Vorgeschichte und Fortgang bleiben im Dunkeln. Die Hand ruht von Anfang an und für alle Zeiten auf dem Busen. Manchmal ahnt man zwar, ob sie gleich hingelangt hat, zu einem saftigen Spruch und Gelächter, oder aber sanft hinuntergeglitten ist, mit dem Fingerrücken über den Hals, den Kuppen leicht das Schlüsselbein entlang. Oder der Herr nestelte gerade ungeschickt an der Schleife ihres Mieders, als sein Maler Haltung und Geste für vollendet erklärte. Und jetzt muß der Unglückliche bis zum Jüngsten Tag ausharren, ehe er mit dem Aufschnüren seiner Liebsten fortfahren darf. Dann wird es das erste Mal sein, daß er Frauenhaut anfaßt. Vielleicht weiß er gar nichts damit anzufangen, oder der Geruch irritiert ihn, oder die Dame schreit: »Was fällt Ihnen ein, ich kenne Sie doch gar nicht!« und will zumindest mehr Geld, der Maler habe sie nur für bekleidete Positionen bezahlt, sonst hätte sie auch kaum eingewilligt, sie sei eine anständige Person und habe einen Ruf zu verlieren ... – Für die paar Gulden setze sie den jedenfalls nicht aufs Spiel ...

Wer rechtfertigt den Befehl an die Hand, den durchsichtigen Flaum in ihrer Halsbeuge glattzustreichen? Drei Finger in ihren Nacken zu legen, während sie weiter Zähne schleift. So machen sie es in Filmen. Anschließend ist das Parkett mit zerknüllten Papiertaschentüchern übersät. Aber da steht das Ende längst fest. Wenn der Vorführer die Rollen vertauscht, kennt man es schon. Das habe ich erlebt. In einem etwas schäbigen Programmkino bei *Der Freund meiner Freundin*. Wenn das Ende aber offen ist, wer verantwortet die Ohrfeige? Den Schluß, ohne daß eine Geschichte erzählt worden wäre? Gibt es untrügliche Zeichen, daß ich jemanden küssen darf? Wer kann sie lehren? Oder geschieht es versehentlich? Ohne Grund dickt die Luft ein, zieht sich zusammen, eine atmosphärische Störung, und zwei Fremde werden im leeren Raum aneinandergepreßt, lassen ihre Gläser fallen, die vergessene Zigarette brennt ein Loch in den neuen Pullover.

Ich brachte Hanna das Douwerman-Buch mit.
– »Sie können es bis zum nächsten Mal behalten, im Moment brauche ich es nicht.«
Sie blätterte. Staunte.
– »So etwas habe ich noch nie gesehen. Aber ich kenne mich in der Kunstgeschichte natürlich nicht gut aus. Ist die Wurzel Jesse tatsächlich aus einem Stück geschnitzt?«
– »Nein. Aber das spielt doch auch keine Rolle. Übrigens sind es, wenn Sie genau hinschauen, zwei verschiedene Predellen, eine aus Kalkar und eine aus Xanten.«
Mit in ihre Wohnung nehmen wollte sie das Buch allerdings nicht. Als fürchtete sie, ich könnte mich hineinverwandeln und herausklettern, sobald sie das Licht gelöscht hätte, mich ans Fußende hocken und ihren Schlaf belauern. Immerhin schrieb sie sich Autor und Titel auf.
– »Ich werde es mir kaufen.«
– »Da dürften Sie kaum Glück haben. Das Buch ist seit Jahren vergriffen. Ich habe mein Exemplar durch Zufall bei einem Antiquar in Münster gefunden, völlig überteuert zwar...«
– »Außerdem weiß ich nicht, ob ich die nächsten Tage überhaupt Zeit finde, es mir anzuschauen.«

– »Frau Doktor, eine Frage, was meinen Sie denn, welche Löffelgröße wir brauchen?«
Wie bringt man den Erdboden dazu, eine Sprechstundenhilfe zu verschlucken, obwohl sie unschuldig ist?
– »Versuchen Sie mal drei. Oder dreieinhalb.«
– »Wenn Sie zum Beispiel eine Krone machen, kommt es vor, daß Ihnen sozusagen ein Meisterwerk gelingt, und Sie sind abends richtig stolz auf sich? Oder wird mehr oder weniger alles gleich gut?«
– »Natürlich gibt es Unterschiede, das hängt von verschiedenen Faktoren ab ... – So, machen Sie den Mund mal ganz weit auf. Wir brauchen noch eine Nummer größer, Frau Jung. Das hätte ich jetzt nicht gedacht, Ihr Unterkiefer wirkt eigentlich schmäler. – ... Und wenn alles hundertprozentig paßt, klar, daß man sich dann freut. Manche Brücken finde ich auch einfach unheimlich schön. Es klingt vielleicht komisch, aber ...«
– »Überhaupt nicht. Ich kann mir das gut vorstellen. Irgendwie ist es ja eine Art Kleinplastik oder meinethalben Objektkunst, was Sie da machen. Deswegen habe ich doch gefragt. Obwohl einem als Patient die ästhetische Seite – sagen wir – etwas fremd ist.«
Sie lachte.
– »Wir nehmen erst den Gegenabdruck.«
Pluralis was? Modestiae, maiestatis, medicinae? Nicht wir, nicht einmal sie, nein, Frau Jung allein würde den Gegenabdruck nehmen. Hanna zog sich unterdessen ohne Angabe von Gründen und ohne Douwerman-Buch in ihr Büro zurück. Ich fragte mich, warum sie immer so un-

vermittelt verschwand. War ich ihr zu langweilig? Wollte sie sich schützen? Oder hatte sie einfach so viel zu tun, daß sie es sich gar nicht leisten konnte, mit mir zu plaudern? Dr. Flotte und die Leineweber waren stets bis zum Ende bei mir geblieben. Hatten gefragt, ob ich schon einen Wunschzettel fürs Christkind geschrieben hätte, was die Schule mache, ob ich studieren wolle.

Frau Jung brachte den Löffel für mein Breitmaul, ausgespritzt mit einer violetten Silikonpaste, in die ich hineinbeißen mußte. Ein Schock: Bitterer wird selbst der apokalyptische Wermut nicht schmecken. Und man kann nicht ausspucken. Der Mund ist brechend voll, das Zäpfchen schlägt um sich, man würgt lautlos und würde vermutlich an seiner Kotze ersticken. Ähnlich muß eine geknebelte Geisel sich fühlen. Ich preßte beide Hände auf den Magen, damit er sich nicht vollends umstülpte. In der Mitte der Speiseröhre kämpften Salzsäure und Gummilösung, wer von beiden den Weg frei machen müsse. Einstweilen trug die Gummilösung den Sieg davon. Als Hanna zurückkam, versuchte ich mühsam, unbeeindruckt zu wirken.

– »Kann man dieses Zeug nicht mit Erdbeer- oder Vanillegeschmack aromatisieren, das ist ja unerträglich.«

– »Da hat sich eigentlich noch nie jemand drüber beschwert. – Aber ich werde Ihren Vorschlag an den Vertreter weitergeben, wenn er das nächste Mal kommt.«

– »Spotten Sie ruhig. Wir müssen diese Abdrücke auf den Nachmittag verschieben. Morgens verkrafte ich das nicht. Da kann ich nicht garantieren, daß ich Ihnen nicht auf den Boden speie.«

– »Das können Sie ja nachher mit Frau Almeroth absprechen. Mir ist das recht. Sie haben offenbar einen ziemlich empfindlichen Magen.«
Sie schaute sehr mitfühlend. Sogar eine Spur schuldbewußt. Im nachhinein glaube ich, daß meine Schwächeanfälle ihre ersten rein privaten Regungen für mich freigesetzt haben. Anfangs tarnte sich die Liebe als Sorge, um unbemerkt in Hannas innere Gemächer einzudringen. Selbst Frau Almeroth schaute mitleidig, als ich ihr erklärte, weshalb einige Termine auf den Nachmittag verschoben werden müßten.
Draußen schmeckte die Zigarette wie vorverdaut Hochgewürgtes, und ich warf sie nach drei Zügen fort.

Der Sommer wollte immer noch nicht abtreten. Schon morgens war es drückend schwül. Ich überlegte, ob ich laufen oder die Straßenbahn nehmen sollte, entschied mich für die Bahn, ein Fehler, wie sich herausstellte. Ein umfangreicher Seniorenverein befand sich auf dem Weg zu gemeinsamer Freizeitaktivität. Es roch nach Erfrischungstüchern und Wurstbroten. Eine entnervte Mutter brüllte ihre Kinder an, weil die nicht still genug saßen. Und nach dem Aussteigen fiel ich meiner Nachbarin Herta Sudbrack in die Hände, pensionierte Kindergärtnerin Mitte Siebzig, die immer froh war, wenn sie jemanden zum Zuhören zwingen konnte, und ausgiebig über ihre polnische Putzfrau schimpfte, »denn der Deutsche und der Pole verstehen sich einfach nicht, und das fängt schon mit der Vorstellung von Sauberkeit an«.

– »Also die Polen, die ich kenne …«
Natürlich kannte ich keinen einzigen.
– »Glauben Sie mir, Herr Walkenbach, das hat nichts mit dem Krieg zu tun, wie im Rundfunk immer behauptet wird, aber woher soll Ihre Generation das wissen, meine Mutter erzählte schon, da war von Krieg noch gar keine Rede, daß der Pole uns Deutschen gegenüber eher ablehnend eingestellt ist, was sich dann ja wohl auch bewahrheitet hat …«

Ich bin in einem geräumigen Haus mit großem Garten umgeben von Äckern und Viehweiden aufgewachsen und habe mich nur schwer an das Leben in vielstöckigen Mietskasernen gewöhnt. Soviel leerer Raum unter einem, eingemauerte Luft. Die Geschichte des Menschen begann, als unsere Vorfahren von den Bäumen stiegen. Die Hominiden kehrten nicht einmal mehr zum Schlafen zurück, obwohl die Gefahr durch Raubtiere in der Höhe zweifellos geringer war. Wir brauchen festen Grund unter den Füßen. Anfangs wagte ich kaum, aus dem Fenster zu schauen. Von unten wisperte es verlockend, am liebsten hätte ich mich fallen lassen. Bis heute meine ich, die Gravitation unter mir zu spüren. Das Gehen fällt schwerer, als klebten die Schritte am Boden. Aber vor allem: Die anderen sind zu nah. Unzumutbar nah. Ständig werden wir mit den Lebensäußerungen vollständig Fremder konfrontiert. Wenn ich das Haus verlasse, sind sie schon da, schauen finster, rempeln mich an, halten irre Reden, lassen die Motoren ihrer mobilen Einzelzellen aufheulen, hupen, brausen mit quietschen-

den Reifen davon. In den ersten Wochen nach dem Umzug habe ich so gut wie nicht geschlafen. Zusätzlich zum Dauerlärm jagten alle Stunde Krankenwagen, Feuerwehr, Polizei mit heulenden Sirenen vorbei, Herzinfarkte, Selbstmörder, Verkehrstote, implodierte Fernseher, flüchtige Papageien. Und ich schreckte hoch oder träumte Katastrophen, dachte, es ginge um mich. In Niel sahen wir höchstens zweimal im Jahr einen Krankenwagen, wenn jemand mit der Hand in die Kreissäge geraten war, wenn Onkel Hennos Herz stillstand. Die Feuerwehr rückte aus, weil der Blitz einen Kuhstall in Brand gesetzt hatte.
Der letzte Flecken Grün des Viertels, ein Stück Rasen mit ein paar Bäumen und einem Sandkasten, wurde in Wechselschichten bearbeitet: Morgens Mütter mit Kleinkindern, nachmittags Rentner und Halbstarke, die naturgemäß häufig aneinandergerieten, abends Dauerläufer; jeweils nach den Mahlzeiten die Hundebesitzer; nörgelnde Trinker rund um die Uhr, dafür nur bei einer bestimmten Bank.
Mein winziges Apartment lag im vierten Stock eines sehr hellhörigen Nachkriegsbaus, über mir noch zwei weitere Etagen, auf jeder wohnten drei Parteien. Ich war der einzige Student. Links Herta Sudbrack, rechts ein junges Ehepaar, H. & E. Wetz, er Heizungsinstallateur, sie Verkäuferin. Hinter Herta Sudbracks Spion wurde es dunkel, wenn ich auf dem Flur war. Sie prüfte, wann ich nach Hause kam und wen ich mitbrachte. Ich nehme an, daß sie ihre Erkenntnisse den anderen Hausbewohnern mitteilte, denn plötzlich grüßten auch die Leute aus den Wohnungen über und unter mir, wenn ich sie auf der Straße oder im Super-

markt traf. Obwohl ich dann hartnäckig in Gedanken versank oder auf den Einkaufszettel starrte, wurde ich ab Mitte des zweiten Jahres zu Gesprächen über Heizung, Postboten (kommt früh, rechtzeitig, spät) oder Krebserkrankungen dritter genötigt – (Chemotherapie. Schrecklich. Hat gar keine Haare mehr). Einmal, genaugenommen zweimal, verbrachte eine Kommilitonin, Eva Liebig, die letzten Nachtstunden bei mir, nachdem wir bis halb drei an einem Referat über den Freiburger Schnitzer Hans Loi gearbeitet hatten. Eva bestand stur auf *Meister H. L.*, der Name sei nicht gesichert. Am liebsten wäre ihr, es gäbe nur Werkstücke, aber niemanden, der sie hergestellt hat. Noch am selben Nachmittag, als ich gerade auf den Aufzug wartete, trug Herta Sudbrack rein zufällig ihren halbvollen Müllbeutel herunter und fragte, ob meine Freundin auch studiere. Ich sagte: »Das ist nicht meine Freundin, höchstens eine Freundin von mir.«
– »Sie macht doch einen sehr adretten Eindruck.«
– »Ihr Vater ist Richter.«
– »Es geht mich ja nichts an, aber man sieht gleich, daß sie aus gutem Hause kommt.«
Drei Tage später, als das Referat endlich fertig war, ging Eva erst am frühen Nachmittag, und die Sudbrack merkte nichts.
Natürlich würde ich es heute auch in Niel nicht mehr aushalten. Fast alle Jüngeren, die aus Dörfern stammen, sind froh, der Aufsicht von Verwandten und Nachbarn entronnen zu sein, und wollen unter keinen Umständen zurück. Aber solange ich Kind war, die Lebensweise der Eltern als

einzig mögliche hingenommen habe, solange ich nichts, vor allem kein Mädchen zu verbergen hatte, ist mir das kaum aufgefallen. Sie waren ja immer schon da. Sie bewohnten ihre eigenen Häuser auf ihren eigenen Grundstücken, die durch Mauern und Hecken geschützt wurden. Unser Haus war unser Haus, niemand durfte es ohne unsere Zustimmung betreten, niemand konnte uns vor die Tür setzen. Und wenn es eingestürzt wäre, hätten wir aus den Resten auf unserem Land eine Hütte gezimmert, mit den Dachbalken Feuer gemacht und im kommenden Frühjahr alles neu aufgebaut.

Das kunsthistorische Institut, an dem Eva und ich studierten, war winzig, zwei Professoren, Hermann van den Boom und Max Lechthaler, sechs wissenschaftliche Mitarbeiter. Van den Boom las über alles von Lascaux bis Warhol und hatte ein beliebtes Buch für den Oberstufenunterricht verfaßt, das hauptsächlich aus Zeittafeln und Merksätzen bestand, illustriert mit winzigen Bildchen, der Venus von Willendorf, Rembrandts *Nachtwache*, Picassos *Demoiselles*. Lechthaler mühte sich zeitlebens, Slevogt zum deutschen Manet hochzuschreiben – vermutlich weil er ebenfalls Max hieß und aus der Gegend um Landau stammte, wo Slevogt seine Sommerresidenz hatte.

Die meisten Studenten waren künftige Lehrer mit Sport oder Deutsch im Hauptfach, die auch noch malen, basteln und töpfern mußten. Für spätgotische Schnitzkunst interessierte sich außer mir nur Eva, mit der ich mich dann aber heillos zerstritten habe. Unabhängig von meiner Liebe zu Hanna, obwohl unser Bruch in die Zahnbehandlungswochen fiel. Möglicherweise war ich während dieser Zeit tatsächlich überreizt, jedenfalls sah ich keine Basis für die gemeinsame Arbeit mehr, als Eva mir eines Abends erklärte, man könne Douwermans Jesse-Wurzeln zweifellos auf Vorläufer zurückführen, die leider in den Wirren des Bildersturms zerstört worden seien. Dabei wischte sie verächtlich über das Großphoto der Kalkarer Predella am Fußende meines Betts. Jesse schlief seelenruhig weiter, David war alt, aber Salomo stimmte ein Kampflied an. Nüchterner hätte ich sie wahrscheinlich nicht als kleinbürgerliche Gleichmacherin und Chefideologin der Mittelmäßigkeit beschimpft, mit der ich nichts mehr zu tun haben wolle, und anschließend auch nicht ihren Mantel samt Papieren auf den Flur geworfen. Eva schrie, und ich bin sicher, daß es alle Nachbarn gehört haben: »Gib doch wenigstens zu, daß du in diese Zahnärztin verknallt bist, die nicht mal Stoß von Riemenschneider unterscheiden kann!«

Wir hatten uns einmal angefaßt. Frühmorgens nach zwei Litern Rotwein. Bei dreißig Grad Zimmertemperatur ohnehin nur leicht bekleidet. In der Euphorie über das fertige Referat. So etwas geschieht. Vielleicht sah sie uns auch anders. Rückgängig machen läßt sich ohnehin nichts, und es liegt zehn Jahre zurück.

Inzwischen ist sie *die* Expertin für spätgotische Plastik des Niederrheins, obwohl sie aus Bad Cannstatt stammt. Hat gerade eine umfangreiche Douwerman-Monographie vorgelegt, organisiert Ausstellungen mit dicken Katalogen und schreibt an ihrer Habilitation. Obwohl sie von Kunst rein gar nichts versteht. Monatelang wühlt sie sich durch

Provinzarchive auf der Suche nach Tauf- und Schuldbucheinträgen, Steuerlisten; vergleicht Faltenwürfe, schaut Oberflächenstrukturen unter der Lupe an, vermißt, rastert, röntgt – mit dem Ergebnis, daß immer mehr Stücke übrigbleiben, die eigentlich niemand gemacht haben kann. *Aus dem Umkreis von ..., Werkstatt N.N.* steht meist neben der Abbildung. Und in ihren Texten belegt sie, weshalb eine jahrzehntelang gültige Zuschreibung falsch ist. Für Eva existieren weder Meisterwerk noch Einzelleistung, nur mehr oder weniger logische Fortsetzungen durch austauschbare Erfüllungsgehilfen im großen Entwicklungsstrom, die zufällig zur rechten Zeit das Richtige aufgenommen haben, zusammengemengt, umgerührt, verbakken. Uns erscheint im nachhinein neu, was in Wahrheit nur ein Kopierfehler war. Natürlich hatten die Meister keine Vision – derlei hält sie für Geniekult, um nicht zu sagen romantischen Blödsinn –, sondern führten lediglich Aufträge aus. Sie mußten ihre Familien ernähren. Genau wie Faßmacher, Hufschmiede und Zimmerleute. Kunstgeschichte unter demokratischer Doktrin: Was über das Mittelmaß hinausragt, verletzt das Gleichheitsgebot und ist verfassungsfeindlich.
Trotzdem war mir unwohl, als ich nächsten Morgen aufwachte. Ich sehnte mich nach etwas Frischem, nach einem Wolkenbruch mit fetten Tropfen, nach Luft ohne Staub, Moosgeruch. Ich wäre in den Park gerannt, hätte den flüchtenden Müttern nachgewunken, den Rentnern hinter den Fenstern Grimassen geschnitten, mich binnen fünf Minuten bis auf die Haut naßregnen lassen. Hätte dankbar

gefroren, Gänsehaut bekommen, anschließend die Kleider gewechselt, mich aufs Bett gelegt und vergeblich versucht, mir Hannas Gesicht vorzustellen. Dann dachte ich, besser kein Regen, erfahrungsgemäß erholt sich der Sommer von den ersten Septembertiefs nicht. Wenn sich die Sonne wider Erwarten noch einmal durchsetzt, ist das Licht schon herbstlich fahl, das Blau kränklich. Schlechte Rahmenbedingungen für den Beginn einer großen Liebe.

Meine Zeit wurde allmählich knapp. Die beiden letzten Kronen mußten eingepaßt werden, anschließend noch eine Füllung. In zwei Sitzungen wäre mein Gebiß saniert, und einen neuen Termin könnte ich mir, ohne als Hypochonder zu gelten, frühestens in sechs Monaten geben lassen. Es sei denn, die Weisheitszähne entzündeten sich, worauf ich trotz allem keinen Wert legte.
Unser Umgang war weitaus herzlicher, als mit Ärzten üblich. Fast schon vertraut. Dafür, daß ich meist den Mund voll hatte, redeten wir viel. Mit ein wenig Übung kann man sich sogar während des Bohrens verständlich machen. Einmal sagte sie, daß sie mich gern behandle, sie freue sich immer, wenn sie meinen Namen auf der Tagesliste sehe. Die meisten Patienten seien ja angespannt, da mache die Arbeit nur halb soviel Spaß. – Für eine Zahnärztin fände ich sie auch außerordentlich angenehm, sagte ich, und Hanna wußte nicht, wohin sie schauen sollte. Ich ließ mir alle Maßnahmen erklären, erzählte ihr im Gegenzug von den Schwierigkeiten der Douwerman-Forschung, den deprimierenden Zuständen am Institut und daß ich

mit der einzigen Kollegin, die ähnliche Interessen habe, heillos zerstritten sei. Das tat ihr leid. Als ich andeutete, versuchsweise, ich würde zum nächsten Semester die Uni wechseln, lief für einen Moment Schrecken über ihr Gesicht. Sie schwieg erst, desinfizierte ihre Hände, obwohl das zu diesem Zeitpunkt gar nicht nötig gewesen wäre, entschuldigte sich, es ginge sie natürlich nichts an und für Kunstgeschichte könne sie es auch nicht beurteilen, aber, grundsätzlich, zöge so ein Wechsel doch immer eine Menge Schwierigkeiten nach sich.
– »Es ist ja auch noch nicht entschieden. Nur: Was hält mich hier?«

Das Fenster des Behandlungsraums war dunkel, lediglich im Vorzimmer brannte Licht. Ich wunderte mich, wie man sich wundert, wenn irgend etwas vom Gewohnten abweicht, ohne daß man die Gründe kennt und ohne daß man wüßte, welche Schlüsse daraus zu ziehen wären. Und hatte die Verwunderung schon vergessen, als der Türöffner surrte wie immer.
– »Ich hatte um vier einen Termin.«
– »Hatten Sie, Herr Walkenbach, guten Tag, es tut mir auch leid, wir haben noch versucht, Sie anzurufen, es hat niemand abgenommen: Frau Doktor Martinek hatte einen Unfall …«
– »O Gott …«
– »Sie mußte zum Arzt. Eine Platzwunde am Kopf. Die Schranktür stand auf, sie hat sich gebückt, und beim Hochkommen – peng – war's passiert. Die Frau Doktor hat aber

gesagt, für den Fall, daß wir Sie nicht erreichen, schaut Sie noch mal vorbei, und Sie könnten warten. Bei Ihnen werden ja heute nur die Kronen aufgesetzt. Ansonsten müssen wir einen neuen Termin machen.«
– »Dann warte ich lieber... Mir ist auch ein Provisorium abgefallen, das zieht. Vor allem bei kalten Getränken ...«
– »Es kann aber eine halbe Stunde dauern.«
Im Wartezimmer saß niemand. Der Ficus hatte Blätter verloren, ich sah aber weder Läuse noch Milben. Wahrscheinlich Wurzelfäule. Die Erde troff vor Nässe. Hanna verstand ebensowenig von Pflanzen wie ich. Unsere Wohnung würde kein Treibhaus werden. Mir sind sogar die unverwüstlichen Yuccapalmen eingegangen. Van den Boom, dessen Büro einem botanischen Garten glich, behauptete, man müsse mit Pflanzen reden wie mit Menschen. Gibt es Problemstellungen, für deren Lösung eine Zimmerlinde Vorschläge parat hat? Ich könnte versuchen, Frau Almeroth etwas über Hanna zu entlocken, »Was macht sie denn so nach der Arbeit, wohnt sie noch bei ihren Eltern, ißt sie gern italienisch?« – Aber mit welcher Begründung? – »Dieser Herr Walkenbach hat auch einen Sparren. Neulich wollte er wissen, ob Sie Pasta mögen.« Hoffentlich bleibt keine Narbe zurück. Der Griff zu *Weltbild*: Interview mit einem Frankfurter Jesuitenpater, der Managerseminare abhält, bevorzugt auf den Malediven, er ist Hobbytaucher. Bericht von den Dreharbeiten zu einer neuen Fernsehserie: ein gutaussehender Pfarrer, natürlich unkonventionell, löst Kriminalfälle im Rotlichtmilieu. Bischof Singer befürwortet, daß die Kirche auf diese Weise

im Gespräch bleibt, auch wenn ihm manche Darstellungen etwas plakativ erscheinen. Der Papst in Westafrika: schüttelt vergoldeten Königen die Hände, predigt über Ahnenkult und Heiligenverehrung. Dazu vegetarische Rezepte, schlechte Witze, Schminktips.

Normalerweise warte ich gern. Auf Besuch oder verspätete Züge, darauf, daß der Vorhang sich öffnet. Während des Wartens kann ich guten Gewissens nichts tun, muß nicht einmal denken. Das anstehende Ereignis entbindet mich von allen Verpflichtungen. In der Zwischenzeit sitze ich da, schaue mich um, sinne über alte Fragen, deren Antworten unauffindbar sind und im Zweifel ohne Belang. Oder ich gehe hin und her und lasse die Gedanken von der Leine. Sie wedeln freundlich mit dem Schwanz, erledigen ihr Geschäft auf dem Bürgersteig, schnüffeln einer Passantin im Schritt, jagen Tauben. Aber auf seine Zahnärztin zu warten ist etwas anderes. Erst recht, wenn man sie liebt und sie davon nichts weiß. Bevor der Schmerz aufhört, wird er schlimmer sein. Blick auf die Uhr. Seit ich hier sitze, sind erst sechzehn Minuten vergangen. Wann kommt sie endlich. Hoffentlich kommt sie nie. Bevor die Liebe anfängt, bin ich vor Angst gestorben. Vielleicht weiß sie es doch. Warum sagt sie dann nichts? Heute geht es ums Ganze. Möglicherweise auch erst beim nächsten Mal. Das wäre gut und schlecht. Ich könnte mich noch gezielter vorbereiten. Die Taktik verbessern. Damit gewinnt man nicht einmal Fußballspiele. Was zählt ist … – Ja was denn? Auf dem Behandlungsstuhl? Sie kann jeden Moment hier sein. Oder erst in einer halben Stunde. Oder sie ruft an und sagt ab. Möglich, daß sie keinen Parkplatz gefunden hat, daß sie nicht gleich drangekommen ist, oder es hat Komplikationen gegeben. Schlimmstenfalls eine Fraktur, ein Riß im Schläfenbein. Gott bewahre. Ihre schöne Stirn. Der Köter reißt sich los, schnappt nach allem, was sich bewegt, kläfft, dreht sich irre im Kreis, winselt, klemmt den Schwanz ein, versteckt sich hinterm Stuhl. Als endlich die Tür aufgeht, gibt er sich Mühe, unsichtbar zu sein, wünsche ich mir einen Seitenausgang.

– »Und? Ist alles in Ordnung?«

– »Doktor Kling hat es gerade genäht. Zwei Stiche. Nicht so schlimm. – Ist Herr Walkenbach da?«

Ihre erste Frage gilt mir. Aber ihre Stimme klingt matt. Ich hätte doch einen neuen Termin ausmachen sollen.

– »Im Wartezimmer.«

– »Sie können dann gehen, Frau Almeroth. Ich brauche Sie nicht mehr.«

Einundzwanzig, zweiundzwanzig, dreiundzwanzig. Der Satz enthält eine Nebenbedeutung, die sich nicht gleich erschließt. Im Hintergrund lauern weitere Informationen. *Sie können gehen, Frau Almeroth.* Damit endet Frau Almeroths Dienst. Das ist offensichtlich. Denn es will Abend werden, und der Tag hat sich schon geneigt. Sie zieht den weißen Kittel aus, wäscht sich die Hände. Fährt mit der Straßenbahn zu Mann und Sohn.

– »Schönen Feierabend, Frau Almeroth.«

– »Ja danke, bis morgen, Frau Doktor.«

Aber es ist sonst gar niemand da. Ich hätte zum Beispiel Frau Jung doch bemerken müssen. Oder den Alten. Wir

werden ganz allein sein. Hanna und ich. Hat sie das bedacht? Wer saugt meine Spucke, rührt den Zement, reicht die Instrumente? Ich bin zu nichts zu gebrauchen. Das sagt mein Vater auch immer. Zwei linke Hände und an jeder Hand fünf Daumen. Ich höre, wie die Tür ins Schloß fällt. Ich höre Hannas Schritte. Noch nähern sie sich nicht. Sie zerreißt einen Zettel. Das Reißgeräusch läßt auf dickes Papier schließen. Möglicherweise eine Karteikarte. Der Patient ist gestorben, hochbetagt, oder in eine andere Stadt gezogen. Ich höre mich tief durchatmen. Spüre meine Ohren heiß werden. Reibe meine verschwitzten Finger an der Hose ab. Es hilft nichts. Warum habe ich den Termin nicht verschoben, wo sie doch verletzt ist? Sicher wäre sie lieber gleich heimgegangen. Soviel Feingefühl sollte man voraussetzen. Ich bin ein rücksichtsloser Mensch. Immer nur auf meinen Vorteil bedacht. Kein Gespür für andere.
– »Kommen Sie, Herr Walkenbach? Aber schauen Sie mich nicht an, ich sehe furchtbar aus.«
– »Glaub ich kaum.«
Mein Antwortreflex, dümmlich. Er klingt trotzdem entsetzt. Nicht wegen ihres Anblicks. Den habe ich noch gar nicht zur Kenntnis genommen. Ein dickes Stück Mull ist mit mehreren Leukoplaststreifen auf ihre Stirn geklebt, der Haaransatz ausrasiert. Die Haare darüber pappen in festen Strähnen zusammen. Das Jod hat einen hübschen Kranz auf ihrer hellen Haut gebildet. In der linken Augenbraue bröckelt geronnenes Blut. Hanna lächelt gequält.
– »Tut es sehr weh?«
– »Geht schon. – Und bei Ihnen?«

– »Meinen Sie jetzt die Zähne?«
– »Ja. Nein. Was Sie wollen.«
Sie schaut verlegen, als wisse sie nicht, ob sie lachen oder weinen soll.
– »Gut ist Ihnen nicht, oder?«
– »Ich hab mich erschrocken. Erst der Schlag, plötzlich die ganze Brille voll Blut. Ich hab nur rot gesehen.«
– »Und dann auch noch ein Patient, der was von Ihnen will, obwohl Sie viel lieber zu Hause wären.«
– »Alles rot. Können Sie sich das vorstellen?«
– »Mir ist mal eine Ketchupflasche explodiert. Es hat bis an die Decke gespritzt. Ich mußte nachher die ganze Küche neu streichen.«
Genaugenommen ist das in Niel gewesen, und Vater konnte den Ketchup mit heißem Wasser abwaschen.
– »Meine Mutter würde mich jetzt erst recht verrückt machen. *Wie konnte das denn passieren, Kind. Du siehst ganz blaß aus. Ist dir schwindlig? Bestimmt hast du eine Gehirnerschütterung. Damit ist nicht zu spaßen. Morgen bleibst du im Bett.*«
– »Sind das meine Kronen?«
– »Entschuldigen Sie. Ich rede und rede. Ich bin ein bißchen neben der Spur.«
Das goldene Paar hockt stolz und abweisend nebeneinander und nimmt die Parade seiner Untertanen ab. Die haben sich zur Feier des Tages mit hellgelbem Lehm eingeschmiert. Als weißer Pfropfen, der soeben aus dem Wattespender aufs Silbertablett gerollt ist, küßt der Papst zum ersten Mal die heilige Erde Afrikas. Ich spiele Gott, nehme den König samt Thron vom Sockel, frage ihn, ob er das

Gold auch rechtmäßig erworben hat. Hanna mischt schweigend den Kleber, damit seine Herrschaft Bestand hat.

– »Sie sind sehr hübsch.«

– »Finden Sie?«

– »Ausnehmend.«

– »Wie gesagt, die meisten Patienten sehen das gar nicht. Mich haben Kronen schon als Kind fasziniert. Ich wollte immer mit dem Gebiß meiner Oma spielen. – Machen Sie mal den Mund auf.«

Sie riecht nach Desinfektionsmittel. Und ganz leicht verschwitzt. Zum ersten Mal. Aber nicht unangenehm. Im Gegenteil. Ich sauge den Geruch ein. Hannas unverfälschten Körpergeruch. Sie nimmt das Provisorium herunter. Kratzt Zementreste von den Stümpfen. Greift nach dem Hochdruckreiniger und spritzt Krümel ab. Stellt auf Luft um, damit sie trocknen. Eine längere Strähne schwingt wie ein Pendel zwischen unseren Gesichtern. Hanna versucht, sie zur Seite zu pusten, wirft kurz den Kopf zurück. Die Strähne läßt sich davon jedoch nicht beeindrucken, beschreibt jetzt eine Ellipse. Mein Blick kreist mit, obwohl ich eigentlich in Hannas Pupillen tauchen will. Die gleichförmige Bewegung beruhigt. Ich denke: In Kürze bin ich hypnotisiert, erzähle ihr wirre Geschichten aus einem früheren Leben, und sie hält mich für einen Spinner. Oder ich schlafe ein. Auch nicht gerade ein Liebesbeweis. Eine Stimme, die außer mir niemandem gehören kann, sagt: »Warten Sie mal, die stören schon die ganze Zeit«, und ich streiche ihr die Haare hinters Ohr, ohne es zu wollen. Und

Hanna sagt: »Ja.« Und rührt sich nicht mehr. Meine Hand an ihrem Ohrläppchen. Das mit winzigen Härchen bewachsen ist. Dann an ihrer Halsschlagader. Darin pocht ein dünner, überhasteter Puls. Oder pocht in meinen Fingerspitzen. Ihre Augenlider zucken. Sie schluckt in kurzen Abständen. Räuspert sich schwach und ohne Ergebnis. Die Druckluftdüse sticht in mein Zahnfleisch. Ihr laufen Tränen übers Gesicht, sammeln sich am Kinn, tropfen auf den Boden. Ich stöhne vor Schmerz auf. Sie kneift die Wimpern zusammen. Es schießt nur so heraus. Erstaunlich, wieviel Flüssigkeit die entsprechenden Drüsen innerhalb so kurzer Zeit produzieren können. Nimmt die Geräte aus meinem Mund. Starrt auf den Luftbläser, als habe sie vergessen, wo er hingehört. Setzt mechanisch ihre Brille ab. Sieht mich an. Benommen, wie durch Schleier. Dann schärfer, immer noch völlig verständnislos. Würgt ein Schluchzen ab. Wischt sich übers Gesicht.
– »Du. Nicht weinen.«
– »Tut mir leid. Entschuldigen Sie ...«
– »Was denn?«
– »Ich hab sonst gar nicht so nah am Wasser gebaut. Aber ich bin noch nie genäht worden. Ich hatte auch noch nie etwas gebrochen. Ich fühle mich ... Ich kann dir gar nicht sagen, wie ich mich fühle ... – Gut, als Säugling hatte ich einen Leistenbruch. Aber daran kann ich mich doch gar nicht erinnern.«
Sie zieht ihr Gesicht nicht fort, streift meine Finger nicht ab. *Lassen Sie das gefälligst! Sie sind wohl verrückt geworden!* Im Gegenteil. Reibt sich hinein, als wolle sie ihren Hals mit

meiner Hand umwickeln. Legt den Kopf leicht in den Nakken. Gibt ihre Kehle preis, liefert sich aus, als sei der Mensch im Grunde gutartig.

– »Du warst ein Bruchferkel?«

– »Ein was?«

– »Ein Bruchferkel. Das gibt es bei Schweinen oft, daß sie mit Leistenbruch geboren werden. Die werden dann sofort operiert. Dafür kommt nicht mal der Tierarzt.«

– »Ohne Narkose?«

– »Natürlich ohne Narkose.«

– »Das ist ja schrecklich. Woher weißt du das?«

– »Meine Verwandten sind fast alle Bauern.«

Wir sitzen jetzt in einem stockdunklen Raum, obwohl die Behandlungslampe brennt und an der Decke die Neonröhre. Im Fenster eine erloschene Nachmittagssonne hinter Kastanienzweigen. Hanna lächelt nicht. Ich weiß nicht, ob ihr Gesicht überhaupt einen Ausdruck hat. Ich denke: Es gibt Momente, in denen ein Gesicht, das, was man Ausdruck nennt, verliert. Alle Muskeln entspannt, die Lippen leicht geöffnet. Keine Lachfalten, kein Stirnrunzeln, keine verzogenen Mundwinkel. Offenbar weiß man sich ein vollkommen regloses Gesicht nicht zu deuten. Die unbewegte Oberfläche spiegelt keine Empfindung. Sie beginnt zu leuchten. Bernsteinfarben. Oder wie Honig. Ich taste blindlings nach ihrer Hand, damit der Blick nicht aufhört, obwohl er Schrecken ist. Ein weißglühender Eisenstab an beiden Enden in Hirn geschraubt. Durch die hohe Temperatur des Eisens wird von den Gewindestellen her eine chemische Reaktion hinter der Stirn ausgelöst. Unsere

Feststoffe verflüssigen sich, gleichzeitig werden die Atomstrukturen umgebaut: Hanna zu Bernstein, ich zu einer Art Quecksilber, blaugrün. Winzige Tröpfchen davon sausen an der Stange entlang und verdampfen zischend. Es gibt kein Vor und kein Zurück. Auch kein Abwenden. Allmählich treten Tropfen aus, die sich halten können. Dann Schlieren. Von innen kommt beidseitig eine Gegenreaktion in Gang, die den Eisenstab aufweicht. Unsere Stoffe stoßen jetzt unmittelbar aufeinander, verbinden sich fest, durchmischen sich jedoch nicht. Am Grund der Bauchhöhle haben sich Gasbläschen gebildet, ein Abfallprodukt der Reaktionen, und sprudeln gegen das Zwerchfell. Unter anderen Umständen würde ich glauben, daß eine leichte Übelkeit im Anzug ist. Die Nervenstränge sind angeschwollen und nur eingeschränkt funktionstüchtig. Meine Hand bewegt sich mühsam, wie in finsteren Träumen, wenn man fliehen muß und der Verfolger die Luft durch einen bösen Zauber verdickt hat. Das ist ihr Knie, Jeansstoff, das der Ellbogen, nackt, ein wenig spröde. Dies hier ist zu schmal für ein Handgelenk, aber was soll es sonst sein. Warum hat sie heute keine Gummihandschuhe an? Zwischen Daumen und Zeigefinger befindet sich ein Brillenbügel, der dort unmöglich bleiben kann. Wie legt man eine Brille weg? Einem Quecksilbermuskel verlangen selbst einfachste Handgriffe das Äußerste ab.
Ich flüstere: »Laß los.«
Keine Antwort.
– »Die Brille.«
Etwas später, nach langem freien Fall, schlägt sie mit trok-

kenem Echo tief unter uns auf, gehört schon einer anderen Welt an, wie der Ast, den man achtlos in eine Schlucht geworfen hat, zu der es keinen Zutritt gibt. Das Glas zerspringt trotz der Höhe nicht. Die Luft ist vom Zauber träger als Wasser, kaum Beschleunigung, niedrige Aufprallgeschwindigkeit, wie in Zeitlupe. Vielleicht verwirbelt ein wenig Staub und steigt einen Lichtstrahl hinauf. Ich fahre einzeln ihre Finger entlang, die ein anderes Gegenteil von fleischig sind als knochig. Kein Fältchen auf den Gelenken. Die Nägel glatt und rund. Ich könnte Hannas Mädchenhand vollständig umfassen. Sie hat dieselbe Temperatur wie meine, nicht warm, nicht kalt. Plötzlich ist die Sonne hinter der alten Kastanie hervorgekrochen und springt mich an. Hanna wird zu einem schwarzen Fleck. Das Licht nagt an ihrem Hals. Ich halte ihre Hand ganz fest, richte mich auf, damit sie nicht ins Reich der Schatten hinübergezogen wird. Meine Schuhsohlen auf der Plastikunterlage erzeugen ein albernes Geräusch, der Behandlungsstuhl ächzt. Hanna sitzt vor mir und lächelt mich an. Ihr Gesicht hat jetzt den Ausdruck, der verliebt heißt. Dann bückt sie sich nach der Brille, dreht sie hin und her. Dabei schaut sie skeptisch. Keine erkennbaren Schäden. Erleichtert, mit einer Spur Mißbilligung, die sich noch nicht entschieden hat, ob sie mir oder sich selbst die gefallene Brille anlasten soll. Plaziert sie neben den anderen Gerätschaften. Blickt zurück zu mir. Wieder verliebt. Dann zweifelnd:

– »Und jetzt?«

– »Weiß nicht.«

Legt ihre verbundene Stirn an meine Schulter.

Ich müßte etwas essen, habe aber kaum Hunger, und der Kühlschrank ist leer. Vorratshaltung hat mir trotz allem nie gelegen. Ich könnte in ein Restaurant gehen, doch die Restaurants, in denen ich mit Hanna war, ertrage ich zur Zeit nicht. Anderenteils: Ab einem bestimmten Hungerpunkt wird mir so schlecht, daß ich nicht einmal mehr Rotwein trinken kann. Und ohne zu trinken, kann ich nicht rauchen. Der Rauch trocknet die Schleimhäute aus, jeder Zug kratzt.
Pizza *Diavolo* mit Speck, Peperoni, Sardellen, Oliven im Stehen bei *Othello*. Jetzt fühle ich mich wie der böse Wolf, nachdem ihm die sieben Geißlein einen Sack Flußkiesel in den Bauch gepackt haben.

Gegen eins rief Hanna an: Sie sei in der Praxis. Allein. Die anderen machten Mittagspause. Mutter habe sie natürlich zu Hause halten wollen, schmolle jetzt für den Rest des Tages.
– »Und deine Wunde?«
– »Juckt ein wenig, aber nicht schlimm. Richtig konzentrieren kann ich mich trotzdem nicht. Ich hab kaum ge-

schlafen, weißt du, die ganze Nacht so ein Drehen im Kopf, dazu abwechselnd geschwitzt und gefroren ...«
– »Willst du nicht doch lieber in die Klinik ...«
– »Nein. Es ist keine Gehirnerschütterung, fang du nicht auch noch damit an. Es geht mir gut. Ich bin nur ein bißchen durcheinander. Weshalb ich eigentlich anrufe: Ich habe eine Bitte an dich.«
Ich lag noch im Bett, abwechselnd von Endorphinen und Kopfschmerz überflutet. Dazu die bloßen Zahnstümpfe, als steckten Nadeln im Kiefer. Nachdem Hanna mich in sicherer Entfernung zum Haus ihrer Eltern abgesetzt hatte, war ich auf ein Bier für die Nerven zu Ulla gegangen. Ulla hatte meine Augen gelesen, sich vergewissert und eine Flasche Sekt aus dem Kühlschrank geholt, die ich nicht bezahlen durfte. Die Thekenbelegschaft schaute neugierig, aber Ulla entschied: »Wird nicht verraten.«
Später bestellte ich Gin Tonic auf das tropische Wetter.
– »Es wirkt komisch, wenn du jetzt ein zweites Mal zum Kronenaufsetzen kommst, wo du gestern extra gewartet hast. Ich weiß beim besten Willen nicht, wie ich das Frau Almeroth erklären soll, die fragt bestimmt nach, allein schon wegen der Abrechnung, und dann geht das Getratsche los.«
– »Wenn einer liebt, spricht die ganze Welt davon. Umgekehrt, wenn es zu Ende ist, siehst du überall Untergänge.«
Zu meinen Füßen träumte Jesse seine Nachkommenschaft. Wucherndes undurchdringliches Gestrüpp, dessen künftige Auswüchse kein Mensch überblicken konnte, geschweige denn deuten. Ein engstirniger Prophet wies vor-

sorglich auf Gesetzesverstöße hin, Unzucht und Mord, und änderte damit nichts, denn der Träumer hörte die Drohungen gar nicht. Ohnehin galten in seinem Land andere Regeln. Salomo zupfte etwas abseits die Saiten seiner Harfe, versonnen, das Knie entblößt, was scherte ihn Jesse. Die Töne fielen glitzernd, wie Tau von Spinnweben, er summte eine einfache Melodie, *Ich beschwöre euch, Töchter Jerusalems/ Bei den Gazellen, den Hindinnen der Flur: Stört doch die Liebe nicht*. Ich dachte Hanna im Kittel, ohne gepflasterte Stirn, dann nackt, ihre sehr schmalen Gliedmaßen, die kleinen Brüste. Wie ihr Gesicht wohl mit offenen Haaren aussah.

– »Kannst du nicht am Nachmittag, sagen wir so gegen Viertel nach fünf, halb sechs kommen, bis dahin sind die anderen mit Sicherheit weg. Ich finde schon einen Grund, weshalb ich länger bleiben muß.«

Der greise David trauerte Bathseba nach, aber die Erinnerung an ihr weiches, geschmeidiges Fleisch war längst ebenso blaß wie seine Reue über den Tod des Urija. Er blickte zurück und erschrak, wie wenig zum Schluß übrigblieb. *Ich bin müde vom Rufen/ meine Kehle ist heiser/ mir versagen die Augen*. Die Frauen waren geliebt, Söhne und Töchter gezeugt, die Feinde geschlachtet, das Land erobert. Es hätte keines Goliaths mehr bedurft, ihn zu fällen, ein übermütiger Knabe, der ihm den Stock aus der Hand schlüge, und er äße vom Boden. Vor ihm ein finsterer nördlicher Nebelwald, in den man hineinging, um nicht zurückzukehren.

Wir hatten uns bis jetzt nicht einmal geküßt.

– »Du brauchst keinen Vorwand zu erfinden, wenn du mich treffen willst.«
– »Das ist kein Vorwand. Die Präparationen liegen doch ganz frei, du hast bestimmt Schmerzen ... – Und noch was: Ich wäre dir dankbar, wenn wir uns in der Praxis weiter siezen könnten.«
– »Wozu das denn?«
– »Bitte, Thomas. Für mich ist das alles so vollkommen neu. Das mußt du verstehen. Versuch es wenigstens.«
Die namenlose Gestalt, in deren Schoß Jesse seinen Arm stützte, damit ihm keine Ameisen in die Ohren krochen, hatte der Dschungel schon fast verschluckt. Er wandte sich ab, vermutlich gab er nicht viel auf Weissagungen. Die Douwerman-Forschung bezeichnet ihn mal als König, mal als Propheten. Einer aus der langen Ahnenreihe des heiligen Joseph jedenfalls. Aber nicht einmal Eva wußte wer. Wenn man sich ganz still verhielt, konnte man ihn leise kichern hören.
Ich war glücklich, daß wir uns noch am selben Tag sehen würden, ganz gleich, welche Gründe Hanna sich dafür zurechtlegte, sagte, »Ich freue mich«, fühlte meine Steppdecke schon als ihre Haut, die feinkörnig wäre und trokken, wie Flußsand im Sommer, wenn man ihn auf den Bauch rieseln ließ, sich bis zum Hals eingrub.
– »Ich kann noch gar nicht richtig glauben, daß du mich magst.«
– »Ich mag Seeteufel mit Safransabayon.«
– »Mach dich ruhig lustig. – Ich weiß gar nichts mehr.«
Eine Handvoll Leute im Dickicht, keine Verbindung zuein-

ander, jeder für sich. Die Zeit ist über sie hinweggegangen, ohne daß sie sich geregt hätten. Offenbar haben sie gar nicht bemerkt, wie ihnen die Sträucher über den Kopf gewachsen sind, dicke Äste schlingen sich um die Körper, Lianen, Efeu, parasitäre Lebensformen, die, nachdem ihre Wirtspflanzen verdorrt sind, den Söhnen des Davidsstammes in Gestalt christlicher Wiedergänger den letzten Saft aus ihrem jahrtausendealten Fleisch saugen. Sie können sich kaum noch bewegen. Bald werden Holzwürmer sie in Staub verwandelt haben, gerade gut genug, um primitive Moose mit Nährstoffen zu versorgen. Es ist nicht die Frage, ob, sondern nur wann sich der Urwald alle höheren Ordnungen wieder einverleibt. Selbst die Geschichten. Vielleicht dachte Douwerman, er könne seine Figuren tarnen, und die Pflanzenmächte hielten sie bei der Rückeroberung der Welt für ihresgleichen oder wenigstens für Vorboten, die verschont werden müßten. Umsonst. Es wuchert unaufhaltsam. Alles wird vernichtet.

Nach einer kalten Dusche und drei Tassen Kaffee, die ich vorsichtig durch die linke Backentasche spülte, wurde mein Kopf klarer. Ich beschloß, nüchtern zu bleiben, obwohl die Angst, Hanna könnte den gestrigen Abend wegwischen wie das Blut auf ihren Praxismöbeln, Schnaps schrie. Gerne hätte ich Douwerman nach seiner Meinung gefragt. Douwerman, den Trinker, den Spieler, den Bankrotteur. Douwerman, den Liebhaber seiner Schwägerin, den Vater seines Neffen. Und wenn er das alles, wie Eva behauptete, gar nicht gewesen ist, dann Douwerman, den Meister des Verschwindens.

Ich sah Hanna schon von der Straßenbahn aus am Fenster stehen, die Nase gegen die Scheibe gedrückt, wie ein Kind, das auf besseres Wetter hofft. Sie erkannte mich, winkte. Ich brauchte nicht zu klingeln, sie wartete hinter der offenen Tür, lugte vorsichtig heraus, stand da, wippte in den Knien.

Hanna hatte ihre Vorstellungen von der Liebe nicht aus dem Fernsehen, wo die Frauen mit wehendem Haar fremden Männern in die Arme flogen, zur Begrüßung ihre flinke Zunge in den Hals steckten und dann, statt sie in die Kissen zu zerren, doch bloß fragten, ob die Kinder von der Schokolade mit der extra Portion Milch essen dürften. Sie hielt mir verlegen ihre Hand hin. Ich strich ihr über die Stirn. Der Mull war frisch, der Verbandswechsel ihre einzige kosmetische Maßnahme, um für mich schön zu sein. Vorsorglich hatte sie den Gipsguß mit meinen Kronen in der hintersten Schublade versteckt, worüber ich lachen mußte. Aber Hanna bestand darauf, daß wir fürs erste geheim blieben. Ich wandte ein, daß heute selbst eine Sechzigjährige ihren dreißig Jahre jüngeren Liebhaber in der Straßenbahn küssen könne, ohne einen Aufruhr zu verursachen.

Das sei etwas anderes. Punkt.

In den ersten Wochen war die Praxis unsere Laube, wenig heimelig zwar, Ordner, Karteikästen, Bohrer, Röntgengerät statt wildem Wein und Vogelgezwitscher, aber das beschäftigte uns nicht, solange wir nur zusammen waren. Da die Zeugnisse unserer Treffen allabendlich vollständig gelöscht werden mußten, erschien uns das Versteck hinreichend gefährlich für ein echtes Abenteuer, auch konnte jederzeit ihr Vater in der Tür stehen. Immerhin gab es im Büro ein altes Sofa. Ihre Mutter machte sich bald ernste Sorgen, weil Hanna viel zuviel arbeite, aber Vater bestärkte sie darin: Wenn man ein Ziel habe, müsse man bereit sein, im Privatleben Opfer zu bringen. Als sie das erzählte, mußte sogar Hanna lachen, allerdings nur kurz. Etwas Ähnliches habe sie tatsächlich immer geglaubt.

– »Und? Glaubst du das jetzt noch?«

– »Ganz weg ist es nicht.«

Ganz verlor es sich nie.

In der ersten Zeit fand Hanna ihre Liebe als solche verwerflich. Natürlich nicht durchgehend. Sie hüpfte auch über Wiesen, sah die Welt in einen Garten verwandelt, wurde nichts als Haut, schwebte und schrie. Aber regelmäßig überspülte sie Scham wie eine Springflut, manchmal in Wellen von Trauer versteckt, und alle anderen Empfindungen ertranken. Daß ich ihr Patient war, verlieh dem Ganzen zusätzliche Pikanterie. Sie kam sich dann vor wie eine Lehrerin, die ihren Lieblingsschüler verführt hat. Unzucht mit Abhängigen.

Vater hatte ihr als Sechzehnjähriger, da war sie Klassenbeste und es zeichnete sich schon ab, daß sie Zahnärztin werden wollte, dringend geraten, mindestens bis zum Ende des Studiums nichts anzufangen – sie wisse schon, was. Als Frau habe man sich zwischen Beruf und Familie zu entscheiden, und da sie begabt und strebsam sei, solle sie sich beherrschen, für Frauen sei das ohnehin leichter. Sonst könne sie gleich eine Ausbildung bei der Post oder

als Bankangestellte machen oder Hauswirtschaft lernen, damit sie später imstande sei, eine Familie zu bekochen. Das läge ganz in ihrer Hand. Es folgte ein Hinweis auf ihre Mutter, die zweifellos auch ein erfülltes Leben gehabt habe. Diese Mahnung hatte er einmal jährlich aufgefrischt, mit Grabesstimme, ernster Miene, aber immer nur, wenn sie allein waren. Wobei Hanna nicht zweifelte, daß Mutter seine Ansicht teilte. Wie häufig bei unwidersprochenen Behauptungen, hatte sie sich schließlich als Gewißheit festgesetzt, an der Hanna ihr Leben ausrichtete, ohne sie je einer Überprüfung zu unterziehen. – Jedenfalls stellte sie es mir gegenüber damals so dar. Manchmal schreckte sie mitten im Kuß hoch, rückte ab, wischte sich über den Mund. Dann wieder beschloß sie, daß wir uns trennen müßten, um wenige Minuten später in Tränen auszubrechen, weil das völlig unmöglich war.
Es wurden wunderbare Monate. Der Sommer gab auf. Ein leidlicher Herbst schloß sich an, grau, verregnet, ohne die wilden Orkantiefs, an die man seine eigenen Dramen so schön anhängen kann: Vom Wohnzimmerfenster aus den Himmel verwüsten, als Hagel das Land geißeln, im freien Fall aus schwarzen Wolken stürzen, zerschmettert werden, dazu eine Flasche Bordeaux, und schon glaubt man, nicht gänzlich am falschen Platz zu sein. Hanna hatte Angst vor Sturm. Genauso wie vor Gewitter. Was vermutlich die natürlichere Reaktion ist, aber völlig gleichgültig war – ich vermißte die Stürme nicht, und Hanna hatte keinen Grund, sich zu fürchten. Der wochenlange Niesel schloß uns ein wie dünne Gazevorhänge die Bett-

statt eines Königspaars. Was hätten wir draußen auch tun sollen. Eine Kerze nach der anderen brannte ab. Ich brachte Bildbände mit, wir saßen auf dem Boden oder Sofa, tranken Tee, blätterten, lehnten uns aneinander, aßen Tütensuppen zum Abendbrot, sie schmeckten sogar – ohnehin stand nur eine Herdplatte zur Verfügung.
Unsere Berührungen waren scheu, ich strich vorsichtig um ihre Brüste herum, damit sie mich nicht für einen Lüstling hielt und davonrannte. Wir zogen uns lange nicht aus, schoben höchstens Pullover und Unterhemd zur Seite. – Jahre später gestand Hanna, daß sie sich damals mehr Mut meinerseits gewünscht hätte, sich aber nicht getraut habe, es zu sagen.
Mitte Dezember kam Hanna zum ersten Mal in meine Wohnung. Die Überwachungsmethoden der Sudbrack hatte ich ihr verschwiegen. Von da an verbrachte sie deutlich weniger Zeit in der Praxis, besuchte statt dessen oft Studienfreundinnen und Kulturveranstaltungen, was wiederum ihre Mutter erleichterte, die schon befürchtet hatte, Hanna kapsele sich vor lauter Arbeit vollständig von ihren Mitmenschen ab. Irgendwann traf sie tatsächlich manchmal einen männlichen etwa gleichaltrigen Patienten, der Walkenbach hieß und Kunstgeschichte studierte. Ich weiß nicht, was ihre Eltern wirklich gedacht haben, als mein Name immer häufiger fiel. Wir haben nie danach gefragt. Hanna wollte das nicht, weil sie Sorge hatte, ihre Geschichtsfälschungen würden dann offenbar werden, und Lügen galt im Hause Martinek für ebenso verabscheuungswürdig wie Diebstahl. Hanna glaubte fest, daß sie

keinen Verdacht schöpften, obwohl Mutter nach wie vor ihre Unterwäsche wusch.
Anfang Januar, nachdem reichlich Schnee gefallen war, befand sie, daß es möglich wäre, einen ersten gemeinsamen Spaziergang zu wagen. Sie wählte einen Mittwochnachmittag, da seien weniger Leute im Wald als zum Wochenende. Wir näherten uns aus entgegengesetzten Richtungen, Hanna mit dem Wagen, ich zu Fuß, und trafen uns erst bei der Nothelferkapelle, wo die meisten Wege ihren Ausgang nehmen. Wir gingen Hand in Hand, der trockene Schnee knirschte unter unseren Schuhen, suchten die Umgebung nach Verfolgern ab. Hanna wollte, wenn uns jemand entgegenkäme, sofort in einen Seitenpfad einbiegen, notfalls ins Unterholz. Obwohl ich die Gründe nicht verstand, übertrug sich ihre Angst unmerklich. Wir zuckten zusammen, als sich neben uns ein Karnickel in die Büsche schlug. Einmal, da war ich versehentlich auf einen Ast getreten, es knackte laut, fuhr sie mich böse an und entschuldigte sich im selben Moment. Am liebsten wäre sie unsichtbar gewesen. Wir pirschten wie ein versprengtes Indianerpaar in der weiten nordamerikanischen Wildnis auf der Flucht vor den Unionstruppen durch den Stadtwald, nur, daß Indianer seltener hochschreckten, weil sie die Laute der Menschen von denen der Tiere unterscheiden konnten. Als uns nach einer dreiviertel Stunde immer noch niemand begegnet war, blieben wir stehen und hielten uns fest, bis die Kälte durch die Sohlen kroch, und Hanna meinte, unsere Zehen drohten zu erfrieren. Aber von da an wurde sie mutiger. Bewarf mich mit

Schneebällen, triumphierte, wenn sie traf, rannte weg, ließ sich fangen und küssen, allerdings nicht auf den Mund. Und in der Wintersonne leuchtete unsere Liebe so klar, so unumstößlich, daß Hanna sich entschloß, bei nächster Gelegenheit ihrer besten Freundin Astrid von uns zu erzählen. Das zögerte sie unter allerhand Vorwänden dann doch bis Ende März hinaus.
Astrid reagierte entgegen Hannas Erwartungen keineswegs entsetzt, weder wegen der fünf Jahre Altersunterschied noch wegen meiner unsicheren Berufsaussichten, sondern nahm Hanna in den Arm, wünschte uns Glück und bestand darauf, sie an diesem Abend einzuladen.
Eine Woche später wurde ich Astrid persönlich vorgestellt, dann Elke, schließlich Vera und Sophie, letztere ebenfalls Zahnärztinnen, doch der Abend wurde in erster Linie wegen der exzellenten Rotweine, die die beiden eingekauft hatten, erinnernswert. Ich habe mich oft gewundert, wie wenig Interesse auch durchaus intelligente Menschen an wichtigen Dingen haben. Lieber reden sie stundenlang über Steuersparmodelle und Modefragen. Meine Lust auf weitere Unternehmungen zu viert hielt sich in Grenzen, und Hanna bemerkte, daß eine gemeinsame Vergangenheit allein keine ausreichende Basis für Freundschaft darstellt.
Elke konnte mich von Anfang an nicht ausstehen. Ich sei ein Phantast ohne jeden Realitätssinn, sagte sie Hanna am Telephon, wahrscheinlich wolle ich nur eine sichere Versorgung, um ungestört meinen Hirngespinsten nachhängen zu können. Dann bekam sie plötzlich ein Kind von

einem Besserverdienenden, den sie zwar nicht liebte, umständehalber trotzdem heiratete, gab ihre Karriere als Informatikerin auf, ließ sich ein zweites Mal schwängern und entspricht inzwischen exakt dem Bild der verbitterten Hausfrau und Mutter, die in den teuersten Boutiquen einkauft und zu Weihnachten Diamantenhalsbänder umgelegt bekommt.

Nur mit Astrid verstand ich mich wirklich gut. Astrid ist Lehrerin für Deutsch und Geschichte. Sie kam oft zu uns zum Essen, wir haben lange Nächte über Kunst und Literatur gestritten, sie trank bis zum Schluß mit. Hanna schlief dann meistens schon. Sie vertraute uns, obwohl Astrid allein lebte. Vor fünf oder sechs Jahren zog sie wegen eines Politikprofessors, den sie über ein Inserat kennengelernt hatte, nach Bremen, so daß wir uns nur noch selten sehen.

Im Mai kannte ich Hannas Freundinnen, aber ihre Eltern sollten mich weiterhin für einen Nachhilfelehrer in kulturellen Angelegenheiten halten. Auch wenn Hans Martinek lieber auf die Jagd als ins Museum ging, schätzte er doch eine gewisse Kenntnis der Künste als probates Mittel gegen peinliche Gesprächspausen bei Standesversammlungen. Zumal insbesondere Kolleginnen der jüngeren Generation seinen Berichten vom Abschuß eines kapitalen Bocks oder Keilers mit unverkennbarem Widerwillen zuhörten. Eine dieser Zicken, die noch dazu in vorderster Front gegen die bewährte Amalgamfüllung kämpfte, hatte ihn einmal sogar öffentlich als Schlächter und Triebtäter beschimpft. Bildung schade nie, Hanna habe ja auch immer gerne gemalt, sagte er kopfnickend, als Hanna ankündigte, sie werde am übernächsten Wochenende mit Thomas – inzwischen durfte ich offiziell *Hanna* und *Du* zu ihr sagen – eine Reise an den Niederrhein machen, um sich bedeutende Altäre der Spätgotik, speziell die Arbeiten des grob unterschätzten Schnitzers Henrick Douwerman anzusehen.

Wir verhandelten lange darüber, ob ich sie meinen Eltern als *eine* oder als *meine* Freundin vorstellen würde. Dabei ging es mehr ums Prinzip denn um eine tatsächliche Information, ich hatte Mutter am Telephon längst darüber in Kenntnis gesetzt, daß ich jetzt mit einer wunderbaren Zahnärztin zusammen sei, was ich Hanna, nachdem sie endlich eingewilligt hatte, als *meine* Freundin zu reisen, aber verschwieg.

Wir fuhren am frühen Freitagabend wie Fremde in Niel ein. Die Männer in ihren Gärten schauten kurz vom Rasenmäher auf, grüßten jedoch nicht, Hannas Wagen war unbekannt. Unterwegs hatten wir uns gestritten. Hanna wollte wissen, ob ich glaubte, daß meine Eltern, wie solle sie sich ausdrücken, daß die sie nett fänden. Oder sympathisch? Anstatt einfach *Ja* zu sagen, hielt ich ihr einen Vortrag, daß es mir vollkommen gleichgültig sei, wie meine Eltern mein Leben, meine Liebe zu ihr beurteilten. Wenn meine Eltern nicht meine Eltern wären, würde ich keinen gesteigerten Wert darauf legen, sie kennenzulernen. Hanna wurde darüber sehr böse, sagte, daß man so nicht reden dürfe, so dürfe man nicht einmal denken, auch wenn ich das altmodisch fände. Beim Aussteigen versuchte ich ein versöhnendes Lächeln, Hanna blieb verärgert, setzte aber ihre freundlichste Miene auf, als Mutter ebenso strahlend die Tür öffnete, und hatte schon *Ja, selbstverständlich* geantwortet, ehe die ihre einleitende Frage, ob sie *Hanna* sagen dürfe oder lieber *Frau Doktor*, noch ganz gestellt hatte. Darauf folgte die Übergabe einer Topfpflanze, weil Schnittblumen nach zwei, drei Tagen die Köpfe hängen ließen.

Thomas habe am Telephon soviel von ihr erzählt. Das stimmte nicht, und ich protestierte, schon aus Sorge, Mutter könne sich am Ende verplappern. Nach der *Herzlich-willkommen-wir-freuen-uns-sehr-schön-haben-Sie's-hier*-Phase tauschten Vater und ich Neuigkeiten aus Dorf und Studium in dem vertraut desinteressierten Ton, der sich einstellt, wenn einem das Leben der Eltern ebenso unverständlich ist wie diesen das eigene. Man bricht nicht miteinander, weil beide Seiten spüren, daß Biologie schwerer wiegt als Meinungen. Hanna nannte diesen Umgang später kühl, und darin hallte unser Streit vorwurfsvoll nach. Endlich verkündete Vater, daß alle jetzt einen Schnaps trinken würden, und überzeugte sogar Hanna, weil es sich dabei um ein traditionelles Begrüßungsritual handele, dem könne sie sich unmöglich entziehen. Auf dem Wohnzimmertisch lag demonstrativ *Frau Jenny Treibel*. Ich sagte, sie bevorzuge doch sonst Kriminalromane, was Mutter empört zurückwies, ich sei viel zu selten daheim, um ihre Lektüre beurteilen zu können. Hanna hatte als Studentin auch gern Fontane gelesen, aber zur abendlichen Entspannung wußte sie auch einen guten Krimi zu schätzen. Das unterstrich Mutter mit den Worten: »Man kann doch das eine tun, ohne das andere zu lassen. Ich bin gegen alles Extreme.« Es folgte ein Exkurs über den berühmten Philosophen Josef Pfeiffer, den sie in Münster noch persönlich gehört habe. Allerdings kannte Hanna Josef Pfeiffer nicht, woraufhin Mutter versicherte, er sei ein ganz großer Kopf gewesen. Sein Buch *Die Tugend des Maßes* habe sie sogar mit Widmung. Vater schenkte einen zweiten Schnaps aus, was Hanna zu spät bemerkte, und begann von seiner neusten Brücke zu erzählen, die fast zweitausend Mark gekostet habe, wobei er sich frage, wie es zu diesen Preisen käme, ohne etwas unterstellen zu wollen. Hanna setzte ihm die verschiedenen Posten genau auseinander, führte Abrechnungsmodelle und Prozentsätze aus, die Investitionen für den Gerätepark, bis zu einer halben Million, dazu beträchtliche Personalkosten, und schloß, daß ein Zahnarzt als Stundenlohn nicht mehr berechne als ein Handwerksmeister, aber es gebe natürlich schwarze Schafe wie überall. Mutter sprang Hanna zur Seite, dafür habe man auch ein langjähriges Studium absolviert, bloß dächten die Leute hier auf dem Land nach wie vor, daß ein Akademiker, egal ob Lehrer oder Arzt, sein Geld fürs Nichtstun bekäme, mit diesen Vorbehalten habe sie seit über zwanzig Jahren zu kämpfen. – Vater: Sie glaube das zwar immer, aber: In Wirklichkeit wolle ihr keiner was. – Doch, das sei so, da könne er auch seinen Sohn fragen. – Ich sagte »Prost«, dem pflichteten alle bei, Hanna allerdings mit dem Zusatz, sie müsse jetzt langsam machen, sonst sei sie gleich betrunken.

Gegen elf, nachdem wir Heringssalat mit Pellkartoffeln

aus Vaters Anbau gegessen, reichlich Bier getrunken, über Grundschulpädagogik, Zahnmedizin, Landwirtschaft, Kirche und Großstadt geplaudert hatten, immer sorgsam bemüht, jeden Ansatz einer Meinungsverschiedenheit zu umschiffen, sagte Mutter, daß sie Hanna ein Bett im Gästezimmer bezogen habe, ob das recht sei. Ich grinste, Hanna nickte beflissen: »Ja, natürlich«, und schaute mich aus den Augenwinkeln streng an, im selben Moment spürte ich ihren Fuß nachdrücklich auf meinem. Wir schliefen getrennt, das war zu erwarten gewesen. Vorher setzte ich mich aber noch auf ihr Bett, um Gute Nacht zu sagen, was sich lange hinzog, denn unsere Münder und Hände gehorchten Hannas mehrmaligem »Du mußt jetzt gehen, sie können uns hören« zunächst nicht. Von der Stirnwand, hinter der die Betten meiner Eltern standen, wisperten Fernsehstimmen herüber.

Am anderen Morgen Kalkar. Einst Douwermans Stadt, seit dreihundertfünfzig Jahren Kaff. Kommt man von Niel her, die Silhouette wie auf einem alten Kupferstich, im Hintergrund der Schemen des Monrebergs, Eiszeitschrott, in der Frühe, wenn Dunst den Hang hinaufkriecht, mit leichter Hand hingetuscht, abends gegen die untergehende Sonne scharf wie Granitbruch. Auf dem Turm der Nicolai-Kirche leuchtet bronzen der Wetterhahn und mahnt Fleiß an, rechts die mächtige Mühle, der ein kindischer Bomberpilot die Flügel gestutzt hat. Das Türmchen des gotischen Rathauses; verklinkerte Bürgerpalais zwischen letzten Resten einer Stadtmauer, die zu schleifen der amerikanische Befehlshaber strategisch überflüssig fand. Vor den Toren, von denen es nur noch die Namen gibt, weil frühere Generationen auch endlich Stein statt Lehm verbauen wollten, Rinder, Kopfweiden, ein sumpfiger Pappelwald, Schwemmland der Kalflach. Die Kalflach selbst, in die wir Kinder geworfen werden sollten, wenn wir nicht artig waren. Hanna staunte: Eigentlich müsse man sein Auto stehen lassen und in die Stadt einreiten. Aber dann Ernüchterung, gleich im ersten Haus hinter frisch verputzter Gründerzeit orange und blau: Plus – alles, was billig ist. Die Straße mit Bodenwellen verkehrsberuhigt, Ahorn in Kübeln, gepflasterte Mittelstreifen. Glasbausteine, Kachelsimse. Das Verlangen der Siebziger nach breiten Fenstern, gegen alle Proportion in die schlanken Fassaden der Spätgotik gebrochen. Neben den rotweißen Blenden des Spanierhauses die grauen Rolläden der Nachbarn. Zugestanden: Gebäude werden von ihren Bewohnern naturgemäß eher unter praktischen als unter stilistischen Gesichtspunkten gesehen. Auch sind andere Städte glimpflicher davongekommen. Natürlich war das Bombardement für den Ausgang des Krieges ohne jede Bedeutung. Van den Boom: »Die Menschen müssen immer alles neu machen, sie können nichts lassen, wie es ist.« – Hanna sagte, wenn man die Nordflanke wegblende, röche der Marktplatz trotzdem nach früher. Rund um die Gerichtslinde Obst- und Gemüsehändler wie jeden Samstag. In der Mitte der Fischmann, derselbe seit Ewigkeiten, Holländer, kaum gealtert, auf zerstoßenem Eis seine Seezungen, -teufel und -wölfe, zu nachtschlafender Zeit in

Scheveningen frisch angelandet. Entsprechend die Preise. Im Mai holte Mutter manchmal Schollen, die wurden mit Speck gebraten, sonst gab es Fischstäbchen. Rheinfisch war giftig. Hanna, die freiwillig nie ein Lebensmittelgeschäft betrat, konnte sich gar nicht satt sehen und mußte unbedingt etwas kaufen. Wir einigten uns auf vier junge geräucherte Aale, holländisch: Paalings. Zwei für meine Eltern. Der kahlköpfige Apotheker Verweyen, dessen schöne Frau ich mit sieben geliebt hatte, prüfte sachkundig Spargel und erkannte mich nicht. Wann war ich zum letzten Mal mit Mutter in die Stadt gegangen? Hanna wollte, ehe wir uns Douwerman ansahen, noch in dieses reizende Café auf der Ecke. Nebenan bei Weyers hatte ich einmal eine neue Hose bekommen, auch an einem Samstag. Anderntags brach mein Fahrrad aus, und das Loch überm Knie war so groß, daß man es nicht stopfen konnte. Hanna schaute mich mitfühlend an. Sie wußte, was es bedeutet, die Mutter enttäuscht zu haben. Durch ihren Blick wurde ich plötzlich an einen Ort versetzt, den ich nicht kannte. Sie tastete nach meiner Hand, um mich zurückzuholen. Niemand nahm daran Anstoß. Wir waren ein gewöhnliches Paar auf Wochenendausflug. Sie wunderte sich, daß im Café Italiener bedienten. Die leben hier, seit ich denken kann. Früher hatten sie nur die Eisdiele, verbrachten den Winter in Turin, im Schaufenster hingen dann Pelzmäntel. Also bestellte Hanna Cappuccino und ich Campari Soda. Sie hätte gerne eine regionale Spezialität versucht, aber selbst der Korn kam aus Ostfriesland. – »Können wir zahlen?« – »Acht Mark neunzig.« – »Stimmt so.« – »Grazie.« –

Douwermans Hauptgläubiger war 1514, wie Eva herausgefunden hat, die klevische Niederlassung des lombardischen Handelshauses Caversini. Die Italiener zeigten sich entschieden kulanter und sahen im Gegensatz zu den städtischen Steuereintreibern von einer Pfändung ab. Das fünfhundertjährige Kopfsteinpflaster ruinierte Hannas Absatzbezüge.

St. Nicolai: Das Licht, klar und kühl wie über einer antarktischen Seenlandschaft, darin als Inseln die Altäre, das Chorgestühl, schroff, nach dem Himmel greifend; zerklüftete Formationen aus rotbraunem Vulkangestein, Strukturen erfrorener Flüssigkeiten, knirschende Bruchstellen als Ausdruck der Bewegungen im Erdinnern oder infolge plattentektonischer Verwerfungen, teils schon wieder verwittert durch extreme Temperaturschwankungen, von herabstürzendem Eiswasser geschliffen; der Orgelprospekt ein unüberwindlicher Steilhang, hier könnten Sturmvögel nisten. Morsche Schädel, Oberschenkelknochen auf einem abgelegenen Hügel bezeugten gescheiterte Eroberungsversuche. In den Beichtstühlen Ungeheuer. Nur der Georgsaltar schien von ferne golden und warm. Hanna setzte sich lächelnd, »Mein Gott ist der schön«, und wurde blaß. Georg holt eben aus, im nächsten Moment wird der Drache in seinem eigenen Blut ertrinken, das ist gut. Vor den Toren der Stadt am Horizont hat man einen Strauchdieb mit dem Segen des Ortsbischofs gekreuzigt. Darüber läßt sich streiten. Schon mischen die Ungläubigen dem heiligen Ritter Gift an. Als die Wirkung ausbleibt, stecken sie ihn in einen Kessel mit siedendem Wasser. Er betet derweil für seine Peiniger. Die haben aber kein Interesse an der Vergebung durch den falschen Gott, fürchten überdies gefährliche Zauberformeln. Deshalb hackt ihm ein grimmiger Folterknecht sauber beide Hände ab, die Streitaxt glänzt in der Morgensonne. Jetzt beten nur noch die heiligen Lippen. Da die Magie anders nicht zu bannen ist, wird Georg enthauptet. Immerhin haben sie ihm vorher die Augen verbunden. Womöglich auch nur aus Angst vor seinem Blick. Und in der Predella ziehen Heiden eines anderen Stammes dem heiligen Erasmus, nachdem sie ihn erst gerädert haben, bei lebendigem Leibe die Haut ab. Das alles gleichzeitig, ohne Rücksicht auf zartere Gemüter. Hannas Aufmerksamkeit flatterte unruhig hin und her, wollte sich auf die Seitenflügel retten, zu Ursula im Kreise ihrer Lieben, zu spät entdeckte sie den Armbrustbolzen in ihrem Hals. Da war es genug. Beim Aufstehen lief ihr ein Schauer den Rücken herunter. Aus meiner Plastiktüte stieg in Wellen Fischgeruch. Der einarmige Ordner, stadtbekannter Weltkriegsveteran, ich habe seinen Namen vergessen, hielt uns eine Sammelbüchse hin, *Für die Erhaltung der Kunstwerke*. Hanna schob einen gefalteten Zehner hinein und übersah den von einem Dutzend Pfeilen durchbohrten Sebastian schräg gegenüber. Neben den Gewalttaten späterer Jahrhunderte schienen die sieben Schmerzkammern Mariens leidlich bewohnbar: Simeon verkündet, daß ihr Sohn den Völkern das Heil bringt; die Flucht nach Ägypten wird von allerhand lebenserhaltenden Wundern begleitet, er hat einen himmlischen Vater, auf den ist Verlaß; der Zwölfjährige mischt einen Gelehrtenzirkel auf.

Heutige Mütter würden da mitleidig auf die dummen Sprößlinge der Nachbarinnen herabschauen und Hochbegabtenförderung beantragen. Selbst seine Kreuzigung – wenn man sieht, im direkten Vergleich, wie die Schächer zugerichtet sind, mit ihren zerschlagenen Knochen, den ausgekugelten Schultern, Hände an die Füße geknotet, die hatten auch Mütter. Nur waren deren Kinder nach einer Woche immer noch tot.

Hanna fröstelte: »Ganz schön kalt hier.«

Was soll man da antworten? Gegen das Physiologische ist die Kunst chancenlos: Schau, wie die Zweige aus der Predella vollständig um den Schrein herumwachsen, erst ganz oben in der Spitze des Gesprenges, wo die Engel der Apokalypse, Johannes, ihr Erzähler, Kaiser Augustus und die Sybille von Tibur stellvertretend für alle Heiden der sternenumkränzten Maria huldigen, am Ende der Zeiten werden die Stränge entwirrt, verwandelt sich der Dschungel in Architektur. Das geschieht etwa zehn Meter über dem Boden, noch dazu im Gegenlicht, so daß man es gar nicht erkennt. Wenn man es nicht weiß. Oder glaubt. Für uns, in Augenhöhe, der schlafende Jesse gefangen im virtuosesten Durcheinander der Kunstgeschichte. Douwermans Hauptwerk: zwei Stammbäume, die, anstatt eine einfache Genealogie sinnfällig zu machen, Eltern und Kinder in einen finsteren Wald zerren. *Jesse war der Vater des Königs David, David zeugte Salomo mit der Frau des Urija, Salomo war der Vater von Rehabeam* … und so fort. Einer folgt aus dem anderen, lebt als Vor- oder Nachfahr, das leuchtet unmittelbar ein, ist dazu von höchster Stelle beglaubigt.

Keine offenen Fragen bei der Testamentsvollstreckung. Ich heiße Thomas Walkenbach. Mein Vater ist der Landmaschinenmechanikermeister Josef Walkenbach, Sohn des Kleinbauern Jakob Walkenbach. Nicht nur Hanna sagte, daß ich ihm sehr ähnlich sehe. Ich werde sein Haus erben, er hat es mit seinen eigenen Händen erbaut. Aber meine Arbeit hält er für Zeitverschwendung. Und ich weiß nicht, worüber Mutter und er reden, wenn sie allein sind. In der Xantener Fassung wäre Jesse im Dunkel völlig verschwunden. Doch die Domverwaltung hat eine Neonröhre inmitten der Verästelungen angebracht und damit den angestrebten Ausdruck in sein Gegenteil verkehrt. Eine Maßnahme der frühen Sechziger, als jeder behauptete, Väter und Großväter hätten lediglich ihre Pflicht getan, und die Mütter galten als Widerstandskämpferinnen, bloß weil ihre Kinder nicht Adolf hießen. Da war Douwermans Hinweis, daß wir von unseren Ahnen nichts wissen, daß jeder in seine eigene Geschichte verstrickt ist, deren Auswirkungen weder vorhersehbar sind noch beherrschbar, unerträglich. Nur zufällig verursacht man, was als Ergebnis beabsichtigt war. Aus dem Flügelschlag des Schmetterlings auf Bali wird die Sturmflut in Florida. Für die Folgen seiner Handlungen ist niemand verantwortlich. Wohl aber für deren Gründe. Jedes Urteil, gleich ob Freispruch, Verbannung, Haft oder Tod durch den Strang, gehört dem Richter, mit dem Täter hat es nichts zu tun.

Hanna: Der Altar sei wirklich wundervoll, sie frage sich allerdings, ob ich ihn da nicht überstrapaziere, zumal ihr meine Theorien reichlich verwegen vorkämen.

Die Figuren in Xanten sehen jetzt aus wie Morkienholz in einem Zierfischbecken. Das beruhigt die Nerven.
Sie schüttelte den Kopf, ich solle nicht ausweichen.
Ich wich nicht aus: Was hat Salomo gedacht, als er hörte, daß sein Vater aus Gier einen verdienten Krieger einfach so abschlachten ließ? Hat er ihn zur Rechenschaft gezogen? Einen Mörder geschimpft? Oder die Befragung demütig dem Stammesgott Jahwe in Gestalt des Propheten Nathan überlassen? – Ich bin sicher, daß Douwerman sich mit diesen Fragen gequält hat und daß sie die Basis seines Jesse bilden. Aber Eva behauptete allen Ernstes, da sei die handwerkliche Geschicklichkeit mit ihm durchgegangen. Schwer vorstellbar, daß einer aus purem Übermut monatelang nichts als Blätter und Zweige schnitzt. *Sein Sohn* starb gleich nach der Geburt 1516, die Rechnung über den kleinen Sarg liegt im Kalkarer Stadtarchiv. Das Taufregister verzeichnet den Namen des Kindes nicht. Allerdings war nicht Douwermans Frau Anne, sondern deren Schwester Elsken die Mutter. Liebe zur Schwägerin galt damals als Inzest. Dafür mußte er sich vor dem Sendgericht verantworten. Über den Prozeßausgang weiß ich nichts, die Akten sind im Krieg verlorengegangen. Dem Jungen blieb zweifellos viel erspart. Die Häufigkeit von Namen wie Arnts, Derks, Driessen, Hendricks, Jakobs, Janssen, Peters, Theissen am Niederrhein deutet es an: Man zog nicht für sich allein, sondern als Sohn seines Vaters in die Welt. Wer hätte einem Heranwachsenden Vertrauen vorgeschossen, der nicht nur unehelicher, sondern ehebrecherischer Sprößling war, aus einer Verbindung, die von der Kirche als

widernatürlich gebrandmarkt wurde, mit einem Vater, mindestens so berüchtigt für seine Exzesse wie berühmt für seine Kunst, mehrfach vorbestraft, gepfändet, dem der Ruf vorauseilte, daß er seine Aufträge selten termingerecht abliefere, der sein Geld am Spieltisch ließ oder versoff, bevorzugt beides gleichzeitig, und zu allem Überfluß alchemistischer Experimente verdächtigt wurde. Nur durch die Fürsprache seines Bruders, des Wisseler Benediktiner-Abts Johann Douwerman, entging Henrick einer peinlichen Befragung durch die Inquisition. Er wird unter sich gelitten haben, wie alle, die nicht wissen, was sie tun und warum – warum zum Teufel es wider bessere Einsicht nie Alternativen gegeben hat? Warum man nicht einfach geordnet leben konnte, wie die anderen? Douwerman schnitt Jesses Alptraum in Holz: Es ist unmöglich, die eigenen Wurzeln freizulegen, das Gewirr der Büsche bleibt undurchdringlich, das Erdreich steinhart. Aber die ausgewachsenen Triebe der Väter werden die Käfigstangen der Söhne.

Und? Hat es dir gefallen?
– Douwerman oder deine Familie?
– Was du willst.
– Deine Eltern sind ein komisches Paar.
– Inwiefern?
– Ich hatte den Eindruck, sie kämpfen miteinander. Wobei mir nicht klar ist, um was.
– Tun sie auch. Sie führen eine Art Kampf der Kulturen. Schon seit fünfundzwanzig Jahren. Aber inzwischen ist es eher ein Ritual. Mein Großvater hätte viel gegeben, wenn Mutter Walkenbach nicht geheiratet hätte.
– Und weshalb?
– Weißt du, wie du fahren mußt? – Er verkehrte ausschließlich in euren Kreisen. Ärzte, Rechtsanwälte, Professoren. Obwohl er selbst nur ein kleiner Angestellter bei der Ruhrkohle AG war. Buchhalter, nicht mal Prokurist. Eine Zeitlang ist er sogar Mitglied in einer Freimaurerloge gewesen. Genaueres habe ich da aber nie herausbekommen. Das Schöne, Wahre und Gute geisterte in seinem Kopf herum, Beethoven, Goethe. Und dann kam so ein Handwerker daher, der Bücher nach ihrer Verwendbarkeit

als Zigarettenpapier beurteilte, und verschleppte seine Tochter in eine abgelegene Ansiedlung von Bauern und Viehzüchtern, wo Verträge noch mit Fingerabdruck unterzeichnet wurden. Das war ein schwerer Schlag. Mein Großvater hatte gehofft, daß sie ihn in die feinere Gesellschaft einheiraten würde.

– So fein ist die gar nicht. Eigentlich eher langweilig.

– Das sagst du. Aber du hast auch die Gnade der hohen Geburt. Vater Zahnarzt, Großvater Chirurg beziehungsweise Oberamtsrat. – Verdiente, hochangesehene Bürger seit ein paar hundert Jahren. Das sieht anders aus, wenn du nicht studieren konntest, weil kein Geld da war. Großvater wäre gerne ein bedeutender Gelehrter geworden. Er wollte Bücher schreiben. Das war sein Traum, Bücher schreiben. Und raus aus dieser Kleineleutewelt. Aus dem Küchendunst, der Enge, der Geistlosigkeit. Also hat er sich den sogenannten besseren Kreise angebiedert. Ging ins Theater, ins Konzert, schaute sich Ausstellungen an und gab bei jeder Gelegenheit ambitionierte Kritiken zum besten. Ich glaube, er sah sich als eine Art Selfmade-Bildungsbürger. Seine Frau entstammte dann immerhin einem mittleren Beamtenhaushalt. Mehr war nicht drin. Aber seine Tochter hat schon studiert, während sein Sohn, Onkel Gerhard, nach mäßigem Beginn wieder ganz unten angelangt ist. – Und der Enkel, selbst ein echter Geisteswissenschaftler, heiratet demnächst eine Doctora aus altem Akademikergeschlecht. Was wäre Opa stolz ...

– Jetzt mach mal langsam.

– Meinst du, ich laß dich wieder los?

– Und wenn ich nicht will?
– Dann mußt du sterben. Ein anderer Mann soll dich unter keinen Umständen haben.
– Ungemein beruhigend.
– Jedenfalls war ihm die Vorstellung, daß seine Tochter freiwillig an die Misthaufen zurückkehrte, unerträglich.
– Und deine Mutter? Wie hat die sich in Niel zurechtgefunden? Das war doch eine gewaltige Umstellung für sie.
– Über die ersten Jahre weiß ich nicht viel. Aber sie liebt das Land bis heute nicht. Und die Leute hier findet sie dumpf und grobschlächtig – wie ihr Vater. Die Leute wiederum glauben immer noch, daß sie sich für etwas Besseres hält. Als Lehrerin hatte sie einen Sonderstatus. Der Dorflehrer stellte das weltliche Pendant zum Pfarrer dar. Beide kamen von außerhalb, sprachen Hochdeutsch, lebten zölibatär und hatten absolute Gewalt über den Nachwuchs der Eingeborenen. Sie hat nicht geschlagen, sondern geheiratet, was ein Skandal gewesen ist, noch dazu den bestaussehenden Nieler seiner Generation. Das haben zumindest die Frauen ihr nie verziehen. Auf der anderen Seite genießt sie ihre Rolle als einzig Zivilisierte unter Halbwilden auch.
– Mir gefällt dein Niel. Ich könnte mir vorstellen, da zu wohnen. Das viele Grün, die Rindviecher, vor allem die himmlische Ruhe. Keine Straßenbahn, kein Gehupe. Ich hab geschlafen wie ein Stein.
– Wenn Mutters Verwandte aus Köln kamen, haben die beim Frühstück gejammert, daß sie wegen des Gockels von Janssen ab vier wachgelegen hätten. Früher hatte hier

jeder Hühner. Außer uns. Mutter wollte keine. Der Gemüsegarten reichte ihr völlig. Und von dem existiert mittlerweile auch nur noch ein Bruchteil.

– Das muß einen doch ungeheuer stolz machen, wenn man das, was man zum Leben braucht, nicht von anderen zu kaufen braucht.

– Keine Ahnung. Ich hab mich mit fünfzehn aus dieser Welt verabschiedet. Ich weiß, daß ich als Kind die Nieler auch nicht mochte. Niel schon. Die weiten Felder, den Fluß. Aber bei den Kölner Verwandten habe ich mich immer wohler gefühlt. Meine Großmutter hatte acht Schwestern und einen Bruder, Onkel Leonard. Von den Mädchen sind nur drei verheiratet gewesen, die anderen waren ihr Leben lang berufstätig. Die kamen nach der neuesten Mode gekleidet, ließen sich die Haare färben, schminkten sich die Lippen rot, hatten eine Meinung über die Regierung. Tante Elli, meine und Mutters Lieblingstante, rauchte Zigaretten mit Goldfilter in der Spitze, während sie über die Ostverträge schimpfte. Und wenn ich gemalt oder gebastelt hatte, sagte sie, ich würde bestimmt Künstler. Das gefiel mir. Besser als die Berufe, die in Niel zur Auswahl standen. Schreiner, Dachdecker, Maurer oder eben Bauer. – Außerdem redeten sie so ein schönes gewundenes Deutsch. Wie die Leute im Fernsehen. Vater sagte *geschwollen*, sobald sie aus der Tür waren. Er hielt sie für arrogante Schwätzer. Ich fand *geschwollen* wunderbar. Onkel Leonhard hatte sogar Adenauer persönlich gekannt, als der Kölner Oberbürgermeister war. Es gibt ein Photo aus den zwanziger Jahren: Adenauer und Onkel Leonard in einer offenen

Limousine. Adenauer winkt dem jubelnden Volk zu, das Volk schwingt Fähnchen, und Onkel Leonard schaut sehr wichtig. Bei Familienfesten saßen sie getrennt von den Nielern und bestellten Wein statt Bier. Ich habe nicht alles verstanden, aber trotzdem immer dabeigesessen und mit großen Augen zugehört und geheult, wenn ich ins Bett sollte: Sie erzählten, stritten über Gott und die Welt, es klang wahnsinnig bedeutend. Aber warum genau ich sie soviel lieber mochte, weiß ich bis heute nicht. Vielleicht, weil sie in Köln so etwas wie Geschichte hatten. Es gab dieses geheimnisumwitterte *Früher*. *Früher* war ein Zauberwort, *Opa erzähl mir von früher*, mehr brauchte es nicht für einen gelungenen Nachmittag. Der Boden unter ihnen bewahrte die Erinnerung an zweitausend Jahre. Während die Nieler wie Hamster in einem Laufrad strampelten, ohne sich von der Stelle zu bewegen: pflügen, säen, ernten. Kartoffeln, Erdbeeren, Getreide, Äpfel. Geboren werden, Haus bauen, heiraten, sich fortpflanzen, sterben. Nach Weihnachten kam Fastnacht, dann Ostern, Himmelfahrt, Pfingsten, die Fronleichnamsprozession, im Herbst das Königschießen, die Kirmes. Mit dem 1. Advent begann alles von vorn. Zwischendurch Hochwasser, Schnee bis März, Kriege, Sturmschäden, ein neues Dach, ein neues Auto. Rob Sanders wurden die Beine amputiert. Nell Fischer hängte sich auf. In Niel erzählte nur Tante Dora zum Beispiel vom Krieg. Aber das war ein anderer Krieg. Ohne Sirenen und Bombennächte und Tote auf den Straßen. Auch so eine Art Naturgewalt, wie eine Dürreperiode, das kam eben vor, magere und fette Kühe kannten

sie aus der Bibel, der Herrgott würde seine Gründe dafür haben, man mußte erfinderischer sein als sonst, im übrigen war es nicht zu ändern.
In Köln oder Essen hatte zur gleichen Zeit mein Großvater mit Schwagern und Logenbrüdern im Garten unter den prächtigen Obstbäumen gehockt und den Fortgang der Ereignisse diskutiert. Er sympathisierte mit dem Führer, wollte NSDAP-Mitglied werden, aber da war seine Frau vor. Onkel Leonard gehörte zum gleichgeschalteten Zentrum und äußerte sich verhalten. Dann gab es Onkel Karl, der sich am Rand des katholischen Widerstands bewegte und während der letzten Kriegsmonate als Vaterlandsverräter mit seiner Frau und den beiden Töchtern nach Dachau kam. Sie haben aber überlebt. Und Onkel Wilhelm, Bankdirektor, strammer Parteifunktionär. Später stand er im Verdacht, Karl angezeigt zu haben, was ihm einige Jahre Familienbann eintrug. Und ich war dabei. Meine Kindheit wurde gleichsam verdoppelt. Ich erinnere mich an Essen in Flammen, dann an Mülheim. Meine Großeltern wurden zweimal ausgebombt. Es blieb ihnen nichts, außer einem feinziselierten Messingteller mit schwarzem Brandmal, den haben sie aus dem Schutt gegraben. Nachher diente er als Ablage für Großvaters Korrespondenz. Ich hab oft die Briefe weggenommen und auf den Fleck gestarrt. An den Rändern changierte er in allen Farben. Wenn ich lange genug hinschaute, öffnete sich ein Schacht, und ich konnte in die Vergangenheit sehen. Flugzeuge dröhnten wie apokalyptische Heuschrecken über der Stadt; Mutter als kleines Mädchen, das ins brennende Haus zurück-

wollte, um seine Puppe zu retten. Der Phosphor, dessen Feuer man mit Wasser nicht löschen konnte, Nachbarn, die als lebende Fackeln durch die Straßen rannten. Dahinter Großvaters wunderbare Bibliothek, von der nicht eine Seite übriggeblieben ist. Das muß so ein klassisches Herrenzimmer gewesen sein, weißt du, mit Zigarrenschrank und Pfeifenständer, wo die Männer nach dem Essen den Cognac nahmen. Dort saß er in seinem Chesterfieldsessel an einem mächtigen alten Schreibtisch, las dicke Bücher mit Lederrücken, rauchte und wollte nicht gestört werden. Es gab auch ein Klavier, glänzende Kerzenhalter aus Bronze rechts und links, Beethovens Mondscheinsonate aufgeschlagen auf dem Notenpult, obwohl er gar nicht spielen konnte. Später sehe ich es auf einer Wiese stehen, halbverkohlt, der spiegelglatte Lack hat Blasen geworfen, alle Tasten sind herausgerissen, der Deckel eingeschlagen. Im Hintergrund schnaubt hungrig ein schwarzes Pferd, dessen Halter verschüttet ist. Ich höre den erbärmlichen Klang, wie Großvater davorsteht, mit der Hand zum Abschied über die wenigen heilen Saiten streicht. Dann die amerikanischen Besatzungssoldaten, schwarz und weiß, böse und gut. Care-Pakete, Butter gegen Tabak, Fladen aus geriebenen Steckrüben ohne Fett auf der blanken Herdplatte gebacken, Lebensmittelkarten, die ersten 40 Mark. Aus dem Fernsehen können die Bilder nicht kommen, solche Filme hätte ich damals nicht sehen dürfen, das hätte Mutter nie erlaubt. Aber aufgrund der Bildqualität allein könnte ich nicht entscheiden, welche Sequenzen das sogenannte wirkliche Leben und welche die Erzählungen

zurückgelassen haben. Kinder trennen reale Ereignisse nicht scharf von Geschichten und Träumen …
– Ich würde eher sagen, deine Phantasie …
– Die Tanten waren auch die ersten aus unserer Familie, die in richtig fremde Länder geflogen sind. Griechenland, Spanien, Türkei, Israel. Und dann schickten sie uns Ansichtskarten von der Akropolis oder der Alhambra mit phantastischen Briefmarken. Den Nashornvogel aus der Türkei habe ich in der Schule gegen zehn deutsche Mittelformate getauscht. Eine Cousine von Mutter hatte sogar einen italienischen Millionär geheiratet und lebte abwechselnd in Rom und der Toskana. Wir wollten sie immer besuchen, aber das war so weit weg, daß man es mit dem Auto gar nicht erreichen konnte. Und in Rom wohnte der Papst. Wir fuhren in die Eifel oder nach Holland an die Nordsee, und die Fahrt dauerte jedesmal eine halbe Ewigkeit. Wie weit mußte es dann erst bis Rom sein. Die anderen Walkenbachs machten überhaupt keinen Urlaub. Onkel Henno hatte Kühe zu melken, und Onkel Theo asphaltierte Wege …
– Walkenbach, du redest wie ein Buch. Ich dachte, deine Familie sei dir egal.
– Ist sie auch.
– Das klingt aber anders.
– Es geht ja nur scheinbar um meine Familie.
– Sondern?
– Um die Mechanik des Erinnerns. Wie man sich seine eigene Geschichte erzählt. In Wirklichkeit weiß ich über all die Leute nichts. Sie sind bloß Spielsteine. König, Dame,

Bauer, Läufer. Elfenbein und Ebenholz. Aber ich entscheide über die Züge.
– Bin ich auch nur so ein Spielstein?
– Vermutlich. Oder nein. Du spielst am nächsten Brett, und wir versuchen, uns gegenseitig einige Figuren in die Partie zu schmuggeln.
– Ein bißchen wenig. Dafür, daß ich dich heiraten soll.
– Schau die Rapsfelder. Gelber geht's nicht.
– Wenn dem Herrn Walkenbach nichts mehr einfällt, flüchtet er sich in die Landschaft.
– Ist ja gut. Ich widerrufe und behaupte das Gegenteil. Wahrscheinlich fände ich es auch schön, wenn ich mich auf irgendeinen in meiner Sippe berufen könnte, obwohl das natürlich Blödsinn ist. Adolph von Menzel soll ein ganz entfernter Verwandter meiner Oma gewesen sein. Mit sechzehn hat mir das geholfen. Obwohl er nicht gerade zu meinen Lieblingsmalern zählt.
– Und dein Großvater? Der bedeutet dir doch viel.
– Einerseits schon. Solange er mit seinen Doktoren plauderte, ganz der feinsinnige Ästhet. Ein Mann des Geistes. So viele von denen gibt es in meiner Familie schließlich nicht. Andererseits ...
– Ja?
– War er auch Choleriker. Ein Schläger ...
– Und weiter?
– Er hat halt geschlagen.
– Dich auch?
– Ja. Nein. Einmal wollte er, aber da ist Vater rechtzeitig dazwischengegangen.

– Seine eigenen Kinder?
– Wen denn sonst?
– Seine Frau?
– Weiß ich nicht. Ich habe jetzt auch keine Lust, mich damit zu beschäftigen.
– Hat er getrunken?
– Nein. Wüßte ich jedenfalls nicht.
– Kannst du aber nicht ausschließen?
– Doch. – Bitte, Hanna. Keine Anamnese, ja.
– Gott, bist du empfindlich!
– Paß auf, der Lastwagen schert aus.
Dann Schweigen. Das gleichbleibende Surren des Motors, die Außenwelt ohne Ton, als wäre die Landschaft vorab gefilmt und würde zwischen Rollen hin und her gekurbelt wie bei alten Trickaufnahmen, während wir im Studio säßen und *Gespräch auf der Rückfahrt* mimten. Hanna fuhr unbekümmert schnell. Bussarde warteten geduldig auf leichtsinnige Hasen. Jungbullen besprangen sich ungeniert. Das alberne Knattern eines Motorrads drang doch zu uns durch. Im Rückspiegel die seit der Autobahnauffahrt zurückgelegte Entfernung, Goch 47 km. Überlandleitungen marschierten über ein düsteres Waldstück hinweg und deuteten einen anderen Maßstab an. Mutters Hoffnung: Ihr kommt jetzt aber öfter, nicht wahr? Hannas Antwort: Bestimmt, es war sehr schön bei Ihnen, Frau Walkenbach, und Thomas hängt ja an seinem Niel, auch wenn er es nicht immer so zeigt. Vaters Skepsis: Beim nächsten Mal grillen wir dann. Mein dümmlich grinsender Widerstand gegen das Heimweh nach einem Ort, der in

der Vergangenheit liegt und dessen Name auf keiner Straßenkarte verzeichnet ist. Das entschiedene Zuschlagen des Kofferraums. Eltern wieder allein vor geöffneter Tür. Jetzt wink schon. Hanna neben mir auf dem Weg nach Hause. Der entgegengesetzte Standpunkt. Sie hupt kurz. Bist du angeschnallt? Natürlich. Wir fahren links an Kalkar vorbei. Über dem Monreberg dramatische Wolken. – Und? Hat es dir gefallen? – Douwerman oder deine Familie? – Was du willst. – Deine Eltern sind ein komisches Paar... Rechts der Hof von Lembken, wo ich vor zwanzig Jahren mit Vater einen Trecker repariert hatte. Ein Anflug von Ärger über Großvaters Ausfälle, ich wäre gern stolz auf ihn gewesen, zumindest Hanna gegenüber. Trauer, daß er nicht mehr lebt, allmählich hätte man mit dem Fragen anfangen können. Damit endet das Spiel, die Figuren erstarren wieder zu Holz, verschwinden mit einem Ruck in ihren Kisten, auf einen letzten hellen Glockenton hin fällt der Deckel zu, bis zur nächsten Vorführung. Hanna dafür plötzlich unmittelbar anwesend. Auf den Verkehr konzentriert. Offenbar beschwingt. Als singe sie im stillen eine Lieblingsmelodie. Ihre kindische Freude am Vollgas. Leichtes Kopfschütteln meinerseits. Damals wunderte ich mich noch über ihren Hang zur Geschwindigkeit. Wenn ihr jemand unversehens in die Quere kam, konnte sie wüste Schimpfkanonaden abfeuern, das Lenkrad prügeln. Ich denke, obwohl mir Autos eigentlich vollkommen gleichgültig sind: Ein altes Cabrio stünde ihr gut, dazu den weißen Seidenschal mit blauen Punkten um Kopf und Schultern. Dessen Enden flatterten lustig im Wind. So neben ihr zur Ouvertüre von *Figaros Hochzeit* eine schmale italienische Küstenstraße entlangbrausen. In der Nase ein Gemisch aus Meer und Hannas Haar. Sich zu ihr herüberbeugen, ihr unverhohlen in den Ausschnitt schauen. Als Antwort ein Augenaufschlag, verschmitzt mit gespielter Empörung. Aber sie biegt nicht in einen der zahllosen von Disteln und Mohn überwucherten Feldwege ab. Obwohl wir dort mit Sicherheit keiner Menschenseele begegnen würden. Verfallene Gehöfte, Olivenhaine, unmittelbar vor der Rückeroberung durch wilde Tiere: Die Bauern leben seit Jahren in Turin oder Mailand. Denkbar wäre, ihr ins Steuer zu fassen und in einer kühnen Parabelkurve über die Klippen zu schießen, ehe der Tod uns scheidet. Besser: Zwischen ihren Beinen zu spielen, bis sie die Kontrolle verliert. Statt dessen der Griff nach ihrer Hand auf dem Schaltknüppel. Hannas kurzes Lächeln, entschuldigend. Am Anfang überspringt man die Grenzzäune des anderen mühelos. Mein Blick: Ich will sie haben, jetzt. Da überstimmt der Paarungstrieb fast alles, und zweieinhalb Tage sind eine lange Zeit. Aber dies hier ist kein Alfa Spider, sondern ein anthrazitfarbener Mercedes 190 mit festem Dach und Seitenaufprallschutz. In diesem Gefährt erscheint es schon unangebracht, mit dem Daumen über ihre Nackenwirbel zu wandern und mir dabei versonnen eine ihrer eigensinnigen Strähnen um den Finger zu wickeln. Hellgraue Inneneinrichtung, der Motor leise, kein Zittern, zweifellos hoher Fahrkomfort. Man spürt das Tempo kaum, bis ein alter Kadett uns vorsätzlich ausbremst. Hanna fuchtelt herum, faßt sich an den Kopf und setzt so eine Duftwolke frei, die mir ins Gesicht schlägt. Ich vergesse umgehend wieder, daß zum Beispiel Versicherungsvertreter diese Art Wagen für Dienstreisen nutzen. Hannas Knöchel unter den schwarz glänzenden Nylonstrümpfen erzählt von der ersten Nacht. Anderen genügt ein Bahnhofsklo. Körperteile schieben sich über Landschaftssegmente. Luftspiegelungen eines hingestreckten Frauenbeins täuschend echt vor dünn besiedeltem Horizont. Fragile Doppelbelichtungen. Verflüchtigen sich, sobald man ihnen zu nahe kommt. Eine ausgestreckte Zunge. Verdorbener Hohn. Die flache Senke unterhalb des Hüftknochens auf der smaragdfarbenen Oberfläche eines Baggersees, über den rotweiß ein Segel gleitet. In regelmäßigen Abständen Notrufsäulen. Schneller als mit 180 km/h kann alles verloren sein. Zwischen spärlich bepflanzten Lärmschutzwällen der sanfte Abschwung vom Rippenbogen zur Bauchdecke, dahinter Tannenspitzen vor aufgerissenem Himmel. Im Süden kämmt eine Sonnenharke Weizenfelder. Ich werfe die beiden Mulden am unteren Ende ihres Rückens unscharf auf ein ultramarinblaues Schild. Reibe mich an der Lehne, streife vertrocknete Haut ab. Lockstoffe zwängen sich durch geweitete Poren, springen, unerschrocken wie Zecken, wenn sie die ranzigen Ausdünstungen eines Warmblüters wittern, ins Nichts. Offensichtlich gelingt es aber keinem, sich an der Frau festzubeißen. Statt dessen Massensterben in den Kühlaggregaten der Klimaanlage. Oder doch? Wer weiß, ob ihr unruhiges Hin- und Herrutschen bloß anzeigt, daß sie unbequem sitzt? Dreizehn Kilometer bis zur Raststätte

Peppenhoven. Kraushaar, weit auseinandergerückt auf einer marmorn schimmernden Tiefebene. Am Rande des Blickfelds mehrere dunkel angeschwollene Wülste, die keinerlei Ähnlichkeit mit Pflaumen, Pfirsichen oder Granatäpfeln haben. Wenn schon Obst, dann das lauwarme Fleisch einer überbrühten Tomate, der man gerade die Haut abgezogen hat und behutsam die Kerne herausstreicht. Nur um der sensorischen Reizung der Fingerspitzen willen. Ich weigere mich, zu glauben, daß Lust lediglich ein besonders raffinierter Trick der Biologie ist. Hanna fährt die Raststätte nicht einmal zur Toilettenbenutzung an. Ich hätte eine Dose Bier gekauft. Ihrem mißbilligenden *Wozu das jetzt? Wir haben doch genug im Kühlschrank* zum Trotz. Vielleicht sogar ein kleines Fläschchen Wodka. Jedenfalls nicht wegen der Fortpflanzung, noch um den Durst zu löschen. Wider die Überheblichkeit der Frage *Wozu*. Die Frage *Wozu* auf halber Strecke umdrehen und gegen sie selbst in die Schlacht schicken, daß sie sich vom Schwanz her verschlingt. Im alten Australien bestand kein ursächlicher Zusammenhang zwischen Liebe und Schwangerschaft. Kinder bekam eine Frau, wenn sie lange genug unter einem bestimmten Baum saß. Bei den archaischen Griechen führte ein feuchtwarmer Südwind zur Befruchtung. Wir werden in einer guten Stunde zu Hause sein, und Hanna wird erst zwei Telephonate führen, damit sich niemand Sorgen macht, während ich uns Wein einschütte. Danach stoßen wir an und vergessen, daß die Zunge in erster Linie dem Umschichten halbzerkauter Nahrung, in zweiter der Artikulation geordneter Lautfolgen dient, mit denen man sich angeblich verständigen kann. Unsere Hände werden die vielfältigen Möglichkeiten des Werkzeuggebrauchs nicht mehr erinnern. Zum Beispiel wie man ein Auto nahe am Limit auf der Fahrbahn hält und gleichzeitig die Lüftung umschaltet. Oder wie man mit dem Briefkastenschlüssel seine Fingernägel reinigt, ohne hinzuschauen, weil die Frau neben einem sich erst ausgiebig die Kniekehle, dann unterm Oberschenkel kratzt. Ein kurzer Schreck, als die Landschaft rechts und links hundert Meter tief abstürzt. Die kleine Kapelle knapp unterm Gipfel der Landskrone für uns auf der Brücke in Augenhöhe. Ein weißer Fleck. Zwischen dunkelrotem Sandstein und vertrockneten Büschen. Wetterleuchten hinter zusammengekniffenen Lidern. Später erinnert man die Gier kaum noch. Sie hat sich in ein natürliches Bedürfnis verwandelt, das regelmäßig gestillt wird, so wie man dreimal täglich eine Mahlzeit zu sich nimmt, ehe der Hunger zu bohren anfängt. Wir einigen uns lachend auf Termine, an denen bestimmte Partien gezielt stimuliert werden. In den Achselhöhlen hält sich das Deodorant mühelos. Anschließend liest Hanna nackt noch zwei Seiten in der Zeitung, um schlafen zu können. Ihre Brüste sind nach wie vor schön, und die Schwerkraft kann ihnen wenig anhaben. Sie dienen nicht dem Zweck, Milch zu produzieren. Unten sitzen alte Frauen in ihren Gartenstühlen, von Töchtern und Schwiegertöchtern mürrisch mit Kaffee versorgt, und schauen ehrfürchtig den Berg hinauf. Tote Männer, gerahmt auf dem Nachttisch, im Herzen. Als sie jung waren, sind sie am Sonntag die steilen Serpentinen hochgestiegen

und haben ihre Sünden bereut. Ach könnte man noch wie damals in der schlechten Zeit. Die Perlen des Rosenkranzes glänzen von siebzig Jahren Butter auf dem Brot. Ein banger Blick zur Brücke ab und an. Warte mal, wann war das noch, als der Wagen vom Himmel gefallen ist, mitten in die Kartoffeln, und uns eine Heidenarbeit gemacht hat? Wechselnde Bewölkung. Später am Nachmittag wahrscheinlich Regen. Kind, denk dran, daß du Wäsche auf der Leine hast.
Hanna: Ich bin doch froh, wenn wir wieder für uns sind.
Ich: Das kannst du laut sagen.
Hanna hellhörig: Wieso?
Ich, weiß von nichts: Eltern stören ja irgendwie immer.
Hanna: Aha! – Schaltet amüsiert das Radio ein. *Oh Nikita you will never know/ anything about my home*, Akkorde, die es gut mit uns meinen. Wir sollen uns wohl fühlen. Die Melodie zum Mitsummen. Das Hirn wird sanft umgerührt, bis alle festen Bestandteile zu einem dicklichen, nicht unangenehm schmeckenden Eintopf zerfallen sind. Aus Erregung wird gute Laune mit erotischem Akzent. Ein Gefühl der Erleichterung, wie jedes Mal, wenn man eine Brücke hinter sich läßt. Das Ende vom Lied. Auf der A 61 Richtung Koblenz zwischen Sinzig und Niederzissen.
– Darf ich dich was fragen, Hanna?
– Bitte.
– Warst du vor mir wirklich nie in jemanden verliebt?
– Laß mal eben die Verkehrsnachrichten …
– Warst du?
– Betrifft uns nicht.

– Also du warst?
– Ja.
– Und in wen?
– Der Name sagt dir ohnehin nichts. Dirk Rockert. Humanmediziner, fünf Semester weiter als ich. Galt – oder gilt – als die Hoffnung der hiesigen Chirurgie. Seine Eltern wohnen hier ganz in der Nähe, bei Simmern, im Hunsrück. Momentan ist er, soweit ich weiß, in Chicago ...
– Habt ihr noch Kontakt?
– Elke ist mit ihm befreundet.
– Warum hast du dann immer gesagt, daß ich der erste bin?
– Weil ich nicht daran denken wollte. Außerdem ist es inzwischen fast sechs Jahre her. – Und weil ich geglaubt habe, man kann das nur einmal. – Richtig lieben. – Ich hatte Angst, daß du mich dann nicht mehr willst.
– Hat er dich verlassen?
– Viel ist auch nicht passiert. Körperlich.
– So ein Idiot.
– Dirk war in dieser Hinsicht, wie soll ich sagen, fast noch schüchterner als ich. Aber er hatte eine ganz große Theorie der Liebe. Wahrscheinlich zu groß für mich, jedenfalls hat er das nachher behauptet, ich sei für die wirkliche Liebe zu schwach.
(Eine Burg im Hang, von ihrem Herrn mit Stacheldraht und Hunden bewehrt)
Und vor allem würde ich ihn so sehr vereinnahmen, daß er gar keine Chance mehr hätte, mir aus freien Stücken etwas von sich zu geben. Er stellte sich vor, daß wir unsere Liebe immer wieder neu erfinden oder entdecken, jede Begeg-

nung sollte einmalig sein, in dem Bewußtsein, daß es die letzte sein kann. Weil, wenn man ein Gefühl wie Liebe halten will, sagte er, muß man es gegen Alltag, gegen Gewohnheit radikal abschirmen.
(Sie tragen hier sogar die Berge ab, um sich und dem Allmächtigen Häuser zu bauen.)
Es ist inkonstant und verliert sein Interesse nur so lange nicht, wie der andere, das Objekt sozusagen, unfaßbar scheint, ein ungelöstes Rätsel, und selbst dann gibt es keine Garantie, daß es morgen noch lebt.
(Eine gezielte Demütigung der erloschenen Vulkane)
Denn über die Gefühlsschwankungen in seinem Innern könne er keine Voraussagen machen, sowenig wie irgend jemand sonst, nur im Unterschied zu den meisten gestehe er das ein, sowie er auch in aller Härte sah, daß man letztendlich getrennt bleibt, zwei.
(Der weißhäutige Mensch ist ein Produkt der Eiszeit, angepaßt an das Leben in Höhlen.)
Liebe, sagte er, könne bestenfalls eine mehr oder weniger lang andauernde Versuchsreihe sein ...
– Ich würde schon bestreiten, daß Liebe ein Gefühl im landläufigen Sinne ist ...
– ... es ging ihm um diese Augenblicke, in denen, ich weiß nicht, ob wirklich oder nur eingebildet, die Trennwände durchlässig werden.
(Seine Ähnlichkeit mit Grottenolmen, Nacktmullen ist unübersehbar.)
Nicht, was du jetzt wieder denkst:
(Obszöne Blässe)

Sex hielt er für billigen Trost. Rockert träumte von der Verschmelzung der Seelen, wenigstens punktuell, alles andere, sagte er, ist Selbstbetrug.
(Unter der Äquatorsonne verbrennt er binnen kurzem. Sommersprossen und schmerzhafte Rötungen kündigen maligne Melanome an.)
Oder es kommt so eine lauwarme Behaglichkeit dabei heraus, die nur mühsam übertüncht, daß man sich innerlich längst verabschiedet hat, wie du es bei alten Paaren oft findest, diese Kombination von routinierter Vertrautheit und Desinteresse.
(Er bevorzugt angebranntes Fleisch und vergorene Fruchtsäfte, Getreideextrakt in überfüllten Gaststätten, da geht die Wärme des Nachbarn nicht verloren.)
Keine Neugier mehr, kein Herzklopfen, statt dessen eine primitive Abhängigkeit, man braucht den anderen, weil der Mann nicht in der Lage ist, sich selbst ein Butterbrot zu schmieren, und sie hat keine Ahnung, wie der Videorekorder bedient wird. Dirk wollte, daß, wenn wir auseinandergingen, jeder wieder ganz für sich allein wäre. Völlig frei. Nach Möglichkeit gar nicht an den anderen denken, jedenfalls nicht im Sinne von, ach wäre er jetzt doch hier, geschweige denn sein eigenes Leben an dessen Wünschen oder Bedürfnissen ausrichten. Darin sah er den ersten Schritt Richtung Selbstaufgabe.
(Zur Einleitung des Paarungsaktes werden Kaminfeuer und Honigkerzen hoch geschätzt.)
Einmal, das weiß ich noch wie gestern, wir wollten ins Theater, standen an der Garderobe, und die Frau fragt

ganz normal *Gehören Sie zusammen?*, weil sie unsere Mäntel auf einen gemeinsamen Bügel hängen will, ich nicke, ohne mir was dabei zu denken, und Dirk sagt *Nur für diesen Abend*. Ganz trocken: *Nur für diesen Abend*.
(Schädeloperationen wurden beim Schein der Fackeln mit Steinwerkzeugen relativ erfolgreich durchgeführt.)
Obwohl wir da schon vier Monate zusammen waren. Mir sind Tränen in die Augen geschossen, und ich bin ganz schnell unter irgendeinem Vorwand aufs Klo verschwunden, damit er es nicht merkt, aber eine gute Schauspielerin war ich nie. Als ich zurückkam, hat er mich ganz lieb und ganz traurig angeschaut und ruhig in den Arm genommen, weil er gesehen hat, wie verwirrt ich war, und erklärt, was er damit meinte.
(Einmal jährlich riß der Opferpriester einer Jungfrau das Herz heraus, um die Götter der feuerspeienden Berge friedlich zu stimmen.)
Daß einer sich nämlich des anderen nicht sicher sein darf, sonst wird er nachlässig und bemüht sich nicht mehr. Deshalb wollte Dirk auch nie über Nacht bleiben. *Stell dir vor ich schnarche, knirsche mit den Zähnen oder leide unter Blähungen. Nein, Hanna, der schlafende Dirk Rockert ist nicht besonders appetitlich*. Manchmal stand er um drei, halb vier auf und lief zwei Stunden nach Hause, Straßenbahnen fuhren ja höchstens bis eins, nur weil er sich mir nicht präsentieren wollte, wie man morgens eben ist: verklebte Haare, Mundgeruch – muß ich nicht ausführen, oder …
– Er soll mal in den Zoo gehen, die meisten Raubtiere riechen nicht gut.

– … das habe mit Achtung vor sich selbst und vor dem anderen zu tun, hat er gesagt, wenn man erst anfinge, dem anderen nachlässig gegenüberzutreten, verliere man irgendwann jede Achtung voreinander, und es ende mit Hosenträgern überm Unterhemd. Dirk kam immer wie aus dem Ei gepellt. Anzug, Krawatte, feines Rasierwasser. Aber nicht, weil er snobistisch war oder übermäßig eitel. Umgangsformen, und dazu zählt eben auch Kleidung, sagte er, sind ein Vorschuß an Respekt vor der Würde des Gegenübers. Unabhängig davon, ob ich ihn persönlich schätze oder nicht.

– Wußtest du eigentlich, daß der Hunsrück in der jüngeren Eisenzeit von Kelten besiedelt war? Man hat – gerade in der Gegend um Simmern – Gräber gefunden, die mit ziemlicher Sicherheit auf regelmäßige Menschenopfer schließen lassen.

– Was soll das jetzt heißen?

– Natürlich wurden unschuldige Mädchen bevorzugt. Aber die Druiden waren sicher ausgesucht höflich und immer gut angezogen.

– Spar dir deine Scherze. – Ich hab es ja nicht ausgehalten, ich wollte immer, daß er mich morgen noch liebt und in zehn Jahren, auch wenn man das natürlich nie sicher wissen kann. Aber, daß zumindest die feste Absicht da ist, daß es bleibt.

Douwerman verließ seine Frau Anne nicht ihrer Schwester Elsken wegen. Annes Situation wird schon rein wirtschaftlich kaum dergestalt gewesen sein, daß sie zwischen Fortgehen und Bleiben hätte wählen können. Wer weiß, weshalb sie geheiratet haben? Vielleicht kannten sich die Eltern. Riemenschneider nahm die Witwe seines Meisters, weil das für ihn die einzige Möglichkeit war, an eine eigene Werkstatt zu kommen.

Ich frage mich, ob die Liebe, wie wir an sie glauben, geglaubt haben, seinerzeit bereits existierte, auch wenn es uns unvorstellbar scheint, daß man jemals andere Motive für die Paarbildung hatte als die der wechselseitigen persönlichen Anziehung.

Die Douwerman-Studien Ende des letzten, Anfang dieses Jahrhunderts zitieren noch Akten, die nahelegen, daß seine Schwägerin als Vorbild für eine Maria Magdalena diente und während dieser Zeit – einige Monate waren es sicher – bei ihm lebte. Aber damals führte man die Quellennachweise wenig sorgfältig, wenn überhaupt, so daß nicht einmal nachvollziehbar ist, mit welchen Archiven die entsprechenden Dokumente verbrannt sind. Eva behauptet, es habe sich ohnehin um reine Phantasiegebilde gehandelt. Meines Erachtens gibt es keine Alternative zur Modell-Hypothese. Andere Möglichkeiten bestanden gar nicht angesichts der Beengtheit der Wohnverhältnisse. Douwerman und Elsken verbringen über viele Wochen jeden Tag zusammen in der Werkstatt. Er schaut sie an, verfolgt ihre Bewegungen, wieder und wieder. Man wird zusehends miteinander vertraut, schließlich errötet sie nicht mehr, wenn er sie schön nennt. Abends, nachdem die Gesellen, die Lehrlinge fortgegangen sind, erläutert er ihr anhand der Dürerstiche, die ihm Johann der Zweite, Herzog von Kleve, geschenkt hat, daß es für die neue Kunst, wie man sie inzwischen nicht mehr nur im fernen Italien, sondern bereits an der Donau und in Nürnberg pflege, daß es für diese Kunst unabdingbar sei, den Körper des Menschen, des Weibes aufs genaueste zu studieren, und – auf ihren fragenden Gesichtsausdruck hin – deutlicher: Nur ein Faltenwurf, der wisse, wo das Knie, der Beckenhügel sei, falle nach der Natur. Und es flackern drei, vier Kerzen, zwei dem Zeichner, ein, zwei für die Frau, als sie ihre Röcke bis zur obersten Grenze des Oberschenkels hinaufschiebt, mit spitzen Fingern hält, die Schultern entblößt und das weitere Abrutschen des Gewands nicht verhindert, als er, weil sie seine Anweisungen längst nicht mehr begreift, das Spielbein eigenhändig und behutsam in die richtige Position rückt, nachdem der Ruf des Nachtwächters eben wieder verhallt ist und für die nächste Stunde zumindest draußen Ruhe herrschen wird. Derweil die Frau den gemeinsamen Sohn in Schlaf gesungen, geschickt, geprügelt hat, nicht weiß, wovon den Weizen kaufen morgen, den Kohl, und auch zu Bett geht, besorgt, aber ohne Argwohn einstweilen, dann besorgt und seltsam unruhig, es ist ja nicht denkbar, die eigene Schwester, der Mann, dann wird es doch denkbar, wird Verdacht, finsterer, unausgesprochen, ausgesprochen, vorgeworfen, abgestritten, schreiend, wird Gewißheit, ein Kind, es stirbt. Das ist nichts Ungewöhnliches, Kinder sterben oft. Stirbt im Haus von Vater und Tante. Sonst hätte wohl kaum Douwerman den Sarg bestellt. Bei der Verwaltung des Kalkarer Armenhauses übrigens. Und bezahlt mit den Einnahmen aus der Magdalenenfigur. Statt überfällige Schulden zu tilgen. Elskens Spur hat sich da bereits verloren. Die Anatomie wird er immer nur bruchstückhaft beherrschen.

Mag sein, daß Liebe und Ehe damals eher lose miteinander verbunden waren, aber daß auch unsere Form der Eifersucht noch nicht existierte, bezweifle ich.

Hanna vergaß Rockert, nachdem der Name nun schon im Raum stand, so schnell nicht wieder. Eines Nachts hatte er ihr mitten in der Umarmung vorgeworfen, sie wolle ihn wohl verführen, und war aufgestanden und hatte sie fortgeschickt.

Und auf einmal mußte Hanna auch unbedingt wissen, wen ich vor ihr geliebt hatte.
Ich erzählte von Regina, da verstand sie mich gut, strich mir über den Kopf, weil der Junge, der seine Aufsätze sam-

melte, Briefe in Flaschen stopfte und in den Rhein warf, sie anrührte. So sollte die Liebe wohl sein. Aber es ist nahezu unmöglich, jemandem, der nur liebt, wenn dadurch die ganze Welt umgewandelt wird, jemandem wie Hanna, zu erklären, daß ich Mädchen geküßt und betastet hatte, die mir keineswegs alles waren, die ich erst seit diesem Abend kannte, im Anschluß an Feste oder eben nach der Fertigstellung eines Referats, betrunken, bloß weil sie ein paar Stunden neben mir gesessen hatten und im Laufe der Nacht zu leuchten begannen und weil ich selbst in ihren Augen so verwandelt aussah, daß die Berührungen irgendwann zwischen zwei und vier den Anschein der Zufälligkeit aufgaben und meine Hand sich im fremden Haar verlor, Reißverschlüsse öffnete, Druckknöpfe, Haken und Ösen: Lena gegen Ende des Tanzkurses, was sich zu einem kleinen Skandal auswuchs, erstens weil sie eigentlich Emmerlings Partnerin war, zweitens weil wir uns nach dem Abschlußball vor den Augen der versammelten Mütter und Großmütter aufeinanderstürzten, oder Sybille, die sonst einen Soldaten liebte, der bei der Marine Dienst tat und nur einmal im Monat zu Besuch kam, auf einer dieser Primanerpartys, während um uns herum einzelne die letzten Zigaretten rauchten, andere schon ihren Rausch ausschliefen. Und aus Eva wurden für Hanna Eva und Katrin, Katrin mußte im vierten Semester die Uni wechseln, weil bestimmte Hormone unter Einfluß von Sauerstoffmangel, Wärme, Rotwein übermächtig geworden waren, während meine Freundschaft mit Eva ausschließlich über fachlichen Differenzen zerbrach.

Hanna konnte kaum glauben, daß das fremde Mädchen und ich, daß wir uns beim Aufwachen nicht schämten, sondern im Gegenteil für morgen oder übermorgen verabredeten und zwei-, dreimal trafen, erneut Reizungen vornahmen, denen der Zauber längst fehlte, bis wir beide wußten, daß es nicht persönlich gemeint gewesen war. Hanna hatte über die rasch wechselnden Liebhaber ihrer Klassenkameradinnen, Mitstudentinnen, Freundinnen oft den Kopf geschüttelt. Und gewartet. Das Mädchen Hanna wollte sich aufsparen, für die wahre, ganz große, alles umfassende Liebe. Sparte sich auf für Rockert.

Nach der Trennung, als es noch unvermeidlich war, daß sie einander hin und wieder auf dem Campus begegneten, hatte Rockert selbst Hannas Wunsch nach einem letzten Gespräch abgewiesen, mit der Begründung, ihr hysterisches Verhalten sei ohnehin schon eine Zumutung für ihn, und wenn sie nicht den Rest seiner Achtung verspielen wolle, hüte sie sich tunlichst, mit Dritten über die Geschichte zu reden.

Der Anfang, als es nur uns beide gegeben hatte, war vorbei.
Es folgte: die schrittweise Überführung des Schwebezustandes in alltägliches Beisammensein.

Für meinen ersten Besuch bei Hannas Eltern kauften wir eine Bundfaltenhose. Nach Möglichkeit sollte ich nicht über Politik und moderne Kunst reden. Und böse Bemerkungen über die Jagd unterlassen. Statt dessen Rehkeule – *Wie macht man die eigentlich?* –, Rotkraut, Klöße, Ingelheimer Sonnenberg, halbtrocken: ein leckeres Tröpfchen. Ihre Mutter hatte es längst geahnt, aber selbst Vater Hans Martinek äußerte sich nicht ablehnend. Er sprach davon, daß ich später – bei dieser Ausbildung – eine gut dotierte Stellung im Museumsbereich antreten würde. Natürlich wünschte er sich Enkel. Hanna hatte insgeheim befürchtet, daß er sie mit ernstem Blick beiseite nehmen würde, und sich vorsichtshalber Sätze wie *Ich bin doch wohl drei mal sieben alt* und *Ich weiß, was ich tue* zurechtgelegt – *Das geht euch gar nichts an* jedoch nur für den äußersten Notfall. Aber Hans nahm nicht sie beiseite, sondern mich und schenkte uns einen alten Elsässer Kirschbrand ein: Ich wisse hoffentlich, daß seine Tochter eine außerordentlich engagierte Ärztin sei und sehr an ihrem Beruf hänge, und er erwarte von mir, daß ich dieser Belastung Rechnung trage, wenn ich wisse, was er meine ... – Nein, das sagte er nicht, sondern: Von Kunst ... – Hanna hielt hörbar die Luft an – ... von Kunst verstünde er nicht viel, aber die alten Meister, Dürer, Leonardo da Vinci ... Er habe vor Jahren, während eines Kongresses in Gent, van Eyk gesehen. Sehr beeindruckend. Eine Frage bewege ihn seitdem allerdings, ob ich als Fachmann ihm die beantworten könne, nämlich: Was die damals für feine Pinsel gehabt hätten, solche feinen Pinsel gebe es heutzutage wohl gar nicht mehr. – Doch schon, sagte ich, er müsse sich mal in einem Spezialgeschäft für Künstlerbedarf umschauen. Aber man könne davon ausgehen, da habe er sicher recht, daß die techni-

sche Entwicklung der Pinselbinderei im 15. Jahrhundert weitgehend abgeschlossen gewesen sei, allein deshalb, weil die bis heute verwendeten Tierhaare, Marder, Dachs, Luchs, sich in der Qualität ja nicht verbessert hätten. – Womit wir bei der Jagd waren. Natürlich wollte ich die Trophäensammlung sehen, leider Gottes in den Keller verbannt, seine Frau dulde sie nicht in der Wohnung, wegen des Staubs, nun gut: Böcke und Rotwild, ein Auerhahn, der ausgestopfte Wildschweinkopf, nur als Beispiel, denn natürlich habe er Dutzende von Säuen und Keilern geschossen, die Wildschweine wüchsen sich ja nachgerade zu einer Landplage aus, während Hanna ihrer Mutter in der Küche half und das Schlimmste befürchtete. Es trat aber nicht ein.
Anschließend war sie sehr erleichtert, daß sie sich jetzt nicht mehr entscheiden mußte, ob sie ihre freie Zeit mit mir oder ihren Eltern verbrachte.

Für eine gewisse Spanne, sechs Monate, ein Jahr, wird die Abkapselung des Paares geduldet, damit die frische Verbindung aushärten kann. Danach erfolgt eine zwangsweise Wiedereingliederung in den Sozialverband, schließlich ist man nicht zu zweit auf der Welt.

Rockert allerdings hatte keine Scheu gehabt, Hanna bei gemeinsamen Bekannten als neurotische Klette darzustellen, die ihr krankhaftes Bedürfnis nach Anlehnung auf ihn projiziere, und um deren psychischen Zustand man sich ernstlich Sorgen machen müsse. Er wollte nicht ausschließen, daß sie irgendwann völlig abdrifte, deshalb habe er sich auch gezwungen gesehen, die Notbremse zu ziehen, und den Kontakt, der ja ohnehin rein freundschaftlicher Art gewesen sei, rigoros abgebrochen. So leid ihm das tue.

Hanna erzählte: Daß sie in der Folgezeit rein gar nichts mehr habe essen können und fast zehn Kilo abgenommen, obwohl sie auch vorher nicht dick gewesen sei, aber damals habe sich ihr der Magen schon beim Geruch, beim Anblick von Essen umgedreht, abgemagert bis auf die Knochen, keine Hose, kein Rock habe mehr gepaßt, ganz schlimm, und dann habe natürlich irgendwann der Kreislauf verrückt gespielt, ständig sei ihr schwarz vor Augen geworden, sei sie umgekippt.
Erzählte und schluckte den Kloß im Hals: Daß sie wochenlang wie unter einer Käseglocke gelebt habe, eingeschlossen, stumpf, und die Stimmen der anderen wohl noch gehört, von ferne, aber nicht hätte antworten können, der Mund versiegelt, und gehofft habe, nein, gehofft sei schon zuviel, nur der blanke Satz, *Es soll aufhören, aufhören*. Lieber gar nichts mehr fühlen, die Empfindungsfähigkeit herausreißen, mit Stumpf und Stiel, für immer, was ihr ja auch fast gelungen sei.
Versuchte mich anzulächeln: Abends habe sie oft im Dunkeln Runden durch das Viertel gedreht, weil die Zimmerdecke so niedrig gewesen, *gehen, nirgendwohin, einfach gehen*, und wenn da Scheinwerfer auf sie zugerast seien, habe sie stehenbleiben müssen, sich festhalten, um nicht in den Sog des Lichts zu geraten. Sie wäre aber nicht zur Seite ge-

sprungen, wenn der Wagen von der Fahrbahn abgekommen, auf sie zu, sie weggerissen hätte, aus dem Leben. Trotzdem wäre sie niemals in der Lage gewesen, sich umzubringen, hätte ihr dazu der Mut gefehlt, die Kraft auch, aber wenn er sie gefunden hätte, der Tod, so zufällig am Straßenrand, und aufgelesen, es wäre recht gewesen.
Wollte ein Taschentuch: Zwei Semester habe sie damals verloren, Prüfungen verschieben müssen, aber ihre Eltern hätten ihr nie Vorwürfe gemacht, das rechne sie ihnen bis heute hoch an, auch keine Fragen gestellt, obwohl es offensichtlich gewesen sei, daß etwas nicht stimme, da hätte sie noch so hartnäckig beteuern können, sie esse in der Mensa.
Und noch ein Taschentuch: Dann, nach einem dreiviertel Jahr vielleicht, habe Vater sie zu seinem Freund, Dr. Braun, geschleppt: Montag morgen um acht hast du einen Termin, Hanna, und da gehst du bitte auch hin. Und Dr. Braun, den sie eigentlich immer gern gemocht habe, auch wenn sie ihn nicht für den Allerfeinfühligsten halte, habe sie von Kopf bis Fuß untersucht und nichts gefunden und dann angefangen, auf sie einzureden wie auf einen lahmen Gaul, was denn passiert sei, da sei doch etwas, und sie müsse darüber sprechen. Mädchen, habe er gesagt, obwohl sie damals schon dreiundzwanzig gewesen sei, Mädchen, wenn du das weiter in dich hineinfrißt, vergiftest du dich, es gibt auch so etwas wie seelische Blutvergiftung, und damit ist nicht zu spaßen. Aber sie habe keinen Ton herausgebracht, grundsätzlich nicht, beziehungsweise wegen Dirks Verbot, aber erst recht nicht Dr. Braun gegenüber, der sie von

klein auf kenne und regelmäßig mit Vater ins Weinhaus Wilhelmi gehe, was solle da ärztliche Schweigepflicht heißen.
Erzählte und es liefen ihr auch nach sechs oder sieben Jahren noch die Tränen: Schließlich habe er ihr kopfschüttelnd ein Aufbaupräparat gespritzt und Beruhigungstabletten verschrieben.

Rockert hat seit Hanna – jedenfalls wenn Elkes Informationen noch stimmen – keine Frau angefaßt.

Eigentlich wäre es einfach: ein Raum, den man nicht mehr verläßt, Tisch, zwei Stühle, ein Bett. An den Wänden Regale mit Büchern, die selten gelesen werden, einige alte Bilder. Hanna und ich. Wir lassen niemanden herein. Für den Rest der Welt ein Kehrblech Staub pro Woche.
Aber dann hat Hanna Hunger, ich Durst, und wir brauchen Holz für den Ofen. Einer muß aus dem Haus, und einer bleibt zurück. Oder beide gehen. Getrennte Wege.

Wieviel Zeit muß verstreichen, bis die erste Liebe vergessen ist?

1518, anderthalb Jahre nach Elskens Niederkunft, anderthalb Jahre nach dem Tod des Kindes, beginnt Douwerman seine Sieben-Schmerzen-Retabel, die einzige Arbeit, bei der gesichert ist, daß sie vollständig von seiner Hand stammt. 1525 erfolgt die Lieferung. Kurz darauf schnitzt er seine zweite Fassung der Jesse-Wurzel. Die Frage, ob die

Xantener den zugehörigen Altar mit Marias Sieben Freuden da schon bestellt haben, muß vorerst unbeantwortet bleiben. Wenn man nicht Akten, sondern einen bestimmten Ausdruckswillen zugrunde legt, kann aber kein Zweifel bestehen, daß die zweite Version unumgänglich war. Ebenso rätselhaft bleibt, weshalb er nach der Predella über sechzehn Jahre nicht eine einzige Szene in Angriff genommen hat, denn die Anordnung der Gefache, die Arnt van Tricht nach seinem Tod ausführen wird, zeigt, daß zumindest der Riß noch auf Douwerman zurückgeht. Eva vermutet finanzielle Schwierigkeiten der Auftraggeber dahinter, allein deshalb, weil es für sie undenkbar ist, daß ein spätmittelalterlicher Handwerker andere Gründe als Geld für seine Arbeit gehabt hat, beziehungsweise, weil sie sich nicht vorstellen kann, daß es Hindernisse gibt, die auch ein Sack Goldgulden nicht aus dem Weg räumt.

Zwischen 1527 und seinem Todesjahr 1543 liegen keinerlei Belege über Aufträge vor, die er erhalten hätte. Es existiert keine Plastik, die man in diesen Zeitraum datieren könnte. In den Steuerlisten taucht sein Name nicht auf. Der Bildschneider Henrik Douwerman ist aus der Geschichte verschwunden.

Allerdings: Bei Grabungen auf dem Gelände des ehemaligen Dominikanerklosters in Kalkar 1990 fand das Rheinische Amt für Denkmalpflege Fragmente von Tongefäßen, darunter einen faustgroßen Kinderkopf mit grünlicher Glasur, der vielleicht zu einer Ofenkachel gehört hat. Der Kopf zeigt deutlich Douwermans Stil, die Ähnlichkeit mit der Magdalenenfigur ist frappierend.

Sogar Eva mutmaßt, natürlich mit der gebotenen Vorsicht, daß er in den letzten Jahren seine künstlerische Tätigkeit verlagert haben könnte.

Im Mai 1544, keine acht Monate nach ihrem Mann, stirbt Anne.

Ich weiß nicht, weshalb. Es hätte sich doch nichts geändert. Vielleicht gab es auch keinen bestimmten Grund. Wobei ich mir nicht vorstellen kann, daß sie es einfach vergessen hat. Wie soll man so eine Sache vergessen? Nein, ich weiß es bis heute nicht, weshalb Hanna fast ein Jahr Anlauf nehmen mußte, um mir von diesen Gebilden zu erzählen, die angeblich harmlos sind, solange man sie nur regelmäßig kontrollieren läßt, und die übrigens auch ihre Mutter hat, seit unerdenklichen Zeiten, ohne Beschwerden im eigentlichen Sinn: Man gewöhnt sich daran.
– »Wirklich kein Anlaß zur Besorgnis«, sagt sie, als mir ein betont gleichmütiger Gesichtsausdruck nicht gelingen will. An einem sehr heißen Sonntagnachmittag, erste Septemberwoche, nicht nur kalendarisch noch Sommer. Liegt da auf meinem Bett, nackt bis aufs Höschen, blättert im Fernsehprogramm, nippt an halbkaltem Milchkaffee, wischt sich Schweißperlen von der Stirn, pustet Haare weg. Chet Baker singt so vor sich hin, *long ago and far away/ I dreamed a dream one day*, und spielt zwischendurch ein bißchen Trompete, während Hanna, das hat sie noch nie getan, behutsam ihre linke Brust betastet, die elfenbeinfar-

ben ist und von einem blassen Netz Adern durchzogen, den Blick in Gedanken, in dem besungenen Tagtraum, so daß ich am Schreibtisch mich nur mit Mühe auf mein Buch konzentrieren kann und dauernd zu ihr hinübersehe, unauffällig, aus den Augenwinkeln, noch gespannter als unauffällig, sich rasch verselbständigenden Bildern ausgeliefert, dann schaut sie auf, ruft mich, aber ihre Stimme klingt beim besten Willen nicht überhitzt, nimmt meine Hand und setzt sie gezielt an der Stelle ab, wo die oberen Rippen ohne Gewalt gerade noch zu erahnen sind: »Hier, fühl mal«, drückt meine unwillkürlich zurückschreckenden Finger entschlossen selbst in ihr Fleisch, ich verstehe nicht recht, beginnt zu kreisen eher schnell als langsam, als ob sie einen Pickel mit Heilsalbe einreibt. Etwas Festes, fremdartige Konsistenz, wie Knorpel – seltsam, denke ich, was hat der hier zu suchen? Aber so detailliert, daß ich unbekannte Drüsen oder Lymphknoten von vorneherein ausschließen würde, kenne ich mich in der weiblichen Anatomie nun auch nicht aus. Vielleicht setzt er der Milch Antikörper zu oder produziert bestimmte Hormone. – »Spürst du's«? – Was denn? – »Hab ich schon, seit ich neunzehn bin.« – Das Adenom, Nominativ Singular, gutartige – klingt eigentlich nett – gutartige Form der Bindegewebsgeschwulst. – »Und da noch eins, das ist relativ jung, vom vorletzen Jahr.« – Ein Säugling, wie niedlich. Rechts unterhalb des Warzenvorhofs. Mehrzahl: die Adenome. Der Dual fehlt im Deutschen. Zwei sind schon viele. In meiner Achselhöhle löst sich ein Tropfen und rinnt kitzelnd den Oberarm hinunter. Erschöpft lasse ich

die Hand ausruhen. So fühlt er sich also an, der Tod, im zarten Alter von zwei Jahren. Hoffentlich fängt er nicht an zu weinen.
Sie sagt, ich schaue drein, als läge sie schon im Sterben, aber da solle ich mich nicht zu früh freuen, so einfach würde ich sie nicht los.
Spätsommertage haben immer etwas von Abschied, findest du nicht, das letzte Obst fällt faul und wurmstichig von den Bäumen, in drei Wochen, wenn die Uhr umgestellt wird, ist es schon wieder dunkel und kalt.
– »Ernsthaft, diese Knoten sind ungefährlich.«
Sonntagnachmittage haben mich als Kind schon melancholisch gemacht, da herrscht so eine Leere, nach dem Essen zogen sich die Eltern ins Schlafzimmer zurück, schlossen die Tür ab, die Zeit blieb stehen, und ich saß ganz allein im Flur auf dem Boden und grübelte, warum sie nicht mit mir spielten.
Allerdings habe sie außerdem sogenannte Mikroverkalkungen. Und die könnten durchaus schon mal entarten, deshalb ginge sie ja alle sechs Monate zur Kontrolle.
Wir schaffen das schon, möchte ich ihr sagen, Verkalkungen kenne ich, die hatte mein Großvater auch. Aber die entarteten nicht, sondern ließen ihn lediglich in den letzten Jahren ein bißchen vergeßlich werden, und nur hinsichtlich der unmittelbaren Vergangenheit – dafür war er insgesamt milder, weniger aufbrausend, die haben durchaus ihr Gutes. – Versteh mich richtig, Hanna, du brauchst dich nicht zu ängstigen.
Ich muß mir das so vorstellen: Winzige Kalkpartikel lagern

sich im Brustgewebe ab, anorganische Fremdkörper, die bei der Zellregeneration vermehrt Mutationen nach sich ziehen, und mit der Zahl steigt einfach die Wahrscheinlichkeit, daß unbeherrschbare darunter sind. Rein statistisch betrachtet, über den Einzelfall sagt das natürlich nichts aus.
Obwohl sie Zahnärztin und keineswegs Gynäkologin ist, hat meine künftige Frau Hanna einen Ton, als sei ihr Fleisch eine vollautomatische Fertigungsstraße, und sie erläutere dem Produktionsleiter mögliche Gründe für deren unerwarteten Stillstand. Lediglich ein Fehler in der Steuerung, meint sie, behebbar.
Eben noch hatte ich fragen wollen, weil heute bestimmt der letzte Sommersonntag dieses Jahres ist und die Luft so flirrend, ob wir nicht einen Ausflug machen sollten, in den Rheingau vielleicht, ein Stündchen spazierengehen und anschließend auf ein Glas Riesling in einen gemütlichen Gutsausschank mit Blick übers Flußtal. Weißt du, Ausflüge waren früher schon das einzig wirksame Mittel gegen die sonntägliche Verlorenheit, Reichswald, Tierpark, Rummel, vor der Heimfahrt dann Abendessen in einem Gasthof, Schnitzel mit Pommes, mein albernes Benehmen zeugte von Undankbarkeit, deshalb würden wir am nächsten Wochenende wieder zu Hause bleiben. Aber in der letzten Viertelstunde hat sich das Licht deutlich verändert, ich bezweifle, daß das Wetter hält: Dunst ist chromoxidgrün überm Horizont aufgezogen und färbt allmählich den Himmel ein. Als hätte Schimmel die Atmosphäre befallen. Mauersegler schießen im Tiefflug durch die Straße.

Der Verkehrslärm nimmt schlagartig zu. Die Nachbarn schwärmen aus. Offensichtlich haben sie Vertrauen in die Meteorologen. Ich suche mein Feuerzeug. Die Zigarette schmeckt nach nassem altem Brot. Erstaunlich, wie viele verschiedene Geschmacksnuancen Tabakrauch annehmen kann. Manchmal verursacht er Brechreiz. Dagegen steht offener Wein im Kühlschrank. Hanna möchte noch eine Tasse Kaffee. Für sie hat sich wenig verändert. Statt im Programm blättert sie jetzt in der Zeitung von gestern. Dazu liegt sie besser auf dem Bauch als auf dem Rücken. Man könnte tatsächlich ein bißchen fernsehen, jedenfalls solange es im Hinterland nicht blitzt und donnert, den obligaten Hans-Moser-Film oder Sport, wie üblich nach Beendigung des elterlichen Mittagsschlafs. Ich wünsche mich zurück unter die mythische Herrschaft der Frühzeit, da ein mächtiger Vater die Welt in seinen großen starken Händen und alle Gefahren in Schach hielt. Hanna hätte aber lieber, daß ich die Platte umdrehe. Sie interessiert sich weder für Wiener Schmäh noch für Autorennen. Als ob das die Frage wäre. Ich verspreche, ihr alle Wünsche zu erfüllen, wenn sie nur bei mir bleibt. Darüber schüttelt sie lachend den Kopf, kündigt an, mich bei nächster Gelegenheit daran zu erinnern, und wendet sich wieder ihrer Zeitung zu. Ohne Zweifel: Sie genießt die stillen Sonntage, auch diesen, keine Patienten und zum Glück kein Besuch, nur wir beide, jeder für sich. Ihre Brüste ruhen friedlich und nicht allzu schwer auf dem Kopfkissen, äußerlich kann man die gute nicht von der bösen unterscheiden. Ich überlege, was ich tun könnte, knibbele an den Fußnägeln, überprüfe nebenbei den Zustand der zahlreichen Muttermale an meinen Beinen, vielleicht werde ich sie doch entfernen lassen. Chet singt mit der Gleichgültigkeit eines Seraphs, der einen kaum benutzten Hintereingang des Paradieses bewacht und nicht damit rechnet, daß jemand zuhört. In unserer Sphäre, einige Milliarden Lichtjahre entfernt, steht die Spüle – apropos Wünsche – voll mit schmutzigem Geschirr. Es hat eine fette schwarze Fliege angelockt, die wie eine ferngesteuerte Säge dünne Scheiben aus der Luft schneidet. Möglicherweise wollte sie sich auch nur vor den jagenden Vögeln draußen in Sicherheit bringen. Ich bin jetzt nicht in der Stimmung, zu töten, und versuche statt dessen, sie wieder hinauszutreiben. Schließlich mit Erfolg. Beim Blick aus dem offenen Fenster für einen Moment abwegige Gedanken. Hinten im Park spielen Kinder schreiend Fußball, obwohl es verboten ist, Jacken oder T-Shirts bilden jeweils das Tor. Im Gegensatz zu Hanna, die schon angesichts von Babyschuhen in Verzückung gerät, heitern sie mich nicht auf. Heftige Diskussionen, nachdem ein Ball den linken Pfosten überrollt hat. Kurze Rangelei. Dann entscheidet der Stärkste, daß es drei zu null für seine Mannschaft steht. Eltern sehe ich nicht. Die sind froh für diese Stunde ungestörter Zweisamkeit und werden später um so liebevoller ihr *Heile, heile Gänschen* über den aufgeschlagenen Knien anstimmen.

Ich gehe in die Küche, beseitige Essensreste, arrangiere Teller, Töpfe und Besteck so, daß es zumindest ordentlich aussieht. Nehme noch ein Glas Wein.

Die Wahrscheinlichkeit, daß der Kalk von blindwütigen

Zellen umwuchert wird, ist zwar deutlich erhöht, aber immer noch geringer, als daß nichts dergleichen geschieht. Hanna hält sich an solchen Rechnungen fest. Sie vertraut darauf, daß Statistiken die Wirklichkeit adäquat abbilden. Und darauf, daß sie ein Regelfall ist. Epidemiologische Erhebungen waren Teil ihrer Ausbildung. Bei dieser oder jener Behandlungsmethode stehen die Heilungschancen 90 : 10, man kann sie guten Gewissens empfehlen. Ohne den Glauben an Zahlenverhältnisse wäre sie als Ärztin handlungsunfähig. Hingegen wird die Kunstgeschichte von Ausnahmen diktiert. Es gilt die Abweichung von der Norm. Ein Rechenexempel meines Mathematiklehrers: Drei arme Maler im Quartier Latin bekommen vom Bäcker drei Baguettes geschenkt. Einer ißt zwei, der zweite eins, der dritte ist so in sein Werk vertieft, daß er den großzügigen Mäzen gar nicht bemerkt hat. Statistisch gesehen, gingen alle drei an diesem Abend satt zu Bett.
Suche Beispiele, an die man sich halten könnte, wenn man schon keinen Ort findet, der Deckung bietet. Es hat die Amazonen gegeben. Amputation der rechten oder linken Brust in jungen Jahren – je nachdem, ob das Mädchen Links- oder Rechtshänderin war –, um das Spannen des Bogens zu erleichtern. Jedenfalls haben sie so die Gefahr eines Mammakarzinoms glatt halbiert. Aber Hanna ist alles, nur nicht kriegerisch, und sie liebt mich nicht deshalb, weil ihr Volk Nachwuchs braucht. Dutzendfach habe ich die heilige Agathe ihre Brüste auf feinziselierten Silbertabletts durch mittelalterliche Bilder tragen sehen. Ich weiß nicht, was mich mehr gewundert hat, die Roheit der Fol-

terknechte oder die Lust an ihrer möglichst detailgetreuen Abbildung.
Wandere jetzt ziellos durch mein Zimmer. Hannas Daumen tippt *Daybreak* aufs Papier. Stehe unschlüssig vor dem Bücherregal, ziehe Bildbände heraus, ohne etwas nachzuschlagen. Von dort zum Scheibtisch, wo ich die Seiten meiner fast fertigen Hausarbeit über Ingres zähle, siebenundzwanzig, anschließend den Packen zurechtstoße. Und wieder zurück. Streiche Hanna im Vorbeigehen über den Rücken, finde seine sommerliche Klebrigkeit nicht unangenehm. Greife nach Douwerman und schalte dann doch den Fernseher ein, ohne Ton: Lendl verliert auf Asche gegen McEnroe, und die Donau ist schön blau. Nach einer Weile sagt Hanna, daß ich sie nervös mache. Dann überlegt sie laut, ihre Mutter anzurufen. Einfach mal hören. Oder vielleicht könnten wir ihnen einen kurzen Besuch abstatten, da freuen sie sich. Ich vermute deshalb, daß Hanna ihre Gelassenheit nur spielt – warum sonst zöge es sie gerade jetzt zu ihren Eltern? – Traue mich aber nicht zu fragen. Ihre Mutter schüttet einen Kübel Belanglosigkeiten aus, und Hanna kommt gar nicht zu Wort. Notgedrungen stelle ich mich auf einen Familienabend ein. Wenn es sie beruhigt, ist mir alles recht. Martineks haben allerdings Gäste, ein befreundetes Ehepaar, das Hanna (Subjekt) nicht besonders mag. Ich lasse herzlich grüßen und werde gegrüßt.
Ab Viertel nach acht schauen wir zusammen fern: *Segeln macht frei*, da ich *Kein Alibi für eine Leiche* strikt verweigere, obwohl das Hannas Favorit war. Die Schuberts, freund-

liche Leute, haben inzwischen Segeln gelernt. Jetzt träumen sie davon, über die Wellen des Mittelmeers zu gleiten. Von Hamburg aus chartern sie ein Boot in Nizza und stechen in See. Dort warten einige gefährliche Abenteuer, die jedoch allesamt glücklich enden. Niemand kommt zu Schaden. Hanna ißt eine ganze Tafel Nußschokolade und fragt, ob ich nicht genug getrunken hätte. Schließlich ist sie müde. Bevor ich das Licht lösche, letzte Absprachen für morgen, »Wann sehen wir uns? Was soll ich kochen?«, weil ich noch schlafen werde, wenn sie das Haus verläßt.
Ich liege hinter ihr, Bauch an Rücken und weiß zum ersten Mal nicht, wohin mit meiner Hand.

Es regnet. Seit gestern schon. Gleichmäßig dünn und sehr warm. Manchmal so dünn, daß ich nicht sicher bin, ob es bereits Regen ist oder noch Dunst. Vom Fenster aus schwer zu entscheiden. Es ist lange nicht geputzt worden. Wer seine Wohnung verläßt, weshalb auch immer, nimmt in jedem Fall den Schirm mit. Der Verkehr unterscheidet sich nicht von dem an anderen Tagen, trotzdem dringen deutlich weniger Straßengeräusche zu mir hoch. Hinter dem Vorhang aus Nässe: gedämpfte Kinderstimmen, Motoren, Reifen auf Wasser auf Asphalt auf Grünstreifen. Das hartnäckige Schweigen der Vögel.
Mit oder ohne Schirm? – Eine von Hannas Lieblingsfragen. Selbst wenn weit und breit kein Wölkchen am Himmel war. Platz drei, hinter *Hast du abgeschlossen?* und *Ist alles aus?* – Beides: Ja. – Sie wäre nie auf die Idee gekommen, sich freiwillig naßregnen zu lassen. Schon aus Sorge um

ihre Kleider, aber nicht nur. Graue Sommer schlugen ihr aufs Gemüt. Frontensysteme, atlantische Tiefausläufer, die verschleierten Frauen der Westwindzone, Laura, Magda, Nadia, Oxanne. Sie verstand den bitteren Zug um die Münder der Nachrichtensprecherinnen, wenn sie die Namen verlesen mußten. Dann klagte Hanna über Kopfschmerzen, Trübsinn, an manchen Tagen lag sie auf dem Sofa und weinte um nichts. – »Sieh mal, rein physikalisch betrachtet enthält Grau alle Farben – und zwar in erträglicher Form. Wenn man sie ihrem Anteil am Lichtspektrum entsprechend mischen würde, entstünde ein Weiß, daß kein Mensch aushalten könnte.« – Achselzucken. Ich konnte sie nicht aufheitern. Ein neues Päckchen Tempo. In Niel dominieren Grüntöne und Erdbraun, ich bin es so gewohnt. Die Niederrheinische Tiefebene ist eines der regenreichsten Gebiete in Deutschland, 843 Millimeter im Jahresschnitt. Das hängt mit der Nähe zur See zusammen. Eiszeitliche Moränen sind die ersten Erhebungen seit der Küste, an denen kletterten ein Kinderleben lang stark übergewichtige Wolken hinauf, und der Schweiß lief ihnen in Strömen. Auf der anderen Rheinseite lag dann eine Welt von Schatten. Niemand wußte, was dort vor sich ging, aber ihre Grenzposten wären ohne Mühe erreichbar gewesen. In Grieth gab es ein Fährschiff, vor Rees die Brücke. Wenn man den Mut gehabt hätte.
Ich schaue hinunter. Sehe, ohne gesehen zu werden. Die Buntheit der Straßenbahnen wirkt jetzt noch angestrengter als sonst. Aufgrund von Kadmiumrot sollen wir neue Schränke kaufen, wegen eines karibischen Blaus die Bank

wechseln. Darüber hinaus wird nichts von uns erwartet. Im Achtminutentakt steigen zwischen zwei und zehn Leute aus, nachdem sie der ein oder anderen Aufforderung Folge geleistet haben beziehungsweise beim Folgeleisten behilflich waren. Eidechsenmenschen, plattgedrückt, deren vorgeschobene Köpfe sich auf den hochgezogenen Schultern wie unabhängig vom Rumpf bewegen. Manchmal schießt eine Zunge heraus und schleckt Tropfen von der Unterlippe. Andererseits sind sie froh, draußen zu sein, den gewaltbereiten Ausdünstungen, dem Uringeruch nasser Wolle entkommen. Nach kurzer Orientierung, rechts, links, keine Feinde in Sicht, huschen sie in Richtung ihrer Schlupflöcher davon.

Der Wald hinter der Neubausiedlung nimmt jetzt kein Ende. Man sieht den Rhein nicht. Selbst die Kräne von Dr. Amir Sadeghi, der das alte Forsthaus Habichtklau zur Privatklinik umbaut, hat der Niesel verschluckt. Bei sonnigem Wetter steigen oft Spaziergänger hier aus, hasten durch die Häuserreihen, obwohl es nicht weit ist bis zum Waldrand, hundertfünfzig Meter vielleicht. Später am Nachmittag, wenn sie zurückkehren, sind die Schritte schwer, in ihren Augen steht die leere Zufriedenheit des Jägers angesichts der toten Sau. Jetzt wäre der richtige Zeitpunkt für die, die weder Schmetterlinge sammeln noch Brombeeren. Die an keinem Naturerlebnis interessiert sind, die sich nicht auf ärztliches Anraten hin Bewegung verschaffen. Die nicht schießen. Das Blätterdach ist so dicht, daß der Einsatz von Hubschraubern zwecklos wäre. Hunde verlören rasch die Fährte. Zwischen den Ästen

dampft es wie von Kohlemeilern. (Tausche Herz gegen Flußkiesel – Angebote unter Chiffre 35458!) Für die, die wider besseres Wissen glauben, daß die Erde eine Scheibe ist, die irgendwo jenseits des Horizonts aufhört, und man müsse nur lange genug laufen dorthin. Verschwinden, ohne vermißt zu werden. Aus der Welt fallen.
Als Großvater vermutete, daß sein Ende nahe sei, hat er es versucht. An einem diesigen Herbsttag, die Bäume standen in schweren dunkelgelben Blättern, ein Schwarm Möwen flog vor ihm auf, löste sich kurz im Grau, stieß lachend ins Sichtbare zurück. Und Großvater marschierte auf dem Feldweg Richtung Deich, zertrat Reifennegative ohne Rücksicht auf die guten Schuhe. Oben wandte er sich nach Nordwesten, zum Meer hin, das er nicht mehr erreichen wollte. Er war einundachtzig Jahre alt und sicher, daß die Signalhörner der Schiffe Toten ohne Frieden gehörten, die seinen Namen riefen. Am Abend vorher hatte Vater ihn gewaltsam geduscht, weil er seit Tagen wie ein Männerpissoir roch. Er fauchte, schrie, wir hörten es bis ins Wohnzimmer, grinsten, gequält und erleichtert, sahen aneinander vorbei. Er hätte, wenn noch Kraft in seinen Armen gewesen wäre, wild um sich geschlagen, als Vater ihn auszog, keinen Zweifel ließ, wer jetzt der Stärkere war, als er ihn in die Wanne packte, von oben bis unten abspritzte wie sonst sein Auto. Ich war froh, wenn er nicht stank, aber schon zu alt, um die Genugtuung in Vaters Blick nicht zu sehen, gemischt mit der Gewißheit, im Recht zu sein, aus hygienischen Gründen, und im Altenheim hätte er es schlechter.

Wie ist er über die Weidezäune gekommen? Fürchtete er sich vor den Rindern, die ihn mit sabbernden Nüstern in den Rücken stupsten? Redete er vor sich hin? Wenn ja, was hat er gesagt? Verse?

Großvater hatte alle wichtigen Bücher gelesen – seine Generation konnte das noch, zumal er Werke, die jünger waren als er selbst, getrost ausließ: Die mußten ihre Bedeutsamkeit erst erweisen. Ab Mitte der dreißiger Jahre schrumpfte der Kanon nochmals dramatisch, was seinem Bedürfnis nach Vollständigkeit entgegenkam. Aufgrund der Romane vermeinte er, eine gewisse Vorstellung von der Grammatik der Geschichten zu haben. Allerdings war darin Handlungsunfähigkeit ausgeklammert. Er glaubte, ein Mensch setzt gemäß den Ratschlüssen seines Geistes Taten, die bezeugen ihn. Wahrscheinlich war seine Anschauung des eigenen Lebens einfach zu oberflächlich für eine echte Vorahnung von Zeitpunkt und Umständen des Todes. Bei Grieth, wo die Landstraße für einige hundert Meter auf der Deichkrone liegt – das sind gut fünf Kilometer, für die er etwa dreieinhalb Stunden gebraucht hat –, fiel er unserem Nachbarn Paul Janssen auf, der ihn überredete, in sein Auto zu steigen, und zu uns zurückbrachte. Er kam entschlossenen Schrittes zur Tür herein, murmelnd, ohne Hut, die wenigen Haare klebten am Hinterkopf, von den Hosenbeinen bröckelte Matsch, und verschwand in sein Zimmer. Wir dachten, daß er von jetzt an durcheinander sein würde, und beratschlagten, wie eine 24stündige Aufsicht organisiert werden könnte. Doch anderntags erschien er aufgeräumt zum Frühstück, erkundigte sich, ob wir gut geschlafen hätten, und köpfte sein Ei. Später brachte er die Hose, daß Mutter sie in die Reinigung gebe, ohne die Verschmutzungen zu begründen. Erzählte weiterhin von früher, stank spätestens ab Mitte der Woche zum Himmel, wurde samstags zwangsweise geduscht, stieß aber bereits am nächsten Morgen, während der Internationale Frühschoppen die Lage erörterte, wieder mit Vater an.

Trotz allem gäbe ich viel, wenn der Regen jetzt endlich aufhören würde. Schon damit Hanna nicht naß wird. Ihr Haar wirkt dann stumpf. Sie friert auch so leicht. Und irgendwann ist das Wasser trotz des dichten Blätterdachs unten angelangt. Der Boden weicht auf. Die Zersetzungsprozesse beschleunigen sich. Wie lange dauert es, bis nur noch Knochen übrig sind? Ungenießbare Pilze sprießen aus morschem Holz. Es riecht nach Urzeitfarnen, nach Moos. Der Stadtwald träumt sich als Dschungel. Sobald es zu regnen aufhört, kehren die Dauerläufer zurück, die Wanderfreunde. Kinder spielen Räuber und Gendarm. Es hat keinen Sinn fortzugehen. Nicht einmal bei dieser Witterung. Die Wege wurden schon vor Jahren befestigt, tragen Namen wie Gonsbachschneise, Lennebergpfad und führen früher oder später nach Budenheim, 30 000 Einwohner, Schwimmhalle, Tennisclub, Pizzaservice; Stadtbusanbindung halbstündlich. Hanna und ich sind oft dorthin spaziert, wegen des *Löwen*, dessen Koch bei Winkler in München gelernt hat. Ein erreichbares Ziel. Ausgeschildert. Man hätte zwischendurch Turnübungen machen können, sich über die Ökologie des Waldes informieren. Die Möglichkeit für diese rührenden Schlußszenen allerdings, in denen einer nach 89 mehr oder weniger dramatischen Minuten in den Nebel eintaucht, zusehends verschwimmt, später vielleicht an Schlangengift krepiert oder bei freundlichen Nomaden neues Glück findet, besteht wegen der hohen Besiedlungsdichte hier zwischen Rhein und Main nicht. Besser ich bleibe, wo ich bin. Bewege mich nicht von der Stelle. Eine verbreitete Alternative zur Flucht, bei Beutetieren wie bei Verbrechern. Wenn die Häscher dich in gestohlenem Wagen auf dem Weg zur Grenze vermuten, Kopf einziehen und reglos ausharren, bis die Jagd vorbei ist. Hanna erstarrte, wenn uns ein Schäferhund entgegenkam. Fürchtete sich vor Zecken, machte einen weiten Bogen um Ginstersträuche. Alle Angst ist unteilbar. Sie wußte von einem dreizehnjährigen Mädchen, ganz entfernte Verwandte, das nach einem Zekkenbiß an Hirnhautentzündung gestorben war. Deshalb wollte sie unbedingt, daß wir uns impfen ließen. Realitätssinn oder Hysterie? Und die Bilder: Hanna, von der Straßenbahn zerfetzt, Hanna im zertrümmerten Wagen eingequetscht an einer Hauswand, nur weil sie später als gewöhnlich aus der Praxis kam und vorher nicht angerufen hatte. Wahn oder gesunder Menschenverstand? Die Panikattacke, wenn es an der Stelle, wo sich meine Leber befinden soll, plötzlich schmerzt? Drei alkoholfreie Tage wegen eines Hirngespinsts? Wann steht Angst im rechten Verhältnis zur Bedrohung? In den mondlosen Steppennächten vielleicht, als es noch keine Feuerwaffen gab, nicht einmal Bronze, und die Kreise der Wölfe ums Lager enger wurden? Brechende Zweige, Schnauben, ein Paar glühende Augen im Fackelschein. Oder ist es dann gar nicht unsere Art Angst, die aufsteigt? Die lähmende, die seeleaufessende. Statt dessen Entschlossenheit, äußerste. Das, was man Mut nennt? Der berühmte Todesmut, von dem wir keine Ahnung haben, was er eigentlich sein soll. Jedenfalls blieben die Neolithiker bestimmt nicht liegen, zusammengekauert, Beine am Bauch und wimmernd, daß ein Gott wäre, der sie hört: Da steht der Feind, das Tier, man kann ihm ins Auge schauen, gleiche Chancen auf beiden Seiten. Trommelschlag, Geschrei, den Speer in der Hand, den Knüppel. Aber mit welchen Mitteln sollen wir uns zur Wehr setzen? Gegen wen? Möglich, daß unsere Angst, die bodenlose, eine Geisteskrankheit der Städter ist, der Hausbewohner, weil die Gefahren ungreifbar geworden sind, gesichtslos, sie lauern in Stromkreisen, Gasleitungen, Bremsbelägen, in brüchigen Arterien, übereifrigen Zellverbänden. Man kann weder fliehen noch kämpfen. Uns schützen Versicherungspapiere und Vorsorgeuntersuchungen, ABS. Dafür haben wir morgens Durchfall, stoßen den Geruch von Ulkus auf, kauen Nägel, trinken Schnaps. Drüben im Wildpark scheuert sich ein junger Hirsch die Flanke am Draht blutig. Immer, wenn ich vorbeikomme, scheuert er sich, keine fünfzig Meter vom Gehege der Wölfe entfernt. Er hat sie noch nie gesehen, doch ihr hungriger Geruch weht herüber, Tag für Tag, Nacht für Nacht, ganz nah.

Damals, nach diesem Sonntagnachmittag, dauerte es gut eine Woche, bis der Krampfzustand sich löste. Wenn

Hanna fragte, was mit mir los sei, schob ich Schwierigkeiten mit Douwerman vor und hatte Magenschmerzen. Kaute demonstrativ dreimal täglich eine Tablette. Ich bin nicht sicher, ob sie daran geglaubt hat. Nach einem halben Jahr brach mir angesichts ihres nackten Oberkörpers nicht mehr der Schweiß aus, bekam ich keine Gänsehaut mehr, obwohl im Seitenlicht das ältere der beiden Adenome nach wie vor als leichte Erhebung erkennbar war. Noch später verschwand der Widerwille, ihre linke Brust anzufassen. Ich bemühte mich im Gegenteil, sie besonders freundlich zu behandeln. Redete mir ein: In Wirklichkeit ist es gar nicht der Tod persönlich, der da schläft, da schläft überhaupt niemand: Es hat sich lediglich aufgrund der üblichen Chromosomenbrüche und -reparaturen (40 000 bei jeder Zigarette zum Beispiel) eine Gewebeanomalie herausgebildet, noch dazu eine relativ weit verbreitete. Und die durchschnittliche Lebenserwartung von Frauen beträgt zweiundachtzig Jahre. Selbst die Hundertjährigen sind mit Leberflecken, Fisteln, gutartigen Bindegewebsgeschwulsten alt geworden. Und Hanna lebte doch gesund. Rauchte nicht, trank selten mehr als zwei Glas Wein. Im Sommer hätte sie sich am liebsten ausschließlich von Salat ernährt. Salat mit einem kleinen Schnitzel. Vitamine, Eiweiß, damit die Endorphinschwemmen in schlagkräftige Freßzellen und Antikörper verwandelt werden konnten.

Rückschau vom Punkt Jetzt. Schlüssig und falsch. Vor sechs Monaten hätte ich einen anderen Standort gewählt. Anfang des Jahres waren wir noch unsterblich, das stimmt so auch nicht, wie dann? Stießen wir auf Onkel Henno an, weil es weitergehen mußte. Ging es kurze Zeit weiter. Ende Dezember verhießen die Horoskope der Frauenzeitschriften, die Hannas Mutter stapelweise las, Waage und Krebs für 1995 viel Gutes unter den Rubriken Geld, Gesundheit, Erotik. Im zweiten Quartal '94 behandelte Hanna einen sechzehnjährigen Griechen, Fotios Avramidis, der war ein hübscher Junge. Oktober '93 ließ Hanna eine Generaluntersuchung machen, bekam jungfräuliche Blutwerte bescheinigt, Herz und Kreislauf einwandfrei, überlegte, ob wir nicht doch ein Kind haben sollten. 1992 wurde Eva Liebig summa cum laude promoviert, Hanna fragte, was ich denke. Januar '91 stritten wir uns furchtbar, weil sie die Frist für die Kontrolle ihrer Knoten um mehr als vier Monate überschritten hatte; nach der verspäteten Mammographie nannte ihre Frauenärztin trotzdem alles unverändert. Im März '90 nahm van den Boom meine Magisterarbeit über Douwermans Sieben-Schmerzen-Retabel an, und ich war sicher, der Welt etwas Bedeutendes geschenkt zu haben. Den Herbst benötigte Hanna, um mich über das *befriedigend* hinwegzutrösten.

Von da aus betrachtet: Liebe, groß und gewöhnlich, oder doch etwas größer, so bedroht wie die anderen, Schwachstellen bekannt und unerheblich; nach wie vor verzauberte Blicke; regelmäßiger Geschlechtsverkehr, weder gelangweilt noch ausufernd; für Momente Glück der Kategorie, die in der Brust schmerzt; phasenweise Abkühlung auf Zimmertemperatur, das ging vorbei, kein Grund zur Beunruhigung; gelegentliches Verlangen nach fremder Haut, vorzugsweise während der Sommermonate, im ganzen folgenlos, aber Unwohlsein beiderseits, wenn wir länger als einen Tag getrennt waren. Unsere unterschiedlichen Ansichten über Politik, Religion hielten es nebeneinander aus. Abends manchmal Schwierigkeiten bei der Wahl eines gemeinsamen Fernsehprogramms wegen meiner Abneigung gegen Krimis.

Am 16. Juni 1989 heirateten wir in St. Reginfledis/Niel, obwohl Vater mir im Vorfeld mehrfach erklärte, daß ich dazu ohne eigenes Einkommen gar nicht berechtigt sei. Hanna entgegnete, ich sei fleißig und die Aussicht für Kunsthistoriker auf dem Arbeitsmarkt schlecht; erklärte, daß sie vorläufig genug für uns beide verdiene. Reginas Vater spielte die Orgel. Regina liebte Frauen.

Davor: Wir lachen ungläubig bei dem Gedanken an uns, fast peinlich berührt.

Hanna beschließt, daß sie in der Kirche keinen Photographen, daß sie überhaupt keinen dieser organisierten Hochzeitsphototermine will.

Dr. Hans Martinek nennt mich nach einem doppelten Cognac »Sohnemann«, obwohl wir uns ständig über die Regierung streiten.

Hanna wünscht sich ganz schlichte Ringe.

Einen Antrag im eigentlichen Sinne machen weder sie noch ich.

Ich konstatiere, daß mir das Gefühl der Verlorenheit beim Blick in einen klaren Nachthimmel abhanden gekommen ist; Hanna hatte es nie.

Im Januar '89 lernt sie Onkel Henno kennen; sehe ich ihn erstmals in anderem Licht.
Experimente mit Namen: Eine Zeitlang nenne ich sie *Johanna*, das sagt sonst niemand und klingt aufregend nach Frau. Sie bleibt bei *Walkenbach*, alle Verkleinerungsformen von Thomas fallen durch.
Einige falsche Geschenke: *Cosi fan tutte* hat sie schon; Chanel Nr. 5 gefällt ihr nicht. Für mich: das Buch über Renoir, der Pullover mit Norwegermuster. Der Gebende ist jeweils sehr enttäuscht.
Ich fülle – nur so zum Spaß – einen dieser Illustrierten-Fragebögen für sie aus: *Ihre ganz persönliche Altersprognose*, da liegt Hanna bei weit über achtzig.
Wie schön sie gewachsen ist.
Gier – Hannas, nach zehn Jahren nahezu ausschließlicher Konzentration auf Zahnheilkunde, schreckhaft und ohnmächtig, meine metaphysisch verbrämt: betrachte es als Dialog in einem anderen Zeichensystem. Wie alle Diskurse findet er kein Ende, samstags schaffen wir es oft nur mit Mühe einzukaufen und kommen dann doch nicht zum Essen.
Meine Zungenwurzel schmerzt; ich scheue mich, es ihr zu sagen.
Ihre latente Angst, schwanger zu werden – trotz entsprechender Gegenmaßnahmen.
Als Hannas Großmutter stirbt (Januar '88, Anruf ihrer Mutter nachts um halb zwölf, wir sind noch wach), betrifft sie das nur am Rande, aber sie hat deswegen ein schlechtes Gewissen. Während der Sarg in den gefrorenen Boden abgeseilt wird, stellt sie sich vor, wie kalt es da sein muß.

Die Verwunderung, daß auch männliche Brustwarzen mit deutlich mehr Sinneszellen ausgestattet sind als das umliegende Gewebe.
Hanna bang: »Bin ich sehr laut?«
Morgens dunkle Ringe unter unseren Augen – ich werde weiterschlafen, sie muß in die Praxis und hat Sorge, daß sie eigentlich zu müde ist, um konzentriert Zähne zu behandeln; schüttelt über sich den Kopf.
Manchmal drapiert sie ein Tuch um Hals und Schultern, wegen der Patienten und Frau Almeroth; Vater zuliebe.
Einbrüche, wenn der Geist Rockerts hinter ihrer Stirn umgeht. Tränen, Selbstbezichtigungen: »Bin ich zu anhänglich, zu besitzergreifend, sag es ehrlich!« Hanna glaubt immer noch, daß Rockert ein herzensguter Mensch ist, dem sie mit ihrem anmaßenden Wunsch nach Dauer bitter unrecht getan hat. »Hältst du mich für lüstern?« – Sie träumt wiederholt, sich mit ihm zu versöhnen: »Nein, nicht neu anzufangen, wirklich nicht, nur Versöhnung, verstehst du das?« Es ziehen drei Jahre ins Land, bis sie beschließt, seine Briefe wegzuwerfen, verschiebt es dann doch. Ich schlage vor, ihm einen Handschuh zu schicken, um die Sache zum Abschluß zu bringen. Sie faßt mir an die Stirn. Dann begegnet sie ihm zufällig in der Stadt: Rockert kommt ihr entgegen und dreht sein Gesicht so angestrengt weg, daß man die Wirbel knacken hört. Am selben Abend spottet sie erstmals über ihn.
Im Frühsommer '87 erhält Hanna von meiner Seite recht: Man gewöhnt sich daran.

Ebenfalls im Sommer '87: Fahren wir mit Astrid nach Italien. Abgesehen von einer Woche Wien in Klasse zwölf wird es Hannas erster Auslandsaufenthalt sein. Vater Hans hat dreißig Jahre lang Urlaub im Bayerischen Wald gemacht, da konnte sie ihre Mutter unterhalten, während er mit seinem Freund Kunzelmann, einem schwerreichen Textilfabrikanten, in dessen Revier auch der verstorbene bayerische Ministerpräsident gern ansaß, auf die Jagd ging.

Astrid will ans Meer. Hanna und ich wissen nicht, was wir wollen, jedenfalls weder baden noch Menschenmassen. Zweifel, ob Italien dafür im Sommer der richtige Ort ist, zu spät. Wir haben kein Zimmer reserviert, nicht einmal einen bestimmten Ort ins Auge gefaßt. Hannas Nervosität wächst ins Uferlose, am liebsten würde sie Astrid in letzter Minute absagen. Als Gegenmittel ersteht sie ein Italienisch-Buch und lernt den Satz: »Ha per noi camere libere?« Kauft Sonnencreme mit Lichtschutzfaktor 12, Bleistifte, einen neuen Skizzenblock, weil der alte verschollen ist, unter italienischer Sonne zeichnet es sich wie von selbst. Als die Koffer schon im Wagen sind, beschließt sie, doch einen Wollpullover einzupacken, für den Fall, daß es abends abkühlt.

Die erste Nacht verbringen wir im Gebirge südlich von Parma. Hotels sind selten hier, es ist schwierig, ein Zimmer zu finden. Gegen halb sechs wird Hanna erst ärgerlich, dann panisch. Ohne Vorbestellung fährt sie nie wieder irgendwohin, soviel steht fest. Ich staune, wie wenig sich seit Piero della Francesca verändert hat, betrachte die verkarstete Hügellandschaft mit den Augen des Quattrocento. Schwarze Büsche einzeln auf blasses Rot-Ocker getupft, wachstumsgestörte Bäume; Kastelle hocken selbstgewiß in zerklüfteten Steilhängen, werfen geometrische Schatten ins Tal, so daß man die Regeln von Fluchtpunkt und Sehstrahlprojektion überprüfen kann. Zwischen den Resten eines Aquädukts streunen verwilderte Hunde. Krähen: In denen reiste einst der Teufel von Bethlehem nach Golgatha und erhob Einspruch. Ich erinnere mich an Störche, bin aber sicher, keinen gesehen zu haben. Die Dörfer rieseln ihren Bewohnern auf den Kopf. Witwen kehren Sand auf die Straße, schwarz und gebeugt, ihre frühreifen Töchter sind den konfektionierten Liebesschwüren der Condottieri aufgesessen und träumen jetzt von Palästen in Rom oder Mailand. Den Frommen bleiben die Städte ein Sündenpfuhl. Maria, das Knäblein in der Hüfte, bespricht mit Elisabetha die Melonenpreise. Giovanni treibt Ziegen an. Sein Großvater weiß noch, wie man Rohrflöten schnitzt. Die Überlandleitungen gehen auf Pläne von Leonardo zurück. Es ist das Licht, Pieros Licht: fahl und scharf zugleich. Dagegen erscheinen die bunten Photos im Reiseführer wie Fälschungen, obwohl tatsächlich unrasierte Männer gestikulierend vor Brunnen stehen und Halbstarke auf frisierten Mofas an kichernden Mädchen vorbeirattern. – Hanna, mit Buch: »C'e nelle vicinanze un hotel?« – Vier Frauen improvisieren eine Fuge durchs Fenster. »A destra heißt rechtsrum«, sagt Astrid, das stimmt. Irgendwie reimen wir uns den Weg zusammen, fahren im Kreis, fragen erneut. *La pantera rosa* endlich hat freie Zimmer. Es ist ein gepflegtes Haus, direkt an der Transitstrecke Parma – La Spezia, den Preisen nach eigens für müde Nordeuropäer auf dem Weg zur Riviera gebaut. In der hauseigenen Trattoria haben wir die Wahl zwischen Pizza und Pasta. Ich würde trotzdem länger bleiben. Hanna auch, aus anderen Gründen, aber es sind noch über hundert Kilometer bis zur Küste, und Astrid muß morgen unbedingt das Meer sehen. Da sie im Unterschied zu uns ein Ziel hat, setzt sie sich durch. Nach fünfzehn Stunden Fahrt schlafen wir wie tot. Am anderen Morgen wundern wir uns nicht über das reichhaltige Frühstücksbuffet. Als wir ins Auto steigen, möchte Hanna zuerst ein neues Zimmer suchen, egal wo, aber Astrids Glaube, daß sich am Meer alles Weitere von selbst ergeben wird, überwindet Hannas Angst vor Obdachlosigkeit und meine Hoffnung auf eine neue Sicht der Renaissance. Wir fahren einfach geradeaus, Astrid und ich rauchen Freiheit und Abenteuer, Hanna lutscht Pfefferminz, legt ihre Celentano-Kassette ein, singt leise mit. Die Straßenverhältnisse sind besser als ihr Ruf. In unserem Rücken steigt die Sonne zügig höher. Hanna versteht die hiesigen Verkehrsregeln nur zum Teil und zieht sich mehrfach den Unmut der Fiats zu. Es wird zusehends grün, lichte Wälder, verwilderte Weinberge, Arkadien, wie es war, laß uns drei Hütten bauen: Hanna wäre nicht abgeneigt, aber Astrid beharrt weiterhin auf Meer zuerst. Hinter einem Felsvorsprung ist es plötzlich der ganze Horizont, silbergrau. Ihre Anspannung entlädt sich in einem kurzen Schrei. Die Grenze zwischen Luft und Wasser verschwimmt im Frühdunst. Erst müssen wir jedoch in Serpentinen abwärts, an Steinbrüchen vorbei, an baufälligen Industrieanlagen: rostige Öltanks zwischen mannshohem Unkraut, gelber Rauch über einsturzgefährdeten Ziegelschloten, eine Nase voll Bitternis. Durch Städte, die sich selbst imitieren und von schlecht bezahlten Komparsen bevölkert sind. Am Ende einer schmalen schattigen Gasse biegen wir rechts ab und stehen völlig unvermittelt auf der Uferpromenade. Für einen Moment blind. Dann Palmen, Flaggen (Italien, Europa, Amerika, Japan), flackernde Neonschriften, Lampionketten, gigantische Eistüten, Cocktailgläser aus bemaltem Beton. Die Hotelfassaden grell überschminkt wie kalifornische Millionärsgattinnen, in den Hinterhöfen bröckelt Putz. Leichter Wind, auflandig, er riecht erwartungsgemäß. Wir parken den Wagen und fürchten um unser Gepäck. Der Strand ist gut besucht, aber um diese Tageszeit noch nicht überlaufen. Hanna hält ihre Handtasche fest. Die Leute auf den Liegestühlen unter den Sonnenschirmen sind größtenteils Italiener. Jeder weiß, weshalb hier alle Männer Sonnenbrillen tragen. Die Frisbeescheiben landen bevorzugt neben Mädchen oben ohne. Astrid krempelt ihre Hose hoch und liest, mit den Füßen im Wasser, ein paar Gedichte, während Hanna und ich vergeblich nach einem Händler mit Strohhüten Ausschau halten. Soweit ich sehe, starrt ihr niemand auf den Hintern. Ist es schön? Ja natürlich, trotzdem gehen mir Astrids Gefühlsaufwallungen beim Anblick der blauen, kaum bewegten Wasserfläche ab. Sie sagt: »Ahnung des Unendlichen, Raum ohne Zeit, Auflösung«. Gegen letzteres kämpfe ich täglich. Mein sporadisches Bedürfnis nach nichts wird durch den leeren Himmel hinreichend befriedigt. Schwächliche Wellen rollen an Land und zurück. Daß das Magnetfeld des Mondes Ebbe und Flut verursacht, eröffnet mir keine mythische Dimension, im Gegenteil, es hat etwas Stumpfsinniges, wie das rhythmische Nicken von Geistesgestörten. Ich bin Flußmensch und gewohnt, daß die Dinge vorbeiziehen. Die ewige Wiederkehr des Gleichen stößt mich ab. Hanna ist beeindruckt, hebt Muscheln auf, wundert sich, wie warm das Wasser ist. Weiter draußen ankern Schiffe, wo die wohl hinfahren. Sie war bis dato nicht einmal an der Nordsee. Allerdings verträgt ihr Kreislauf die Hitze schlecht. Sie klagt über Schwindel und Kopfweh. Ich nehme sie an der Hand, wir überlassen Astrid ihrem Entgrenzungsprozeß, schlendern durch die engen Straßen, immer auf der Schattenseite. In ein Café trauen wir uns nicht, trotz quälenden Dursts – wie bestellt, wie bezahlt man, werden sie uns betrügen? Früher bin ich unverwundbar durch Paris, Athen, Madrid spaziert, habe Kneipen gesucht, in denen noch nie ein Tourist war, jetzt fühle ich mich für Hanna verantwortlich und nehme ihre Angst an. Als wir gegen drei zurückkommen, liegt Astrid selig lächelnd im Sand, hat das T-Shirt bis knapp unter den Busen geschoben und öffnet kaum die Augen. Ich schlage

vor, etwas zu essen, die gegrillten Makrelen sehen lecker aus, doch Hanna zögert: Eine Fischvergiftung ist das letzte, worauf sie jetzt Lust hat. Außerdem möchte sie endlich wissen, wo wir heute schlafen.
Vier Stunden später und längst wieder in den Ausläufern des Apennins, als wir uns schon fast damit abgefunden haben, im Auto zu übernachten, schickt uns ein freundlicher Polizist, wenn wir ihn richtig deuten, eine abseitige Talstraße hinauf, die augenscheinlich in der Wildnis endet. Immerhin entdecken wir einen Wegweiser mit dem Namen des Ortes: Pallerone. Nach sechs Kilometern durch Buschland und lichte Wälder können wir seine Existenz bestätigen: Es ist ein Dorf, nicht größer als Niel, gelegen an einem schmalen Fluß oder breiten Bach, der außer *fiume* keinen Namen hat und zu anderen Jahreszeiten offenbar ein Vielfaches an Wasser führt. Weite Teile des Betts liegen jetzt trocken. Eine Deichmauer schützt die Häuser vor Überflutung. Barockkirche, Alimentari, Schnellrestaurant, die Tankstelle mit angeschlossener Werkstatt. Und, nachdem wir zunächst daran vorbeigefahren sind, *Albergo Ristorante Alpi Apuane*. Hanna sagt: »Es ist sowieso alles belegt.« Aber der Besitzer, ein schmaler Herr Ende Fünfzig und für einen Italiener erstaunlich wortkarg, antwortet auf ihren inzwischen sehr lässig vorgetragenen Paradesatz mit »Si signora«. Dann zieht er Frau und Schwester oder Schwägerin hinzu, in der Hoffnung, daß drei mehr verstehen als einer. Weitere Fragen (ein Doppel- und ein Einzelzimmer, für 17 Tage, was kostet das, können wir hier essen?) suchen wir im Sprachführer zusammen. Weil die

Aussprache schwierig ist, machen wir Kreuzchen vor die entsprechenden Wendungen und halten ihnen das Buch hin. Hanna geniert sich ein wenig, weil der Wirt unserem Anmeldebogen entnehmen könnte, daß wir unverheiratet sind. Er schreibt den Preis auf einen Zettel, wir nicken, ohne zu rechnen, Astrid kann mit dem Wagen in vierzig Minuten am Meer sein. Zumutbar. Hanna fällt auf den nächstbesten Stuhl. Bier für alle, gleich zwei. Wir sind seit dem Krieg die ersten Deutschen hier, erklärt Frau Malatesta in mehreren Anläufen, als sie die Flaschen bringt.

Im Glücklichsein war ich nie besonders gut. Astrid sagt manchmal, wenn ihr das Leben wieder unbeschreiblich schwer scheint, sie wolle doch einfach nur glücklich sein, und hält das für einen bescheidenen Anspruch. Ebensogut könnte sie Unsterblichkeit für alle fordern. Doch damals in Pallerone, glaube ich, sind wir das gewesen, was man glücklich nennt. Fast drei Wochen lang. Trotz Hannas Enttäuschung, als es anstelle eines hübsch gedeckten Frühstückstischs Caffè latte an der Bar und abgepackte Teilchen gibt; obwohl ich mir den Morgengrappa, den die Männer neben uns so selbstverständlich nehmen, ihr zuliebe verkneife. Obwohl das Bett knirscht und die Matratze zu weich ist und die Zimmertür zwei Zentimeter über dem Boden endet, so daß Hanna immer fürchtet, man könnte uns hören.

Aber meist sind wir ohnehin allein. Außerhalb des Dorfes begegnet man nie jemandem, und Astrid fährt jeden Morgen an ihr Meer. Ich weiß bis heute nicht, was sie dort gesucht hat. Später, zurück in Deutschland, wird sie erzählen, Italien, das ist Sonne, Sand, glasklares Wasser und aufdringliche Jungs. Wir bleiben und folgen dem Fluß, sitzen stundenlang am Ufer im Schatten der Weiden, der Steineichen. Ich versuche vergeblich, kleine Fische mit der Hand zu fangen. Hanna liest *Die Dämonen*, gibt aber nach zweihundert Seiten auf, kein Wunder. Wir reden wenig und wenn, Sätze wie »Ich bin so froh, daß du bei mir bist«, »Laß uns doch bleiben«, »Nur wir zwei«. Die Zeit fließt vorüber, ohne daß sich etwas ändert. Milane kreisen, machen aber keine Anstalten, zum Beispiel einen Hasen zu schlagen. Ich kühle mich von Zeit zu Zeit im flachen Wasser ab. Hanna scheut sich, ihre Bluse auszuziehen. Schön wäre, wenn man Pferde hätte. Pieros Bilder und die von Botticelli und von Giovanni Bellini schieben sich über die Landschaft. Oder umgekehrt, Landschaft schiebt sich über Bilder. Pferde und Windspiele. Hanna ähnelt weder Lucrezia Borgia noch irgendeinem Madonnentyp. Ich beginne allmählich zu begreifen, weshalb die Renaissance an der Überquerung der Alpen scheitern mußte. Denke: Die Wiedergeburt der Antike ist nichts als ein Vorwand für Heimatmalerei. Viel entscheidender: eine spezielle Brechung der Sonnenstrahlen aufgrund der Eigenheiten des Lokalklimas; die vorherrschenden Gesteinsarten; Zusammensetzung des Erdreichs; Vegetationsformen; die Art, wie die Frauen ihre Blicke werfen. Van den Boom hat vielleicht recht, das ist nicht Wissenschaft – aber Liebhaberei ist es auch nicht. Woher sollen Leute, die Altdorfer, Grünewald, van Eyck oder Baldung Grien heißen, auf die Idee kommen, daß es sich bei den Farben um verschiedene

Aspekte des Lichts handelt? Unvorstellbar, daß einer, dessen Augen sich ständig zwischen Tannenzweigen verheddern, im Unterholz, die Gesetze der Perspektive entdeckt. Hanna spritzt mich naß, nachdem sie barfuß über die rutschigen Kiesel auf die andere Seite balanciert ist. Cremt mir den Rücken, ich bekomme trotzdem Sonnenbrand. Zeichnet: bemooste Felsen im Wasser, die alte Villa am Steilhang; mich, in der Badehose an eine Akazie gelehnt: »Kannst du so bleiben!« – »Wenn es denn sein muß.« – Ellbogen und Nacken festgenagelt, schweife ich die Bergkämme entlang. Irgendwo dahinter befindet sich mein derzeitiger Fluchtpunkt. Ich will aber gar nicht fliehen. Stelle mir vor, während sie mit spitzem Bleistift die Entfernung zwischen Brust und Hüfte peilt, wie der überaus feinsinnige Söldnerfürst Federigo da Montefeltro seine Krieger das ganze Tal hat roden lassen, nur um Piero einige geometrische Experimente zu ermöglichen. Sehe die kahle, mit Baumstümpfen übersäte Ebene, Schafe über offenem Feuer, bunte Zelte, Wimpel, Feldzeichen vor wolkenlosem Himmel. Kein Wind. Und hundert Soldaten, die im Abstand von drei Metern aufgereiht auf Pieros Befehl warten. Dann setzen sie sich in Bewegung und marschieren im Gleichschritt Richtung Horizont, jeder ein Seil, das zwischen seinen Füßen angepflockt ist, hinten am Gürtel befestigt. Sie müssen so lange laufen, bis sie für Piero nur noch ein Mann sind. Daraufhin werden weitere tausend, wenn nötig das Doppelte, das Drei-, das Fünffache, die Seile im rechten Winkel mit eigenen Seilen kreuzen und so das Tal vollständig mit einem Quadratnetz überziehen.

Schließlich wird an jedem Kreuzpunkt ein drei Meter hoher Pfahl in den Boden gerammt. Der Versuch soll beweisen, endgültig, daß die Regeln der Zentralperspektive nicht nur in den Ateliers und auf den Reißbrettern gelten, sondern für die ganze geschaffene Welt. Darüber hinaus will Piero klären, ob die Erde eine Kugel ist und, wenn ja, wovon er ausgeht, wie ihre Krümmung sich optisch bemerkbar macht. Er steht hinter dem mächtigen, nach eigenen Plänen geschreinerten Zeichenpult, ruhig, konzentriert, schaut durch einen senkrechten Rahmen, der von dünnen Stäben gerastert ist, das Auge mit Hilfe einer Kimme immer in derselben Position, und überträgt alle Markierungen akribisch auf ein gleichfalls gerastertes Papier. Reiter preschen davon und überbringen Anweisungen. Die Hofmusikanten spielen leichte Tänze, Mädchen wiegen sich im Takt, andere flechten Blüten. Federigo, seinen Lieblingsfalken auf der Hand, läßt sich die Konstruktionsprinzipien erläutern und, als seine Vorstellungskraft nicht mehr ausreicht, einen jugendlichen Deserteur herbeischaffen, dessen Hinrichtung ohnehin beschlossene Sache ist. Der wird als Sebastian an einen der Pfähle gefesselt und von den besten Bogenschützen der Truppe aus verschiedenen Richtungen mit Langpfeilen durchbohrt. Jetzt kann Federigo die Regelmäßigkeit der Verkürzungen klar und deutlich erkennen. Die Mädchen spielen Fangen und schauen nicht einmal hin. Piero gibt dem Jungen ein Gesicht mit dem vollkommen gleichmütigen Ausdruck des Heiligen. Korrigiert Ungenauigkeiten, Abweichungen vom System, ordnet nach Zahl und Maß. Mir schmerzen die Halswirbel, der Arm. Außerdem habe ich Durst. Hanna zerreißt das Blatt, ohne daß ich mich sehen darf, sagt, Figur könne sie nicht. Vor sechs Jahren bin ich an dem Buch über die Philosophie der Zentralperspektive gescheitert, es muß unbedingt geschrieben werden. Ich frage Hanna, ob sie noch einen Stift und Papier für mich hat. Notiere: Das Ich als (auto)mobiler Mittelpunkt des Universums. Der Hauptsehstrahl entspringt im Auge des Betrachters und schießt mit Lichtgeschwindigkeit auf seinen Fluchtpunkt zu. Um diese Achse kreisen Himmel und Erde. Im Unendlichen schneiden sich die Parallelen. Gott, der immer alles aus allen Blickwinkeln gleichzeitig gesehen hat, wird 1.) mathematisch undenkbar, 2.) bedeutungslos, denn die Welt ist zersplittert und spiegelt ihn nicht mehr. Menschen und Dinge ohne Verbindung. Zwei Standorte können niemals identisch sein. Ein Zucken der Pupille verschiebt alle Parameter. Wie soll man sich da verständigen? Jeder rast durch seinen eigenen Tunnel auf seinen eigenen Punkt zu, ohne jemals näher heranzukommen. Das All dehnt sich gnadenlos aus. Als Folge: die Abschaffung des Goldgrunds. Der Raum erstrahlt nicht länger im warmen Glanze Seiner Herrlichkeit. Der Raum ist leer.

Aber Hanna ist da.

An anderen Tagen streifen wir ziellos durch das Hügelland und spielen das erste Paar Menschen im Garten. Schwebend und ohne Zweifel. Auf Wegen, die seit Monaten niemand gegangen ist. Fragen uns, warum sie überhaupt angelegt wurden: Kein Italiener wandert, und nichts deutet auf Forstwirtschaft hin. Auch sonst haben die Wälder wenig mit den nördlichen gemein. Sie sind nirgends finster und riechen nicht modrig. Es pfeift kein kalter Wind über die Höhen. Schwer vorstellbar, daß Räuber oder gar Bestien darin hausen, Faune vielleicht und Quellnymphen, aber die sind scheu. Hanna erinnert sich ihres Lateinunterrichts und findet, *silva* sei das viel treffendere Wort. Obwohl es sehr heiß ist, Luft und Fleisch haben dieselbe Temperatur, meinen wir, es müsse Frühling sein. Ewiger natürlich. Selbst Hanna fröre nicht, wenn sie nackt wäre: »Zieh dich doch aus.« – »Du spinnst wohl.« – »Meinethalben kannst du die Schuhe anbehalten, damit deine empfindlichen Füße keinen Schaden nehmen.« – Wir sind Hand in Hand, Arm in Arm, aber nie nah genug. Stolpern: sie über mich, ich über sie. Der Mensch ist kein Vierbeiner, und in keine Brust passen zwei Seelen. Auch vor dem Fall nicht. Auf Schotter, in Dornen. Abseits des Wegs, auf der Wiese, schlecht versteckt hinter Pinien, reißen wir uns die Kleider vom Leib. Nein, stimmt nicht: Lassen wir die Kleider an, weil man vergessen hat, uns zu sagen, daß die Scham bis jetzt nicht erfunden wurde, was sich gleichbleibt, weil ich beschlossen habe, zu vergessen, daß sie erfunden ist, und Schlangen gibt es auch nicht. Rollen wir durchs Gras, knöpfen uns auf, schieben Stoff weg, verwechseln mein und dein. Hanna befreit sich, flieht und läßt sich wieder einfangen. Kichert albern, ziert sich, ein uralter Schrecken fliegt heran, was willst du, verschwindet im Geäst. Sie liegt auf dem Rücken und wird ganz still. Atmet schneller, dann laut, fährt hoch: »Und wenn uns jemand sieht?« – »Wer denn?« – Sinkt zurück: »Egal.« Nimmt den warmen Wein aus meinem Mund, aus meinem Nabel. Belecken wir uns wie junge Hunde, beißen uns aneinander fest, kauen uns weich, schlucken uns runter. Bieten die Kehle an, unterwerfen uns aber nicht. Dann laufen unsere Gesichter aus, ist in ihren aufgerissenen Augen nur noch das Weiße zu sehen. Antworten wir dem Schrei des Hähers über uns.

Später hocken wir da, benommen, und es juckt überall, der Schweiß brennt auf meinen zerkratzten Schultern. Sammeln uns Kletten, Ameisen, Käferchen von der Haut, aus den Haaren. Streichen Hemd und Hose glatt.

Inzwischen habe ich jegliches Interesse verloren, Florenz oder Siena anzuschauen. Vor einer Woche waren sie noch der eigentliche Grund unserer Reise. Hanna fragt jeden Abend, wenn wir auf den gigantischen Marmorquadern hinterm Dorf auf Astrid warten und den Anglern zusehen, ob wir nicht morgen oder übermorgen fahren sollen: wenigstens nach Pisa, das sind nur achtzig Kilometer. Sie hat zwar selbst keine Lust, fürchtet jedoch, ich könnte mich später ärgern und ihr die Schuld geben. Ich will trotzdem nicht. Viel lieber würde ich auch angeln, aber da ist Hanna nun wirklich strikt dagegen. Wenn bei einem der Männer eine Forelle angebissen hat und er sie langsam an Land kurbelt, stellt Hanna sich den Haken im Maul vor, den reißenden Schmerz und meint sogar, da sei eine dünne Blutspur im Wasser. Das dumpfe Geräusch Holzknüppel auf Schädeldecke geht ihr durch und durch. Was nichts daran ändert, daß der Fisch ihr ausgezeichnet schmeckt, wenn Frau Malatesta ihn gebraten und mit frischem Rosmarin gefüllt aufträgt. Frau Malatesta ist eine wunderbare Köchin. Nach dem Essen versuchen wir mit Hilfe des Sprachführers immer kühnere Lobsprüche, die wir von der Bedienung, einem rosigen Dorfmädchen, das darauf besteht »Signorina« und nicht »Signora« genannt zu werden, übermitteln lassen. Im Gegenzug zeigt sie uns im Wörterbuch, was es morgen gibt.

Manchmal merkt man, daß die Italiener uns für absonderlich halten. Dann ist so eine Skepsis im Blick, das »Buon giorno« klingt eine Spur argwöhnisch. Als meinten sie, wir würden etwas verbergen. Sie können sich beim besten Willen nicht erklären, weshalb wir hier unsere Ferien verbringen: Wenn sie wüßten wohin, wären sie, wie alle Menschen in allen Dörfern der Welt, längst fort. Der alte Lebensmittelhändler, bei dem wir Wein, Brot und Salami kaufen, kichert, als ihm das Wort *spazierengehen* wieder einfällt. Er hatte zuzeiten eine obskure Verbindung nach Deutschland und ist der einzige, der unsere Sprache versteht. Zumindest halbwegs. Spazierengehen hält er für noch verrückter als Biertrinken und über gegrillte Rotkehlchen die Nase zu rümpfen. Daß Astrid ans Meer fährt, begreift er schon, aber weshalb mietet sie sich dann nicht dort ein? Die Leute in Niel hätten auch den Kopf geschüttelt, wenn sich drei Italiener bei Sahm einquartiert und behauptet hätten, sie machten Urlaub und fänden es wundervoll. Vermutlich Mafia, hätte es geheißen, und die Kinder müßten vorsichtshalber im Haus bleiben. Aber wir sind freundlich, gehen am Sonntag in die Messe, und wer weiß, vielleicht tragen Ehepaare in Deutschland weder Ringe noch den-

selben Nachnamen. Es gibt keinen Grund, uns zu verurteilen.
Beim Abschied, als ich ihr ein Pralinenherz überreiche, stehen der Signorina Tränen in den Augen. Auch Hanna würgt es. Astrid hat bereits am Vortag dem Meer Lebewohl gesagt und will jetzt möglichst rasch fahren. Signor Malatesta schenkt uns eine Flasche alten Chianti aus eigener Produktion. Das hätte er nicht gemußt, befindet Hanna.

Die Unerträglichkeit des Glücks, weil es endet. Statt dessen: Aufatmen, rückwärtsgewandt.

Über Jahre hinweg geschieht wenig mehr, als daß wir arbeiten und zusammen sind und uns gegenseitig halten. Hanna zerbricht nicht, ich lande nicht auf der Straße. Insgesamt funktioniert Hanna vielleicht reibungsloser. Sie hat akzeptiert, daß es Pflichten gibt, die über allem stehen. Trotzdem fürchte ich manchmal, daß sie zerbricht. An diesen Wochenenden oder wenn sie Urlaub hat und auf dem Sofa liegt und meine Stimme nicht mehr hört, so weit bin ich entfernt. Sie möchte aber nicht, daß ich jemandem davon erzähle. Es kommt auch nicht oft vor.
Wir haben jetzt eine größere Wohnung, drei Zimmer, Blick über Rheintal und Taunus, einige neue Möbel. Unsere Buchbestände sind vereinigt, nach Sachgebieten geordnet, innerhalb der Sachgebiete alphabetisch. Zwei Schreibtische. Abends gehen wir häufig essen, am liebsten zu zweit, da redet uns niemand rein. Manchmal besuchen wir Konzerte oder Ausstellungen oder schauen einen Kinofilm an. Anschließend sagt Hanna immer, »das machen wir viel zu sel-

ten«, aber dann vergehen doch wieder Wochen, ohne daß uns etwas fehlt.
Es ist mir peinlich, wenn jemand anruft, von dem wir seit Monaten nichts gehört haben, und ich weiß keine Neuigkeiten.

Die Philosophie der Zentralperspektive scheitert zum zweiten Mal, ohne daß ich sagen könnte, woran. Zu viele Überlegungen weigern sich, These oder Beleg zu werden. Sobald eine der Annahmen, über die ich seit Jahren nachgedacht habe, ihren Wortlaut gefunden hat, verschwören sich die Bilder, beharren darauf, lauter Sonderfälle zu sein, und bei erneuter Betrachtung gebe ich ihnen recht. Das sind dunkle Wochen. Hanna tröstet mich rührend. Sie könnte auch sagen, ich solle mich am Riemen reißen und endlich etwas zum Abschluß bringen, andere schafften das auch. Sie glaubt trotz allem an mich. Ich weiß immer weniger, wie man Denken und Wissenschaft zusammenbringt. Möglich, daß ich die Renaissance insgeheim verabscheue. Persönliche Bewertungen spielen für den Kunsthistoriker jedoch keine Rolle (1. van den Boomsches Gesetz). Ich bin ratlos.

Vaters Anwürfe, daß ein Mann erst ein Mann ist, wenn er Frau und Kinder ernähren kann, bezeichne ich Dritten gegenüber unaufgefordert als Schwachsinn: »Wer arbeitet, hat ein Recht auf Brot.« – Später werden seine Attacken seltener. Die letzte erinnere ich genau, sie liegt etwa dreieinhalb Jahre zurück, an einem Sonntag während des Mittagessens, gerade zu der Zeit, als mir dämmerte, daß ich das Buch über die Zentralperspektive nicht würde fertigstellen können: Ob ich es richtig fände, daß Hanna sich für mich abrackere, während ich, auf Deutsch gesagt, den Arsch nicht hochbekäme, nach dem Motto *Lieber Gott, erhalte meiner Frau ihre Arbeitskraft und mir meinen guten Appetit.* – Ich habe nicht geantwortet, es hätte keinen Sinn gehabt. Doch Hanna hat mich tapfer verteidigt. – »Ich bin von ihm nicht kränkbar«, habe ich ihr nachher gesagt. Aber man steht in den Augen des Vaters ungern als Versager da. Sein abschließendes Urteil: Wenn ich ehrlich sei, müsse ich zugeben, daß ich aus meinem Abitur nichts gemacht hätte.

Natürlich ist es nicht immer leicht, jahraus, jahrein eine Forschung voranzutreiben, an der niemand Interesse hat. Irgendwann gibt es im Umkreis von zweihundert Kilometern kein Institut mehr, bei dem ich mich noch bewerben könnte.
Trotzdem: Zwischen Hanna und mir ist das Geld, das ich nicht verdiene, nie Thema.

Eine fixe Idee, mag sein: Nach wie vor bin ich überzeugt, daß die Erfindung der Zentralperspektive nicht in ihrer vollen Bedeutung erkannt worden ist. (Oder soll ich sagen: Entdeckung? Ist sie eine Darstellungsweise unter vielen oder die einzige, die der Realität entspricht? Der Realität der Erscheinungen? Dem optischen Apparat des Menschen?) Die Kunsthistoriker sind mit Jahreszahlen, Zuschreibungen, Einflüssen beschäftigt; Sozialgeschichtler und Philosophen fühlen sich nicht zuständig. Dabei wüßte ich keine Theorie, keine naturwissenschaftliche Erkenntnis, die unsere Sichtweise grundlegender verändert hätte. Verglichen damit, ist die Aufklärung der dritte Aufguß desselben Tees.

Die Zentralperspektive macht das Individuum zum Dreh- und Angelpunkt der Welt. Sie behauptet das nicht nur, sie zeigt es. Man kann es sehen. Und was man sehen kann, wird geglaubt. Das ist der Sprung ins kalte Wasser der Neuzeit, das tödliche Messer in Gottes Rücken, auch wenn bis heute heldenmütig auf ihn eingestochen wird, weil man seine letzten Nervenzuckungen für Leben hält. Selbst Onkel Hennos Hühner konnten ohne Kopf rennen. Jede Wahrnehmung geht von da an vom einzelnen aus und führt zu ihm zurück. Unablässig feuert er seine Sehstrahlen ab, die allen Raum auf ihn hin ordnen. Jeder hat das Recht auf seinen eigenen Standort. Später sogar die Pflicht. Allerdings: Von Anfang an haben die Meister an den Zeichentischen die neuen Konstruktionsmöglichkeiten gezielt zur Irreführung der Betrachter genutzt. (Stand dahinter die kriminelle Energie des Falschmünzers oder wollten sie demonstrieren, daß der schönste Augenschein unter Umständen trügt?) Sie erzeugten Bilder, in die der Betrachter eintreten konnte wie durch eine offene Tür. Und wußten, daß er sich dabei die Stirn blutig geschlagen hätte: Doppelperspektiven mit mehreren Horizontlinien; versteckte Beobachter, die klammheimlich ein antikes Trümmerfeld observieren; die populären optischen Täuschungen, Wasser fließt eine Treppe hinauf, die trotzdem im Keller endet. Es ist ganz leicht: Die Flucht hinter einem Mauerdurchbruch ein wenig verschärft, nur um einige Winkelgrade manipuliert, ein unmögliches Ornament als Fußboden verlegt, schon ersteht die prächtigste Ruine, fünfzehn Jahrhunderte alt, wo sonst höchstens Platz für einen Opferstein gewesen wäre. Oder: Es thront die Madonna im Palazzo Ducale, Marmor, Schnitzwerk. Sie: würdig, zugleich voller Anmut, der Herzog kniet nebst Gattin zu ihren Füßen. Alle nicken artig mit dem Kopf, ja, genauso ist sie, die Wirklichkeit. – »Erstaunlich, fast wie eine Photographie«, sagt Hans Martinek, höheres Lob hat er für Malerei nicht zu vergeben. Niemand wundert sich. Stünde Maria, unsere Mittlerin, unsere Fürsprecherin, jedoch auf, zum Beispiel um uns ihrem Sohn zu empfehlen, schlüge ihre Krone das Gewölbe ein, reichten die frommen Stifter ihr gerade bis zum Nabel.

Hanna ist natürlich nicht in der Lage, zu beurteilen, ob das, was ich ihr erzähle, eine sensationell neue Position oder grober Unfug ist. Manches findet sie plausibel, anderes gewagt. Sie hört aufmerksam zu, fragt nach, wenn ihr etwas unklar ist. Auch kritisch.
Daß Hanna an mich glaubt, läßt mich weitermachen.

Vielleicht kann man die Renaissance von Niel aus nicht verstehen. Vielleicht ist die Zentralperspektive ein urbanes Phänomen, gekoppelt an hohe Bebauungsdichte mit komplexen architektonischen Formen, erdacht für Leute, die sich am liebsten in geschlossenen Räumen aufhalten und

gerade Straßenschluchten verhangenen Flußtälern vorziehen. Der Triumph von Punkt, Linie, Fläche, Quader, im rechten Winkel, dem Maß aller Dinge. Kein Durcheinander stört die Harmonie, selbst die Vegetation ist um Übersichtlichkeit bemüht.
Um einer Landschaft, sei sie flach oder gebirgig, den Eindruck von Tiefe zu geben, genügen Nebelbänke über einem mäandernden Wasserlauf, zwischen Bergkämmen, das mähliche Verblassen der Farben und Kontraste zum Horizont hin, zunehmende Beimischung von Blau. In der Ferne ein Gehöft, ein Tempel, über dem Rauch aufsteigt, halb von Bäumen verdeckt, da fällt die perspektivische Verkürzung nicht ins Gewicht. Am Himmel Kraniche.

Es wird genügend Zeit sein für einen dritten, letzten Versuch. Aber an mangelnder Zeit liegt es nie. *Keine Zeit*: die dümmste aller Ausreden.
Bestimmt kann ich meine Unterlagen mitnehmen. Vielleicht gibt es die Möglichkeit zur Fernleihe.

Hanna sagt auch nicht, ich sei faul, wenn meine Untersuchungen wochenlang ruhen, obwohl diese Art Störung sie befremdet. Mir ist ebenso rätselhaft, wie sie es aushält, jeden Tag etwas genau Festgelegtes tun zu müssen, Zähne füllen, Autos montieren. Wo ist der Unterschied?
Wir lieben uns seit drei, seit sechs, seit neun Jahren und begreifen uns doch nicht. Sie ist nach wie vor gerne Zahnärztin, sie arbeitet mehr, als ihr guttut, sie nimmt jede Plombe ernst, das kostet Kraft. Wenn ein Patient sich beschwert,

selten, grübelt sie, was sie falsch gemacht haben könnte, und schläft schlecht. Ich habe keine Vorstellung, was bei der Arbeit in ihrem Kopf vor sich geht. Früher, wenn ich Vater im Garten helfen mußte, Unkraut jäten, Rasen mähen, samstags, zwei, drei Stunden, waren meine Gedanken in fremden Ländern, besseren Zeiten. Wo sind Hannas Gedanken während des Bohrens? Kann eine, zugegeben diffizile, Beschäftigung der Hände das Hirn so weit in Anspruch nehmen, daß andere Überlegungen erst gar nicht auftauchen?

Als sie ein neues Röntgengerät mit angeschlossenem Computer gekauft hat, kommt sie wochenlang erst gegen zehn nach Hause. Im Bett erzählt sie von Dateiverzeichnissen, Speicherkapazitäten, von Schwierigkeiten mit dem Druckertreiber. Manchmal ist sie wütend, verzweifelt, dann wieder euphorisch, als seien jetzt alle Fragen beantwortet. Und fast immer müde.

Finanzielles bespricht sie an Wochenenden mit Hans, darüber bin ich nicht unglücklich. Zahlen mit mehr als drei Nullen erschrecken mich nur. Anschließend ist sie anderthalb Stunden überdreht. Dann fällt sie zusammen. Hans hat auch diese außerordentliche Konzentrationsfähigkeit, die sich in jeden beliebigen Gegenstand verbeißen kann. Hannas Überempfindlichkeit geht ihm allerdings ab.

Gibt es einen grundsätzlichen Unterschied zwischen der Lösung eines technischen Problems und der Konstruktion eines Gedankengebäudes? Wenn ja, worin besteht er? (Psychisch: Erregung, Streß, Freude; physiologisch: Kalorienverbrauch, Hormonspiegel, Elektrokardiogramm) Oder sind die Objekte austauschbar, entscheidend, daß man überhaupt etwas tut?

Ich wende mich wieder Douwerman zu, beginne seine Biographie. Angesichts der verschwindend geringen Zahl von Archivalien ein Unterfangen, so schwierig wie die Rekonstruktion des Australopithecus africanis aus einem zerbrökkelnden Stück Unterkiefer. Schwierig, nicht unmöglich: Der Vormensch hat Aas gefressen und selbstgefertigte Werkzeuge benutzt, wie Feuersteinabrieb an fossilen Antilopenknochen derselben Sedimentschicht beweist.
Von van den Boom erfahre ich, daß Eva ebenfalls an einer großangelegten Douwerman-Studie arbeitet. Irgendeine wissenschaftliche Stiftung hat ihr beträchtliche Fördermittel zur Verfügung gestellt, damit sie die Laboruntersuchungen bezahlen kann. Was ich Hanna gegenüber jedoch verschweige. Sie wird auch nicht erfahren, daß Evas Buch vor anderthalb Monaten erschienen ist. Ich brauche kein Mitleid.
Eva weiß inzwischen, wo Douwermans Eichen geschlagen wurden und in welchem Alter. Vermutlich kann sie sogar Angaben zur Bodenbeschaffenheit machen und wie die Kartoffeln geschmeckt hätten, wären sie damals schon gepflanzt worden.

Wenn für die Kunst Landschaft, Witterungsbedingungen und das Lachen der Frauen entscheidend sind, muß man die Gegend, in der sie entstanden ist, genau kennen. Das

stimmt. Wo es ständig regnet und man selbst im Sommer oft friert, entwickeln sich andere Menschen als rund ums Mittelmeer oder in Ostafrika.
Bemerkenswerterweise spielt die Jesse-Wurzel bei den Italienern als Motiv keinerlei Rolle. Sicher nicht nur, weil sie seit römischer Zeit kaum noch Wald haben. Douwerman steht am Ende. Die letzten Kathedralen warten trotz wirtschaftlicher Blüte schon zweihundert Jahre auf ihre Vollendung. Diese oder jene Zunft schafft es mit Mühe, das Programm für einen Flügelaltar zu beschließen. Ohnehin ein Nachkömmling, zieht er die Bilanz einer überholten Epoche. Achselzuckend. Seine Augen so altersschwach wie ihre Antworten. Das Weiße gelb, schlechte Leberwerte, an den Lidern blutunterlaufen, sowohl kurz- als weitsichtig, das Nahe bleibt unscharf, die Ferne verschwimmt. Erinnerungen anstelle von Aussichten. Der zurückliegende Weg hat sich, wie alle vorigen, als Holzweg erwiesen, einen neuen freizuschlagen, fehlt der Glaube. In zwanzig Jahren wird es keine spätgotische Kunst mehr geben.
Hingegen hat Italien soeben mit der Vergangenheit abgeschlossen und das Pulver neu erfunden (1320). Die Zukunft liegt offen da, ein schöner Garten im Morgenlicht. Alle Bäume sind erlaubt, Eden für Techniker. Das Gestern den Gestrigen, sein Name soll sein: Mittelalter. Eine Zwischenzeit, unmündig, finster, wirr, von schmutzigen Bauern, tumbem Landadel, infantilen Königen bevölkert. Abergläubische Mönche kopieren abseitige Handschriften, in denen sich die Sonne um die Erde dreht. Die Monotonie der Choräle. Wolle auf nackter Haut. Niemand weiß, wie

ein Mensch von innen aussieht. Dem Kapaun fehlt Safran. Tausend vertane Jahre im Rücken. Wozu sich umdrehen? Es wäre keine Verwandtschaft erkennbar. Der Stammbaum ist gefällt. Dem Wiedergeborenen haben die Eltern nur sein Fleisch gezeugt.
Kurze Zeit später dann Aufbruchsstimmung auch nördlich der Alpen: Präpubertäre Bilderstürmer hacken – nach vorsichtigen Schätzungen – zwei Drittel der Schnitzaltäre für Scheiterhaufen klein.

Hanna glaubt allerdings, daß der Mensch seitdem besser geworden ist, beinahe gut. Auch wenn sie selbst viele Fehler hat.
Sie findet sich eher häßlich als schön, hält es für unwahrscheinlich, daß sich noch mal jemand in sie verliebt.
Sie staunt vor den Auslagen der billigsten Juweliere, obwohl ihr an Schmuck nichts liegt. Als ich ihr von ihrem eigenen Geld zu Weihnachten einen Ring schenke, stehen ihr Tränen in den Augen.
Sie strahlt jeden Säugling an, aber als Mutter kann sie sich nicht denken.
Seit sie Onkel Henno und Tante Marga kennt, stellt sie sich hin und wieder vor, Bäuerin zu sein.
Hanna hätte mich freiwillig nie verlassen.
Sie sagt: »Du bist der einzige, der eine Ahnung von mir hat.« Obwohl ich sie nicht verstehe. Das sagt sie manchmal auch. Von ihrer verdeckten Traurigkeit weiß außer mir niemand, so soll es sein.
Rockert hat sie vermutlich gespürt. Sonst hätte einer wie er

jemanden wie Hanna nicht geliebt, damals fast noch ein Kind.
Trotz allem nehme ich an, daß er sie geliebt hat. Vielleicht sogar mehr als ich. Zu der Zeit wußte nicht einmal Hanna selbst von ihrer anderen Seite. Und Rockert wollte sie nicht aufschlagen. Jedenfalls nicht absichtlich.
Seine Briefe liegen noch immer in ihrer Schreibtischschublade.

Was fehlt: Eine Möglichkeit, die eigene Geschichte anzuhalten, sobald sie gut ist. Von da an dürfte sich nichts mehr ändern. Den Zeitpunkt müßte jeder selbst verantworten. Einer steigt vielleicht zu früh aus und bringt sich um viel. Andere verpassen den Absprung. Das war vor drei Monaten: Hanna nimmt ihre Arbeit zu ernst, ich trinke zuviel, wir werden uns nicht fortpflanzen. – Stop: Kalkar; Kleve (Herzogtum, 1417–1609); Kalflach; Kunsthistoriker; Köb; Korn. Alles kann bleiben, wie es ist. Ein ereignisarmes Leben. Hannas Anwesenheit. Meine stille Beschäftigung. Ausreichend Brennstoff für den Winter, gutes Fleisch.
So war es über 400 Jahre, die vorbeizogen wie das Wetter, hier, in der gemäßigten Zone. Erträgliche Temperaturschwankungen. Zwei, drei Unwetterkatastrophen pro Generation, die keine Todesopfer forderten. Einige Kriege. Darauf hätte man verzichten können, immerhin blieben warnende Beispiele für Kinder und Enkel. Und die Gewißheit, daß das Schlimmste vorbei ist.

Manchmal habe ich mir trotzdem gewünscht, alles wäre noch offen. Das ist nicht ungewöhnlich und hat auch nichts mit Hanna zu tun. Ein Echo nur auf das fortschreitende Verschwinden anderer Möglichkeiten. Ihre Schweine wären binnen Monatsfrist verhungert.

Einmal, am Ende einer Ausstellungseröffnung, Juli, spät nachts, selbst der Privatgrappa der Galeristin ist leer. Sie heißt Vera und wird eine Rezension schreiben. Wir kennen uns flüchtig, haben seit zehn gesprochen, die anderen ausgeklammert, Kunst, Leben, Liebe, erst allgemein, dann persönlich, das übliche Ritual. Die Garderobe ist abgetrennt und sehr eng, wir suchen unsere Jacken, der Hausmeister hat das Licht schon gelöscht. Plötzlich sagt sie: »Du gehörst zu Hanna, das weiß jeder, der euch einmal zusammen gesehen hat, was willst du von mir?«

Hanna und ich. Wir sind ein Zwei-Teile-Puzzle. Ineinandergefügt ergeben wir ein Bild.

Bernsteinfarben. Auf weißem Grund. Schlafwarm. Die Sonne im Frühdunst oberhalb der Baumkronen. Aufgetrocknet, mit zerfransten Rändern. Zwischen Hochspannungsmasten, die ihrer Wege gehen. Kein Wölkchen am Himmel. Kein Himmel. Das Fenster kippt weg. Die Wand schließt sich, leise surrend wie eine Aufzugtür. Meine Hälfte des Bettes in der Mitte unseres Hauses. Ich, bei Bewußtsein, noch mit Gedächtnislücken. Kreuzschmerzen von der vergeblichen Suche nach einer kühleren Gegend, wo Ströme lebendigen Wassers fließen. Verklebte Laken. Ein seit Wochen stabiles Hoch treibt Schweiß aus den Mauern. Gestern abend, erinnere ich mich, haben wir gewürfelt, Wein getrunken, das Glück war auf meiner Seite, dann hat es gewechselt. Bruchstücke eines letzten Traums werden vom Gewicht der Luft in die Kissen gedrückt. Hannas Stimme. Ich verstehe nicht, was sie sagt, die Wörter scheinen vereinzelt. Warum brennt Licht? Sie kennt den Weg zum Bad im Dunkeln, weil sie doch nachts oft aufsteht und mich dabei nicht wecken will. Wie spät ist es denn? Zwanzig nach sechs. Um diese Zeit erwartet sie sonst nicht, daß ich ihr zuhöre. Ich brauche viel Schlaf, das respektiert sie.

Hannas Silhouette direkt vor mir. Die Konturen sicher gezogen, ohne Wackler. Ihr Leibchen hängt über den Hüften wie ein gewickelter Schurz. Sehr klassisch. Allmählich tritt sie aus der Fläche in den Raum. Der nackte Oberkörper einer schönen Frau von scharfem Seitenlicht mit harten Schatten modelliert. Sparsame Gesten, als seien ihr die Arme schwer. Es sind aber nicht nur die Arme. Sie knickt ab wie ein Zweig. Hanna halbschräg auf der Bettkante sitzend. Hängende Schultern, der Bauch dreifach gefaltet. Sie riecht nach Seife, nach sauberer Feuchtigkeit. Sie will mir etwas zeigen. Muß das jetzt sein? Zwischen Daumen und Fingern, Tante Marga macht es so, wenn sie den Milchstrahl prüft, eine Art Muttermal, lilafarben, darauf wächst ein Tropfen dünnflüssiger Honig, bis die Oberflächenspannung reißt. Das bedeutet nichts. Im Morgengrauen zerlaufen Augen, werden Lavaseen, auf denen landen Juravögel, die bauen Nester von Kupfergeflecht, das ist Hannas ungekämmtes Haar im Schein der Lampe. Vor dem Wohnzimmerfenster sähe man besser. Draußen hat der Tag bereits ein fortgeschrittenes Stadium erreicht. Was dächten die Leute auf der Straße angesichts der Unerbittlichkeit, mit der sie die Warze ausquetscht, damit ein zweiter Tropfen platzt. Beschleunigter Atem wie Windhauch, davon Verdunstungskälte, leichte Gänsehaut, ein ungnädiger Wischer mit dem Handrücken, den führt sie zur Nase, kein Erkenntnisgewinn.
Was sie zuerst entdeckt hat: einen fünfmarkstückgroßen Flecken im Hemd, an der Stelle fühlt sich der Stoff jetzt an wie billige Pappe. Da hat sie sich gewundert, weil sie sich

nicht erinnerte, im Bett noch Tee oder Sherry getrunken zu haben. Das hätte ich ihr gleich sagen können, weil ich nämlich nach ihr eingeschlafen bin. Sie erwartet von mir keine Lösungsansätze, sie will mich lediglich über die veränderte Sachlage informieren. Ich denke: Man müßte etwas tun, sofort, davon hängt alles ab, ein Lamm schlachten, eine Wallfahrt nach Santiago geloben, barfuß, wenigstens den Schreibtisch und sämtliche Bücher verbrennen, über Jahrtausende hat das geholfen. Wir schauen uns nicht an. Hanna redet. Was sie sagt, ist sorgsam abgewogen. Sie weiß, daß es eine ganze Reihe möglicher Ursachen gibt und daß längst nicht feststeht, welche in ihrem Fall zum Tragen gekommen ist, wahrscheinlich eine völlig harmlose. Auch wenn man im ersten Moment erschrickt, nützt es nichts, gleich das Schlimmste anzunehmen. Sie regt sich erst auf, wenn sie Grund dazu hat. Ich will, daß sie zumindest den Notarzt holt, vielleicht ist es noch früh genug. Darüber lächelt sie nachsichtig dem Kleiderschrank zu. Abgesehen davon, daß ein Notarzt gar nicht die nötigen Diagnosemöglichkeiten hätte, kommen in einer knappen Stunde die ersten Patienten, sie muß sich die Haare waschen, es wird höchste Zeit, das ist wie gestern. Ob sie das Licht ausmachen soll? Ja oder nein. Im Dunkeln verrät sich niemand durch seinen Schatten. Die Sonne geht auf über Gesunden und Kranken. Man müßte entscheiden können. Schlaf noch was. Hanna jedenfalls zweifelt nicht an ihrer Arbeitsfähigkeit. Ich höre ihre hastigen Schritte, unbeeindrucktes Leitungswasser. Ich höre den Fön. Er versagt. Bestimmte Flüssigkeiten verdunsten in heißer Luft nicht oder nur sehr langsam. Öl, Quecksilber. Es tropft auf die Fliesen, die Tropfen fallen als Schüsse, die Schüsse stecken in schwarzen Schächten, aus denen es gurgelt. Das bedeutet nichts: Mir ist mein Fleisch schon bei lebendigem Leib von Würmern abgenagt worden, bis ein Rabe herbeikam und sie gefressen hat, keinen übrig ließ, dann war ich der Rabe und flog davon. Hanna lehnt im Türrahmen und schließt ihren BH. Ein Bild, das mir immer gefallen hat. Ins linke Körbchen hat sie zwei Lagen Verbandsmull gesteckt, damit die Bluse nicht bekleckert wird. Ich soll mir keine Sorgen machen, wir warten erst mal ab, sie ruft gegen Mittag an. Ich mache mir keine Sorgen, dazu ist es zu spät. Wenn ich noch ein, zwei Stunden schlafen könnte, bestünde die Möglichkeit, andernorts aufzuwachen, vorausgesetzt, ich fände ein Schlupfloch im Raum, die gibt es: Zuzeiten entfernte sich die Seele nachts so weit vom Körper, daß der Schläfer, wenn man ihn plötzlich weckte, Gefahr lief, in einen der Risse zwischen dieser und jener Welt zu stürzen, wo selbst der Äther zermahlen wird. Kundige zwangen jedoch den nächstbesten Hirsch oder Kojoten, sie bis zum folgenden Abend aufzunehmen. Währenddessen lag ein toter Mann in seinem Zelt. Hanna huscht in Bruchstücken durch den hell erleuchteten Ausschnitt. Füße in Strümpfen, dann Füße in Schuhen, der flatternde Saum ihres blühenden Sommerrocks, eine Hand durchwühlt ärgerlich die Tasche, weil der Schlüssel nicht auffindbar ist. Sie wird sich, versprochen, gleich einen Termin geben lassen, Praxis Dr. Walkenbach, selbst am Apparat, da muß sie nicht lange warten. Eine Fremde rennt durch unseren Flur, als wäre sie hier zu Hause. Ich finde ihre Hektik fehl am Platz, niemand wird sie bei etwas Verbotenem überraschen. Wie bewegt man sich auf dem Boden der Tatsachen? Der Kuß, ehe sie die Wohnung verläßt, gilt jemand anderem. Mir fällt jetzt auch kein passender Liebesschwur für den Abschied ein. Hanna schließt die Tür besonders leise. Ich möchte weinen können, weinen wäre eine angemessene Reaktion, weiß aber nicht, wie. Ziehe statt dessen die Beine an den Bauch, die Decke über den Kopf, darunter ist es schwarz und warm, hier würde ich bleiben. Schließlich wird der Sauerstoff knapp, so daß ich auftauchen muß. Hannas Nachtgeruch weht herüber, als läge sie da. Im Kühlschrank steht Schnaps, der wirkt Wunder, wenn man glaubt. In meinem Mund ist er süß, im Magen jedoch bitter. Später wird er Hanna in das Mädchen aus China verwandeln, vor dem ich keine Geheimnisse habe. Sie selbst verschwindet lächelnd in einem rostigen Eisenturm, ohne mich in ihre Pläne einzuweihen. Ich erkenne sie nicht und freue mich auf die Pyramiden, auf die tierhafte Beweglichkeit des Mädchens. Eine Art Barke wird sie ans Westufer bringen, noch ehe der heilige Käfer seine tägliche Himmelsbahn vollendet hat und die Sonnenscheibe den Göttern der Unterwelt aushändigt. Bei Anbruch der Dämmerung fliehen wir aus der Zukunft in die Vergangenheit, dort ist es ohne Bedeutung, wer einer war. Niemand wacht auf.

Was doch auch denkbar wäre, bei der Hitze zumal: Daß sie heute nacht Durst hatte und zum Beispiel Apfelsaft gleich aus der Packung getrunken hat, da gehen schnell ein paar

Spritzer daneben, im Halbschlaf erst recht, das verblaßt auch leicht über dem nächsten Traum. Ich werde genau nachfragen. Und wenn man entsprechend preßt, tritt an nahezu jeder Körperstelle irgendeine Flüssigkeit aus, der Mensch ist neunzig Prozent Wasser.

Schalte das Licht an und aus und an und aus. Die Birne hält stand. Im Flur lauert der Tag, eine hungrig lachende Hyäne, wie schlägt man die tot? Nicht gewaschen bis jetzt, in verbrauchten Unterhosen. Kein Grund zu verzagen. Ich bin eine mögliche Ursache unendlicher Wirkungen. Wenn ich mir jetzt ein Bad einlasse und den Hahn nicht zudrehe, versehentlich oder mit Vorsatz, die Wohnung flute, die Etage, das Wasser dringt in die Wände, fließt die Treppe hinunter, in den Aufzugschacht, es gibt Kurzschlüsse, Leitungen verschmoren, ein Schwelbrand in der Lüftung, später keimt Schimmel an den Decken unter uns, jemand reagiert auf die Sporen mit einem allergischen Schock, wessen Versicherung kommt für die Beerdigung auf? Das Gesetz des Handelns: einen Entschluß fassen, zur Tat schreiten, dann verharren, kurz, den Blick in der Ferne, um wiederum etwas Neues in Angriff zu nehmen, ganz gleich was, entscheidend sind die Bewegung und daß es Folgen hat. Jede veränderte Lage schreit nach weiteren Taten, es geht unaufhaltsam voran. Der Held eilt von Schwelle zu Schwelle, seiner Bestimmung gemäß. Ich will mein Hemd zerreißen, das wäre immerhin eine Geste, aber der Stoff ist von guter Qualität. Vielleicht fehlt es auch an Entschiedenheit. Gestern abend habe ich vergessen, die Zähne zu putzen, Hanna hat es nicht bemerkt, der Pelz auf der Zunge schmeckt nach Tabak und altem Knoblauch. Angezogen kann man zumindest weggehen. Hannas Shampoo, die Gesichtscreme, das Deo; in der Luft Parfümspuren, es ist dasselbe, seit ich sie kenne, Eau de Rochas. All das zurücklassen. Im Abfluß der Wanne haben sich einige ihrer Haare verfangen und sind ausgebleicht, ein Filzring, grau, schleimige Konsistenz. Mit Anfang Dreißig habe ich noch alle Möglichkeiten, von vorn zu beginnen. Es wird ein schönes Leben. Niemand sorgt sich um meine Gesundheit, wenn ich mit Freunden literweise Wein trinke und wüste Lieder singe. Hanna war froh über jeden Besuch, der abgesagt hat. Sie fürchtete, ich könnte ausfallend werden, sämtliche Hochhäuser in die Luft sprengen wollen oder die Universitäten, gegen Mitternacht lallen. Dann war ich ihr peinlich. Vor ihr wollte ich in die Welt hinaus. Als erst feststand, daß ich aus Niel fortmußte, war es ohne Bedeutung, wohin. Entweder ist man in der Heimat oder fremd, so einfach. Ich bin quer durch Europa gereist, nirgends hat sich etwas Bedeutsames ereignet. Ich habe keine Frau aus den Klauen ihres gewalttätigen Mannes befreit, bin in keine Schießerei geraten, man hat mir nicht einmal den Brustbeutel gestohlen. Im Zug auf dem Weg nach Neapel habe ich eine Irin geküßt, deren Namen ich nicht mehr weiß, trotzdem denke ich manchmal an sie; in der Schweiz ein Mädchen aus Spanien, das weder englisch noch deutsch sprach. Wie wenig man spürt, wenn das Ersehnte eintritt. Die Erwartung des Glücks ist größer als das Glück. Dagegen Hanna, die glaubt, daß es der Himmel war, der uns zusammengeführt hat. Ihr nasses Handtuch über dem

Wannenrand, das sie wie einen Turban um den Kopf schlägt, wenn die Pflegespülung einwirken soll. Seit dreizehn Jahren wohne ich in dieser Stadt, die ohne sie eine Durchgangsstation gewesen wäre, auf dem Weg wer weiß wohin, inzwischen fände ich vermutlich nicht einmal mehr den Kaufhof. Für meinen Großvater Jakob Walkenbach war sie noch fast so fern wie Amerika. Er hat nie Bilder von hier oder dort gesehen und kannte keinen, der hätte erzählen können. Es ist Hannas Stadt, die Sprache der Leute klingt ihr vertraut. Nachbarn und Freunde ihrer Eltern kennt sie seit Kindertagen. Die Wohnung zahlt sie, ohne daraus Ansprüche abzuleiten, aber die bessere unserer beiden Haarbürsten hat sie trotz Hetze eingesteckt. Das ärgert mich jeden Tag, weil die andere einem die Kopfhaut aufkratzt. Vielleicht wäre ich mit Regina in Niel geblieben, und dann? Verschiedentlich sind wir uns begegnet, Weihnachten, Ostern in der Kirche, wie seit Beginn. Haben uns beim Herausgehen angeschaut, als gebe es etwas zu sagen, obwohl sie Frauen liebt, soviel steht fest. Ich habe mich gefragt, was das soll, weshalb sie meinem Blick verdammt noch mal nicht ausweicht, ich bilde mir das doch nicht ein. Für einen Moment jedes Mal der Verdacht, daß alle späteren Empfindungen gefälscht sind. Dann zog mich Hanna zu Onkel Henno und Tante Marga oder wollte wissen, wer die Frau neben ihr gewesen sei, die so entsetzlich nach Schweiß gestunken habe. Der Nachhauseweg Hand in Hand, Abendessen im Kreis der Familie, *Wetten daß . . .*

. . . Thomas Walkenbach aus Niel am Niederrhein nach zwei Flaschen Korn den Satz *Zwischen zwei Zwetschgen-*

zweigen zwitschern zwei Schwalben fehlerfrei aufsagen kann, während er gleichzeitig über einen Schwebebalken balanciert.
In der Küche Hannas Tasse mit einem Rest Kaffee. Die Hälfte des Käsebrots hat sie liegenlassen. Scham.
Ich bin kerngesund, ich muß ihr ein Halt sein, sie braucht mich jetzt.
Wie verjagt man eine Hyäne, wenn man sie schon nicht totschlagen kann?
Die Runden um den Eßtisch, ohne System. Es müßten dringend Socken gewaschen werden. Ab und zu ein Umweg am Kühlschrank vorbei. Keine Post, kein Bedürfnis nach einer Zeitung. Hanna ruft in der Mittagspause nicht an, dafür schuldet sie mir eine Erklärung, die niemandem hilft.

Die Straße, der Wald, der Fluß, flirrende Hügelketten, fahlblauer Himmel. Es fallen Ziegel von Dächern, Gasflaschen explodieren, Lastwagenfahrer schlafen am Steuer. Alle acht Minuten die Bahn so orange, daß es schmerzt.
In einem der Reihenhäuser gegenüber wohnt ein Mann, der Brieftauben züchtet, ich weiß, wie er aussieht, habe aber nie mit ihm gesprochen. Ohnehin glaube ich nicht, daß er mir erklären kann, weshalb sie heimkehren. Wenn sie sonntags aus allen Richtungen zurückkommen, hält er es für Treue, die rührt ihn. Vermutlich hat er schon viele Preise gewonnen, seine Tiere sind außerordentlich schön, weiß mit scharf umgrenzten schwarzen Flecken, sie schießen im Formationsflug an meinem Fenster vorbei, zwei,

drei Runden, nie außer Sichtweite, landen wie auf Befehl, hocken vor ihrer Dachluke, trippeln hin und her, die Männchen verbeugen sich artig vor den Damen. Während der Balz sondern sich Paare ab und toben durch die Luft. Die schlechten Küken schlachtet er auf dem Balkon, heute jedoch nicht.

Um Viertel nach fünf Hannas Schlüssel in der Tür. Sie ist aufgebracht: Da war dieser Junge, sechzehn Jahre alt, wohnt im Heim, dem hat sie vor anderthalb Wochen eine Brücke eingesetzt, drei Glieder, und die hat der doch tatsächlich herausgebrochen und mit dem Schraubenzieher bearbeitet oder der Zange, jedenfalls kann man sie wegschmeißen, jetzt will er kostenlos Ersatz und sein Sozialpädagoge unterstützt ihn auch noch, sie hätte angeblich nicht sauber angepaßt, eine Unverschämtheit, oder? Was soll ich dazu sagen, wieso hast du nicht vorher in deine Karteikarten geguckt, da steht doch sonst immer alles drin, ich bin froh, daß du endlich hier bist, vergiß es, hast du heute nacht Apfelsaft getrunken. Sie hat rote Placken im Gesicht, vor Aufregung, die Bluse ist aber sauber. Ob ich nicht finde, daß dieser Sozialamtsheini den Knaben kennen müßte, der wird auch sonst kein Engel sein. Wenn ich den Mund aufmache, riecht sie den Schnaps. Und ob ich eine Erklärung habe, weshalb der das Spiel mitspielt, der will sie doch reinreiten, anders kann sie sich sein Verhalten nicht deuten. Wegdrehen, eine Zigarette anzünden, zum Fenster schlendern, wo der Aschenbecher steht, das sieht absichtslos aus, mein Gott, vielleicht fühlt er sich zum Rächer der Enterbten berufen, aus deren Sicht gehörst du zum Besitzbürgertum, und wen interessiert denn bitte der ganze Quatsch, in jedem Fall kriegst du recht, willst du auch ein Glas Wein? Sie läßt sich in den Sessel fallen. Warum ich so gereizt bin, ich bin nicht gereizt, sie hat aber den Eindruck, nein danke, oder vielleicht eine Schorle, mit wenig Wein und viel Sprudel. Vater, den sie natürlich schon angerufen hat, glaubt allerdings nicht, daß die damit durchkommen. Ich weiß es nicht, Hanna, ich verstehe nichts davon. Ob ich mal aufhören kann, mir eine Zigarette nach der anderen anzustecken, das ist jetzt schon die dritte, der Rauch geht ihr entsetzlich auf die Nerven, wer hat denn hier schlechte Laune. Ihre Stimme klingt matt. Im Sommerlicht sieht man, daß sie während der letzten Zeit gealtert ist. Es war nicht böse gemeint. Was ich den ganzen Tag gemacht habe, ich wollte den Müll runterbringen, aber dann war mir plötzlich klar, daß man die nordeuropäische Spätgotik noch viel radikaler von der italienischen Renaissance trennen muß, Dürer eingeschlossen, das wird mein nächstes Projekt, ansonsten war ich etwas nervös, es ist ja furchtbar schwül, du klebst am Stuhl, wenn du zwei Minuten sitzt. Schön, daß ich arbeiten konnte, dann bin ich auch viel ausgeglichener. Es müßte übrigens dringend gewaschen werden, der Korb quillt über. Als hätte ich sonst nichts zu tun, hab ich auch nicht, kein Mensch interessiert sich für Malerei, mich eingeschlossen. Morgen mittag um zwölf hat sie einen Termin, Frau Dr. Schaurer war so nett, sie zwischenzuschieben. Genau: das hatte ich fragen wollen, wie geht es denn überhaupt, ich meine dei-

ner Brust. Schmerzen hat sie nicht. Es fühlt sich an wie immer. Das Feuchte findet sie ein bißchen unangenehm, aber bei dem Wetter läuft einem die Brühe ohnehin in Strömen. Besonders die älteren Patienten klagen auch. Sie hat Hunger bis unter beide Arme, da befinden sich Lymphknoten, sind die dick? Ich habe zufällig nichts gekocht, ich bin vor lauter Gedanken nicht dazu gekommen. Hunger ist an sich ein gutes Zeichen, kranke Tiere verweigern als erstes die Nahrung. Laß uns etwas essen gehen, wir müssen in Ruhe über alles reden, sagt Hanna, selbst wenn noch völlig unklar ist, was sein wird, wir hätten das schon viel früher tun sollen. Worauf hast du denn Lust, Koreaner, Italiener, Grieche? Es ist ihr egal, nur bitte bald, wann fährt die nächste Bahn?
Gian-Luca findet, daß die Dottora heute blendend aussieht, wie immer, unser Lieblingstisch ist leider besetzt, aber vor dem Fenster ist es auch schön, va bene signora? Natürlich. Offenbar bin ich nicht einmal bei der Restaurantwahl in der Lage, die richtige Entscheidung zu treffen. Vielleicht einen Prosecco als Aperitif zur Feier des Tages. Hanna lächelt, warum nicht, sie wird die Scaloppine alla Cacciatora nehmen, aber mit Salat statt Gemüse, wenn das möglich ist. Kein Problem, für sie ist alles möglich, ihr Wunsch ist ihm Befehl. Und der Herr, prego? Bardolino, Lammkoteletts. Ich soll nicht so finster dreinschauen, sagt Hanna, er kümmert sich doch rührend um uns. Ich finde wirklich nicht, daß wir notorisch brünstigen Italienern bei der Triebregulierung behilflich sein müssen und dafür noch Geld bezahlen. Schlechte Geschäfte diesen Monat, Ma-

donna mia, zu heiß, die Leute sitzen im Biergarten, warum erzählt er uns das, aber Zähne sind immer kaputt, nicht wahr, Signora Walkenbach? Da kann ich nötigenfalls nachhelfen. Wir haben hier noch immer gut gegessen, sagt Hanna, und kriegen sogar Extrawürste gebraten, ich weiß. Ich bin ungerecht, er ist, wie er ist, ein Südländer eben, gefällt dir das? Sie wäre auch zum Koreaner gegangen, ich wollte doch ins *Incontro*, das ist ein Fehler gewesen, und sie hat jetzt wirklich keine Lust, sich mit mir herumzustreiten, ihr Tag war anstrengend genug, was dieser Sozialamtsmensch da veranstaltet, muß ich zugeben, ist eine Frechheit. Insalata als Vorspeise, per favore? Ja, vielen Dank, und: Er fühlt sich bestimmt fast wie zu Hause, bei den Temperaturen derzeit, hätte *Vielen Dank* nicht gereicht. Nein, ganz anders, in Deutschland ist Hitze ganz anders als in Italien, schwül, kein frischer Wind vom Meer. Sie soll jetzt in Gottes Namen nicht wieder von Pallerone anfangen, die Geschichte hat er schon zehnmal gehört, ich auch. Hinwerfen und nehmen, auf dem grasgrünen Teppich vor den Augen des Kellners, schmeckt es dir? Sie hatte unbeschreiblichen Hunger, aber worüber sie eigentlich mit mir reden wollte, wie es weitergeht, wenn ihre Brust sich als etwas Schlimmes entpuppt. Für mich ist kein Unterschied erkennbar zwischen rechts und links, trotz Mull. Das Lamm mit Bohnen und Bratkartoffeln. Ich bin betrunken. Der Koch hat keinen Fehler gemacht. Weißt du, Hanna, was meine Zukunft betrifft, ich glaube inzwischen nicht mehr, daß man mit der Douwerman-Biographie etwas reißen kann, obwohl er im Prinzip alle Klischees bedient, die das Publikum von einem Künstler erwartet, darauf hatte ich ursprünglich gesetzt. In ihrem Blick die Wärme, so unangebracht wie der Sekt zum Jägerschnitzel, wo kriegt man um diese Jahreszeit frische Pfifferlinge her, die sind doch frisch, schau mich nicht an. Wenn ihr etwas passiert, es hat heute morgen geheißen, alle möglichen Ursachen seien denkbar, wären die Einnahmen aus der Vermietung der Zahnarztpraxis in jedem Fall so hoch, daß ich ein sicheres Auskommen hätte, unabhängig davon, was mit Douwerman wird oder sonst einem Buch, das sei ihr eine enorme Beruhigung. Da klebt ein blauer Silikonfaden in deinem Haar, sieht lustig aus, mach den mal weg, hast du gar keine Angst? Schon auch. Aber erstens, sagt Hanna, ist ihre Situation eine völlig andere, und sie vermutet, insgesamt leichter auszuhalten, weil das, was geschieht, geschieht an oder besser in ihr, während ich zusehen muß, von außen, das stellt sie sich ganz schrecklich vor. Ich hätte gerne einen alten Grappa, doppelt, was willst du denn noch? Jetzt nichts, und zweitens ist sie derart eingespannt im Moment, der Terminkalender steht lückenlos voll, trotz Sommerferien, morgen genauso, daß ihr gar keine Gelegenheit bleibt, sich groß den Kopf zu zerbrechen, das ist, wie gesagt, früh genug, wenn es Grund gibt, mußte der Schnaps wirklich sein, nein, sie fragt nicht wegen des Geldes. Ich habe ein bißchen Druck im Magen. Was sie auch noch sagen will, es klingt vielleicht komisch, ist ihr aber wichtig: Sie möchte nicht, daß ich allein bleibe, sie wäre im Gegenteil froh, wenn sie wüßte, daß ich wieder jemanden fände. Nicht unbedingt sofort, das braucht sicher Zeit, aber grundsätzlich. Ich bin kein Mensch zum Alleinleben. Daß ich sie nicht vergesse, hofft sie, und irgendwie geht sie auch davon aus. Die Signora noch ein Dessert, hausgemachte Cassata vielleicht? Danke, beim nächsten Mal, wenn es das gibt, wir möchten gern zahlen. Hanna hält mir unterm Tisch ihr Portmonnaie hin und zwinkert. Das heißt, ich soll mit dem Trinkgeld großzügig sein. Wenn ich mich recht entsinne, haben bis jetzt weder sie noch ich das Wort Tod benutzt. Beim Herausgehen schiebt sie ihre Hand in meine, wie immer, und ich staune, ein Reflex, daß sie berührbar ist, daß sie nicht zusammenrieselt wie eine ausgetrocknete Lehmfigur. Nüchtern betrachtet, ein schlechter Witz, hat sich wenig geändert. Zehn, zwölf Tropfen jeweils von der Größe einer Süßwasserperle sind seit gestern abend hinzugekommen. Ein knapper Teelöffel voll.

Neben den Kirchtürmen unter der Autobahnbrücke bläht sich die Sonne.

Daß sie berührbar ist. Und die Berührung nicht lästig findet, trotz Überarbeitung. Wenn man drückt, gibt sie leicht nach, strafft sich aber sofort wieder, warum streiten wir uns? Man kann sie anfassen und spürt keinen Unterschied. Hals, Schlüsselbein, Rücken, Hüften, ihre elfenbeinfarbene Haut. Am Oberarm stellen sich die Härchen auf, es gibt nichts zu bereden.

Eine Brust mehr oder weniger, darauf kommt es nicht an, jedenfalls nicht in erster Linie.

Auf den Überlandleitungen bereiten die Schwalben ihren Afrikazug vor, was soll ich in Afrika? Einen Zauberer suchen, damit er Holzpüppchen von Hanna anfertigt und mit Nashornpulver bestreut? Nachhören, ob der Niger spricht? Fortgehen ist leicht gesagt.

Hanna repariert Tag für Tag Zähne, weil es keinen Grund gibt, das nicht zu tun. Mit dem Erscheinen von Evas Douwerman-Biographie hat sich mein Buch ohnehin erübrigt, der Markt ist satt. Aber Hanna fragt auch nicht, ob ich vorwärtskomme.

Die Gynäkologin Dr. Schaurer tippt auf ein Ekzem. Dafür ist sie nicht zuständig, Hanna kann einen Hautarzt konsultieren, obwohl sie nie Hautprobleme hatte, sie schreibt ihr auch eine Überweisung zur Mammographie, erwartet sich aber wenig davon. Der Hautarzt heißt Dr. Weigand, ist unschlüssig und verordnet auf bloßen Verdacht hin eine gängige Cortisontinktur. Vielleicht war er verwirrt, weil er sich erinnerte, daß das Schöne und Gute im Prinzip eins sind. Oder er fand die Bernsteintropfen unappetitlich.

Hanna tränkt zehn Tage lang morgens und abends Wattebäuschchen und tupft, ohne daß eine Besserung eintritt. Damit scheidet das Ekzem aus. Der Radiologe Dr. Kranz sagt, so etwas könne viele Ursachen haben, das wissen wir auch, als Kollegin macht er ihr nichts vor, die Adenome weisen auf den ersten Blick keine Veränderung auf. Hanna meint jedoch, deutlichen Ärger in seiner Stimme zu hören oder zumindest Ungeduld, als sie nach der Möglichkeit eines Tumors im Bereich der Warze oder des Warzenvorhofs fragt. Viele Ursachen heißt viele Ursachen, was natürlich auch solche einschließt. Der schriftliche Befund geht an Dr. Schaurer, so lange müssen wir uns schon gedulden. Von einer Medizinerin, selbst von einer Zahnärztin darf man erwarten, daß sie den Tod nicht persönlich nimmt.

Hanna ist tatsächlich kaum etwas anzumerken. Wenn sie aus der Praxis kommt, essen wir, sie lobt meine Küche, lächelt mich an, schaltet den Fernseher ein. Ich lasse es geschehen, kommentarlos, schaue jetzt sogar Krimis mit ihr. Halte ihre Hand, beiße mir an der anderen die Nägel ab.

Wir haben uns zehn Jahre lang unsere Leben erzählt, Hanna und ich, die gelten jetzt nichts mehr, worüber kann man noch sprechen. Planungen sind hinfällig, die täglichen Verrichtungen ohne Wert. Soll Frau Almeroth halt zum Wandern in die Schweiz fahren. Das Rinderfilet war im Sonderangebot. Hanna wiederholt mehrfach Satz für Satz, was Dr. Weigand, was Dr. Kranz gesagt haben. Kann man aus irgendeiner Nebenbemerkung schließen, daß einer von beiden insgeheim einen bestimmten Verdacht hegt, den er nicht äußern will. Oder war im Tonfall etwas verschlüsselt. Ein unvermutetes Zucken der Mundwinkel. Ihr ist nichts aufgefallen. Darauf das Schweigen. Wir sitzen still nebeneinander. Die riskante Arbeit des Rauschgiftdezernats, der verwitwete Förster. Hanna flüchtet vor den grotesken Schatten des Abends in das weitverzweigte Kanalnetz, bis nicht einmal mehr das Echo ihrer Schritte zu hören ist. Ich weiß nicht, wie lange. Dann tritt sie plötzlich aus einem Seitengang und scheint ganz nah und riesenhaft vergrößert, daß es mir die Luft nimmt. Meine Scheu, ihr in die Augen zu sehen. Welcher Gesichtsausdruck wäre angemessen?

Sie verläßt mich, ich bleibe zurück, das ist eine Form des Verrats, so oder so.

Inzwischen sind fast zwei Wochen vergangen. Eine Gewitterfront bringt vorübergehend Abkühlung. Hanna fürchtet den Donner mehr als den Blitz, den Blitz mehr als, was immer sein wird, sie zuckt bei jeder Entladung zusammen, kauert auf dem Sofa wie ein verschrecktes Tier. Endlich ist spürbar, daß sie Angst hat.

Sie möchte die Eltern in Kenntnis setzen, ich bin nicht dafür, doch wenn es ihr hilft, meinethalben. Bei Martineks beginnt sie, wie üblich sonntags nach dem Mittagessen, zum Obstler, Gott sei Dank, daß, wie soll sie sagen, komm zur Sache, Kind, sie womöglich ernsthaft krank ist, und fährt fort, ohne daß jemand unterbricht oder trinkt. Hans wiegt nachdenklich den Kopf, ausnahmsweise hat er kein Patentrezept parat, da hält er sich vornehm zurück. Ihre Mutter kennt nach kurzem Schweigen viele, nicht nur Prominente, die an

Brustkrebs gestorben sind. Manche konnten allerdings geheilt werden und leben noch immer, zum Teil schon über zehn Jahre. Es gibt ja auch sehr schöne Kopftücher, zum Beispiel von Hermes oder Burresi. Ich möchte schreien, habe aber gelernt, wie man sich zu benehmen hat. Meine Eltern muß ich anrufen, das leuchtet mir teilweise ein, schiebe es dann von heute auf morgen, auf Dienstag: Aus Hannas linker Brust tritt Flüssigkeit, wir wissen bis jetzt nicht, was es ist, ich halte euch auf dem laufenden. Mutter bemüht sich vergeblich, ihren Schreck zu verbergen, sie nimmt grundsätzlich das Schlimmste an, das war immer so, will uns aber trotzdem die Daumen drücken. Vater ist zweiundsechzig und fürchtet im stillen, er könnte bald selbst an der Reihe sein, in unserer Familie wird man nicht alt, da trifft es sich gut, daß er auch früher nie mit mir telephoniert hat. Hanna wäre es lieb, soll ich noch ausrichten, wenn sie die Geschichte an Tante Marga weitergeben.

Hanna spricht jetzt immer von *der Geschichte mit der Brust*.

Astrid bietet sofort an, uns zu besuchen, in Bremen sind ebenfalls Ferien, sie hat reichlich Zeit, außerdem versteht eine Frau eine Frau in dieser Situation besser als jeder Mann. Das mag sein, aber was sollen wir mit einer, die frisch verliebt ist und deren Herz vor Glück überläuft.

Hanna entwickelt verstärkt das Bedürfnis, nach der Arbeit zu ihren Eltern zu fahren, auch ohne mich. Ich verlasse das Haus nur noch zum Einkaufen, tausche möglichst unauffällig die leeren Flaschen aus. Wenn sie da ist, hoffe ich, daß sie bald geht, wenn sie fort ist, daß sie so schnell wie möglich zurückkommt.

Nachdem der Röntgenbefund keine Klärung gebracht hat, hält Frau Dr. Schaurer es für sinnvoll, Hanna an einen Spezialisten in der Diagnoseklinik zu überweisen. Man kann sie nicht einmal zur Verantwortung ziehen, wenn während eben dieser letzten dreieinhalb Wochen, die von ihr sinnlos vertan worden sind, die Metastasen ausgeschwärmt sind. Der Spezialist, Prof. Dr. Guido Helfrich, ist vielbeschäftigt und hat frühestens in acht Tagen einen Termin frei. Hanna findet, das hält sich im Rahmen, bei anderen muß man Monate warten.

Mit Beginn dieser Woche ist es wieder sehr heiß geworden. Am Donnerstag wird die Untersuchung stattfinden. Ich schlafe schlecht. Wenn Hanna aufsteht, bin ich bereits wach, sie muß mich gar nicht ansprechen. Ich versuche nach Möglichkeit, ein erneutes Wegdämmern zu verhindern. Den morgendlichen Halbschlaf bevölkern Gespenster. Angezogen kann man zumindest fortgehen. Ich setze Kaffee auf, schmiere ihr ein Brot, rauche die erste Zigarette, das dauert nicht lange. Folge dann Hanna ins Bad, frage, ob ich störe, nein, warum? Setze mich auf den Wannenrand, schaue zu, wie sie sich auszieht, etwa so: Sie knöpft das Nachthemd auf, läßt es über die Schultern gleiten, es rutscht zu Boden, wie ein Vorhang fällt. Steigt umständlich heraus, schiebt es mit dem Fuß zur Seite. Danach das Unterhemd. Heute sind es mehrere kleine Flecken statt des einen, großen. Ein Träger bleibt am Ellbogen hängen. Den Slip streift sie sehr zügig ab und stopft ihn in die Wäschetonne. Ihre Gesten haben eine Unachtsamkeit, die mich befremdet. Als wäre ihr Körper ein fest gegründetes Haus,

auf Stein gebaut. Der Moment des Zögerns, wenn sich ihre Augen im Spiegel treffen. Eine Art Vergewisserung, wenige Sekunden. Sobald sie sich wiedererkannt hat, läßt sie den Blick frei, er setzt sich in Bewegung, nicht eilig, beschreibt eine Ellipse vom Haaransatz bis zum Nabel. Darunter die blauen Kacheln, der Wasserhahn. Links ist rechts, rechts, wo der Daumen links ist. Dort verharrt sie. Interessiert, eine Spur abgestoßen. Preßt kurz die Lippen zusammen. Mütter schauen so, nachdem das Kind zum dritten Mal seinen Schnuller in den Dreck geworfen hat. Der Griff, fast schon Routine, wie Tante Marga es macht, wenn sie den Milchstrahl prüft. Heute tropft es, gestern nicht. Durch das Plexiglas der Duschtür erscheint die Entschlossenheit, mit der sie ihre Brüste einseift, grimmig. Ob ich ihr wohl ein frisches Handtuch aus dem Wäscheschrank hole. Natürlich. Trockne ihr sehr vorsichtig den Rücken ab. Für solche Spielchen hat sie jetzt keine Zeit.
Es kann Hautkrebs sein, auch ein Karzinom der Mamille – muß aber nicht. Ebenso denkbar wäre eine Brustdrüsenentzündung oder ein Lymphangiom. Hanna sagt, Professor Helfrich hat einen angenehm sachlichen Ton, ohne daß es unpersönlich wirkt, auch ohne daß man sich gleichsam als Forschungsobjekt fühlt. Auf Wahrscheinlichkeiten will er sich nicht festlegen. Um Gewißheit zu erhalten, müsse er eine Probeexzision vornehmen, das heißt, er wird mit einer Art Beitel einen kleinen Fleischzylinder aus der Warze stechen und auf entartete Zellen hin untersuchen lassen.
Davon hängt es ab.

Bis zu der Operation werden acht weitere Tage ins Land gehen.
Mein Hirn ist weich wie eine rohe Auster, ein vergleichsweise primitiver Organismus.
Empfindet die Auster etwas Angstverwandtes, wenn man den Brecher ansetzt? Infolge der vermehrten Ausschüttung bestimmter chemischer Substanzen oder aufgrund eines gravierenden Mangels derselben? An welchem Punkt gibt sie auf? Besser: ergibt sie sich. Eine Frage des Willens beziehungsweise dessen Vorstufe oder der Kraft. Wie heißt das Gefühl danach, das man genaugenommen nicht Gefühl nennen kann? Eher Abwesenheit. Der Moment, in dem Zitronensaft hineingeträufelt wird: Zuckt nicht mal. Graue Masse, mehr oder weniger komplex strukturiert. Nicht Abwesenheit eines Gefühls, das wäre ersetzbar. Es ist niemand da, der fühlen könnte. Er ist fortgegangen. Sonst würde man es vielleicht als Erleichterung bezeichnen. Oder als Gleichgültigkeit. Gleichgültigkeit bedeutet, daß trotz allem Verschiedenes gilt, und zwar gleich viel. Das ist nicht der Fall. Störungsfreie Stoffwechselprozesse. Nahrungsaufnahme, Verdauung. Reste von Geschlechtstrieb. Die allgemeine Fähigkeit der Nerven, Außenreize wahrzunehmen. Zum Beispiel vermittels des Auges, der Nase, des Geschmacks- und des Tastsinns Reis von Nudeln, Tomaten von Gurken unterscheiden zu können. Das reibungslose Zusammenspiel der Zunge mit Kiefermuskulatur, Zäpfchen und Kehlkopf. Schweißabsonderung oder auch Zittern, um den Körper der jeweiligen Außentemperatur anzupassen. Gegenüber sitzt eine Frau, die überarbeitet

aussieht und, statt sich zu erholen, einem Betrunkenen Vorwürfe macht. Die Wohnung ist für zwei nicht identische Lebensformen zu klein, doch ein einzelnes Individuum der jeweiligen Art allein verliert sich. Daher die beschwichtigende Art, mit der er seine Hand auf ihren Unterarm legt. Sie denkt einen Moment daran, den Arm zurückzuziehen, läßt es dann aber. Herzschlag bis in die Fingerspitzen, rissige Kuppen. Eigentlich gibt es nichts, wofür man sich rechtfertigen müßte, trotzdem: Mein Blutdruck ist im Keller gewesen, da hilft ein Glas Wein, mehr war es nicht, besser als sonst was, hättest du lieber, ich würde Tabletten schlucken. Mit fester Stimme. Das wäre vollkommen in Ordnung, wenn es bei dem einen Glas bliebe, bleibt es aber nicht. Im Grunde kann ihr das egal sein.

Jemand klatscht in die Hände oder feuert einen Schuß ab, und alles fliegt davon wie ein Krähenschwarm im Winter. Ohne daß daran Hoffnung geknüpft wäre.

Kein einziges Mal, daß sie losheult, warum ich, was habe ich denn getan?

Unser Termin ist um elf Uhr. Ich fahre mit, für den Fall, daß Hannas Kreislauf später zusammenbricht. Obwohl sie nur lokal betäubt wird. Ich bin lange in keinem Krankenhaus gewesen, aber der Geruch ist derselbe, er verursacht dieselbe Beklemmung. Zuletzt, kurz bevor mein Großvater starb, mit Schläuchen ans Bett gefesselt, anderthalb Jahre nachdem er fortgegangen war. Er kannte mich nicht mehr. Die Diagnoseklinik wirkt teurer, das ist der einzige Unterschied. Die üblichen Kunstdrucke auf hellgrünen Wänden,

Klee, van Gogh, Picassos Mädchen mit Taube, hier und da ein Kreuz. Dazu funktionale Möblierung, Stahlrohrstühle, schlecht gepolstert, aber ganz neu und mit Kunstanspruch, ein flacher Couchtisch, die Glasplatte voller Zeitschriften, vor allem Klatschblätter, zerfledderte Geo-Ausgaben, ein Heft mit nackten Mädchen ist auch dabei. Ich hätte Hanna vorher photographieren sollen. Von der Decke baumelt ein Schmetterlingsmobile für die Kinder. Unter anderen Umständen würden mich Pygmäen in Zaire interessieren oder die Höhlenzeichnungen von Altamira. Eine Frau Ende Fünfzig versucht Blickkontakt herzustellen. Ich vermute, sie will mir erzählen, weshalb sie hier ist. Die Pygmäen in Turnhosen. Hanna füllt Zettel aus, unterschreibt, daß sie über mögliche Risiken in Kenntnis gesetzt wurde. Schaut zwischendurch aufmunternd zu mir herüber. Der Professor selbst, heißt es jetzt, ist anderweitig beschäftigt, seine Assistentin wird den Eingriff durchführen. Das hat man uns nicht gesagt. Hanna darf noch einen Moment Platz nehmen. Fragt, ob sie die Handbremse angezogen hat. Bestimmt. Nicht, daß der Wagen gegen eine Mauer rollt. Sie ist nervös: Genau weiß man ja nicht, was auf einen zukommt. Außerdem findet sie die Luft hier schrecklich schlecht. Lehnt kurz ihren Kopf an meine Schulter. Die Frau seufzt laut auf, in der Hoffnung, daß sich endlich jemand nach ihren Beschwerden erkundigt. Bei passender Gelegenheit. Auch Hannas Gedanken sind anderswo, sonst würde sie sich angesprochen fühlen. Großvaters nach innen gewendete Augen unter den überlangen Brauen, die eingefallenen Wangen, das Gebiß im Plastikbecher. Weißt du, als ich das letzte Mal in einem Krankenhaus gewesen bin, kannten wir uns noch gar nicht, das fällt mir jetzt erst auf. Sie nickt. Ohne zu fragen, wen ich damals besucht habe oder ob ich selber krank war. Da hätten wir ein Thema gehabt. Tastet stumm nach meiner Hand, ihre ist kalt. Trotzdem, so könnte man lange sitzen. Die lächerliche Betriebsamkeit der Sprechstundenhilfe am Empfang, nichts für ungut, sie macht ihre Arbeit. Bald ist es vorbei. Was essen wir denn heute mittag? Aus dem Gitter, hinter dem ich die Klimaanlage vermutet hatte, bittet ein Lautsprecher Frau Dr. Walkenbach in Zimmer vier. An der Tür winkt sie noch.

Ich stelle mir vor: Professor Helfrichs gesichtslose Assistentin, eher jung, eher hübsch. Im Hintergrund eine Schwester, die beflissen verbrauchte Bestecke wegräumt. Höfliche Begrüßung unter Kolleginnen. Medizinisch nüchtern, eventuell mit Zwischentönen, die aber unausgesprochen bleiben. Einige Bemerkungen über Verfahrensweisen und die Sorge, verstümmelt zu werden, grundlos. Der Operationstisch, sterile Kunststoffbezüge, grauer PVC-Boden, schwenkbare Strahler, Neonröhren. Ein Schrank auf Rollen mit allerlei Werkzeug, unter anderem Wegwerf-Skalpelle, verschiedene Klingen, vakuum verpackt. Hanna hat manchmal welche für mich bestellt, weil sie sich gut zum Zerschneiden von Büchern eignen. Gummihandschuhe. Tücher, grün oder weiß. Der Satz: »Machen Sie sich bitte frei.« Eine Weise die Kleider auszuziehen, die ich nie gesehen habe. Weder als ginge sie schlafen noch als wollten wir uns lieben. Zwei halbrunde Wölbungen,

weich, hauptsätzlich Fettgewebe, deren Spitzen so geformt sind, daß Lippen verschiedener Größe gern daran saugen. Keine Erinnerung an die Empfindung des Kindermunds.
Wie es war: Weit weniger dramatisch, als Hanna gedacht hatte, die Ärztin ausgesprochen nett, entschuldigte sich fast noch, als sie spritzen mußte, daß es ihr furchtbar leid täte, und Hanna hat ihr das auch geglaubt, weil es jetzt wahrscheinlich sehr schmerzhaft würde, in dem Bereich befänden sich außerordentlich viele Tastsinneszellen. Aber im nachhinein betrachtet und verglichen zum Beispiel damit, als ihr vor Jahren, lange vor meiner Zeit, ein vereiterter Zehnagel gezogen wurde, war das gut auszuhalten. Wenn Sie wieder so einen Fall haben, hat Hanna ihr nachher gesagt, stechen Sie ruhig beherzt zu. Wobei ihr unwohl gewesen ist: Als sie unseren Ring ablegen mußte, denn das hat sie noch nie gemacht. Und komisch fand sie, wie mit einem Stift genau die Schnitte eingezeichnet wurden, diese Zielscheibe auf der Brust, und auch die schwarze Gesichtsmaske, so eine, wie Zorro sie hat, nur ohne Schlitze, damit ihr nicht übel würde. Wahrscheinlich hätte sie aber zuschauen dürfen, wenn sie unbedingt gewollt hätte. Übrigens hat sie Kopfhörer bekommen, Bach, Brandenburgische Konzerte oder Orchestersuiten, es kann auch Händel gewesen sein. Das war gut. Man entspannt doch spürbar. Von der eigentlichen Operation hat sie rein gar nichts gemerkt. Eine derartige Vorrichtung, findet Hanna, sollte man für die Praxis anschaffen.
Sie ist fahrtüchtig. Sie hat Hunger. Ihre Brust ist taub.

Nächsten Freitag liegt der Befund vor.
Liegt er nicht, wir sollen am Montag anrufen. Dann bestimmt.

Wenn kurz vor Schluß der Film reißt, während der spannendsten Szene, das Leben hängt am seidenen Faden, man hat schweißnasse Hände und würde am liebsten vorzeitig aus dem Saal gehen, was nicht nur lächerlich wirkt, sondern auch schlechte Träume nach sich zieht. Das ist mir vor Jahren bei *Chinatown* passiert. Aber jetzt wird kein Licht eingeschaltet, das mich in den Abend entläßt, wo ich schimpfe oder lache und die nächstbeste Kneipe suche, um den erstatteten Eintritt zu versaufen.

Hanna spürt inzwischen keinen Wundschmerz mehr, das war ein pochendes Brennen. Sie hat morgens und abends eine halbe Dolomo genommen, versucht, ruckartige Bewegungen zu vermeiden, und auf dem Rücken geschlafen. Diese Phase hatte sie sich ebenfalls schlimmer vorgestellt. Seit Dienstag arbeitet sie wieder, allerdings noch ohne BH, was ihr ein wenig peinlich ist. Ich gehe nicht zu ihr ins Bad. Ich schaue auch nicht zu, wenn sie den Mull wechselt, obwohl Hanna sagt, daß, von dem schwarzen Faden abgesehen, kaum eine Veränderung zu erkennen ist. Ich brauche wirklich keine Angst zu haben, sie könnte entstellt sein.

Es ist nur ein winziges Stück Fleisch unter dem Mikroskop. Vermutlich nur ein hauchdünnes Scheibchen von dem, was sie weggeschnitten haben, und das war schon wenig.

In Hannas Büchern steht, daß sich Tumorzellen leicht von gesunden unterscheiden lassen. Ich blättere darin, wenn sie aus dem Haus ist, aber nie lange. Eindeutige Kennzeichen: vergrößerter Kern, unregelmäßige Form, eher primitiv strukturiert, weil nicht an eine bestimmte Aufgabe im Organismus angepaßt.
Wenn ich die Abbildungen anschaue, finde ich allerdings, daß sich Gut und Böse ziemlich ähnlich sehen. Nichts, was auf Tod schließen läßt, nichts, was Bedrohung ausdrückt. Man rechnet mit Fäulnis, Zerfall, Auflösung, statt dessen kraftstrotzende Verbände in leuchtenden Farben, die nicht häßlicher sind oder wenigstens eine Spur dunkler als die normalen. Geschweige denn schwarz.

Montag, nichts, aber Mittwoch, vielleicht. Die Frau am Telephon, sagt Hanna, klang schon entnervt, als sie nur gebeten hat, noch mal nachzuschauen.

Spekulationen, was die Verzögerungen zu bedeuten haben: Gutes, erst schreiben sie nämlich die Notfälle, wo sofort operiert werden muß, unser Bericht kann warten, kein akuter Handlungsbedarf. Oder das Gegenteil: Es ist Krebs. Die Laborärzte haben Proben an ein zweites Institut geschickt und ein weiteres Gutachten angefordert, um ganz sicher zu sein – niemand soll ohne Grund in Panik verfallen. Drittens: Die Pathologie hat im Augenblick deutlich mehr Untersuchungen als Kapazitäten, so daß sich die Ergebnisse hinziehen. Viertens: Die Sekretärin ist krank. Darüber kann man lange diskutieren, weder sie noch ich haben Beweise.

Hanna, zum wiederholten Male: Ich rege mich erst auf, wenn es wirklich Grund gibt. Außerdem: Walkenbach, ich verspreche dir, sobald das vorbei ist, fahren wir in Urlaub, mindestens zwei Wochen, das haben wir uns redlich verdient, wo wolltest du denn immer schon hin?
Ihre Enttäuschung, als mir kein Ort einfällt.
Irgendwo hinter Wien, im Burgenland, das habe ich in einem der Heftchen von Hannas Mutter gelesen, soll es eine hochmoderne Privatklinik geben, wo ein berühmter Onkologe, dessen Namen ich vergesssen habe, neben den neuesten Techniken der Schulmedizin auch alternative Verfahren anwendet, unter anderem eine nach ersten Ergebnissen sehr erfolgversprechende Ernährungsumstellung.

Seit Mittwoch nachmittag, vor allem nachts: Chemotherapie, Bestrahlung. Das Hirn verschafft sich Bewegung. Hanna kahl, aufgequollen, kotzend, wund. Die Schmerzensschreie, durchdringend, später nur noch ein Wimmern, ein Stöhnen, der Anblick offener Wunden, aus denen sich Geschwüre herausdrücken. Morphiumfluchten. Ich muß dreimal täglich den Verband wechseln. Das zunehmend verfallende Gesicht, ihre wunderbaren Wangenknochen, die jetzt freistehen wie Kiesel in einem ausgetrockneten Flußbett.
Gründe. Es muß Gründe geben. Etwas anderes als *Einfach so*. Die Griechen erfanden sich den Neid der Götter, eine hübsche Idee. Sobald Sterblichen überirdisches Glück zuteil wurde, schlug er zu. Erst haben sie uns zusammenge-

führt, dann wurden wir ihnen zu ähnlich. Oder eine Lektion des Allmächtigen, er gibt Vater recht, ich verdiene Hanna nicht. Er steht immer auf seiten der Väter, so lernt man ihn kennen, von Kind auf. Strafe, gerecht oder ungerecht, für meine Sünden in Gedanken, Worten und Werken. Ein rechtskräftiger Schuldspruch, immerhin. Trotz allem erträglicher als die Zufälligkeiten der Biologie. Das Material leidet wie jede Hochtechnologie an einer gewissen Störanfälligkeit. Mutationen, Chromosomenbrüche. Einige wenige treiben die Entwicklung voran, der Rest ist Ausschuß. Ich werde Hanna vorher verlassen. Verantwortung zu übernehmen, war nie meine Stärke. Warum stirbt dann sie und nicht ich. Ich werde bis zum Schluß ausharren. Der schmale Grat zwischen Tapferkeit und Kälte und das Märchen von den authentischen Gefühlen. In welchem Ton spricht man mit einem Bestattungsunternehmer. Habe ich vorher ausreichend geweint, waren die Socken schwarz. Was soll auf dem Totenzettel stehen, welches Bild. Giovanni Bellinis *Junge Frau bei der Toilette*, die rechte Hand hält den Spiegel, der Unterarm verdeckt ihre linke Brust. Ich entwerfe den Grabstein selbst. Wie tritt man ein Erbe an. Werde ich in der Lage sein, die Formalitäten ordnungsgemäß zu erledigen. Welche Schlüsse zieht der Notar aus meiner Gefaßtheit. Beerdige ich sie auf dem Waldfriedhof oder in Niel, das es nicht mehr gibt. Wie ich vor dem offenen Grab stehe (doch in Niel) und die Beileidsbekundungen entgegennehme, mühsam die Haltung bewahrend oder ohne jede Regung mit geheuchelten Tränen. Gar nicht, weil ich mich geweigert habe, an der Beerdigung teilzunehmen. Das Dorf ist vollzählig erschienen, um mich zu sehen, ein Skandal. Hanna hat nie Rosenkranz gebetet, jetzt hält sie einen in den gefalteten Händen. Im langen weißen Kleid, wie als Braut. Pater Brost verspritzt von seinem Rollstuhl aus Weihwasser. Der Körper im Sarg ist nicht Hanna, und um totes Fleisch kümmere ich mich nicht. Auch die Eltern sind über mein Fernbleiben empört. Ich bin in Kairo oder in Amerika und werde nie mehr zurückkehren, da ist es bedeutungslos, was sie denken.

Freitag: Hanna ist müde aus der Praxis gekommen und früh schlafen gegangen, ich frage mich, wie sie das macht. Zwischenzeitlich schnarcht sie sogar ein wenig. Als ich das Licht angeschaltet habe, um nach ihr zu schauen, murmelte sie unzusammenhängendes Zeug, beim zweiten Mal hat sie sich kurz aufgesetzt, ohne die Augen zu öffnen. Ich bin dann schnell wieder gegangen, um sie nicht zu wecken. Bis zwölf ist es draußen noch sehr laut, vor allem die Straßenbahn, kaum jemand steigt aus. Ab und zu leuchten Scheinwerfer in unserer Einfahrt auf. Der Lärm stört mich aber nicht. Vom Balkon aus hat man auch jetzt eine recht schöne Aussicht. Am Horizont ein Bergrücken vor sternenklarem Himmel, aber die Sterne sind schwach. Kein Mond. Ich sitze da, den Rücken gegen die Hauswand gelehnt und stiere durch das Gitter. Wenn ich den Kopf in den Nacken lege und nach Süden drehe, scheint es, als sei eine orangefarbene Glocke über die Stadt gestülpt. Ich identifiziere mit Mühe den Großen Wagen. Dagegen ganz deutlich: die roten und weißen Strahler der Flugzeuge, die kreisend auf Landeerlaubnis warten und voll sind mit Leuten, die eben erst gesehen haben, daß die Erde eine Kugel ist. Zwischendurch Blicke in die erleuchteten Fenster der Nachbarhäuser. Es sind nur noch wenige, und man sieht sehr unscharf. Die meisten haben ohnehin die Vorhänge zugezogen. In einem stehen Bücherregale, ein großer Schreibtisch, an dem eine Frau mit langen braunen Haaren arbeitet. Es könnte ebensogut ein Mann sein. Für Einzelheiten ist sie zu weit entfernt. Jemand raucht auf seinem Balkon, ein Schatten vor den beigen Gardinen, alle dreißig Sekunden erhellt die Glut sein Gesicht. In zwei Fenstern flackert der Fernseher, blau, fast magisch. Was würde mich interessieren? Wie die anderen leben, solange nichts geschieht. Trotzdem Zeichen von Aufregung, als sich zwei Schemen hintereinanderschieben, wie wenn sie sich paaren wollen. So einfach kann das sein. Ich bin nicht einmal sicher, ob sie nackt sind, wenigstens ihre Unterleiber. Dann verschwinden sie in ein weiter hinten gelegenes Zimmer, und die Lampe geht aus.

Ich hätte zwanzig weitere Jahre in dieser Wohnung verbringen können, ohne daß mir die Stadt, das Viertel, das Haus, die Nachbarn je etwas bedeutet hätten.

Hanna bewegt sich heftig durch einen dunklen Traum. Sie ringt nach Luft. Der Griff mit dem sie mein Handgelenk umklammert, zu spät.

Ich werde Hans anrufen, Mutter sowie Frau Almeroth, die

kann Frau Jung und Lisa informieren. Ich werde sagen, daß wir mindestens für die nächsten zwei Monate zu dieser Spezialklinik ins Burgenland fahren, weil die schlimmsten Befürchtungen eingetroffen sind. Danach das Telephonkabel herausreißen.

Zu Hause. Das war eine Landschaft, sehr flach, kaum Wald, dünn besiedelt. Die Lehmbänke am Rhein, aus denen man Vögel formen konnte, die nicht wegfliegen wollten. Im Sommer regnete es oft, dafür fiel im Winter selten Schnee. Beides entsprach nicht dem, wie es hätte sein sollen. Manchmal hätte ich deshalb gerne woanders gelebt, aber mit wem? Trauer über den nutzlosen Schlitten unterm Weihnachtsbaum, in welchem Jahr ist das gewesen? Das Glück, wenn ich im Spätsommer neben Onkel Henno auf dem Trecker gesessen habe und hinter uns landeten Hunderte Möwen auf den frisch gepflügten Furchen. Und sonntags: die Liebe zwischen Ursula und dem schwarzen König, opferbereit, leuchtend rein. Ihre wahre Geschichte wußte ja niemand zu erzählen.
Der Kornspeicher unterm Dach, wo ich mich hätte verbergen können. Vorräte für eine halbe Ewigkeit.

Angst vor den Schweinen. Damit hat es angefangen. Glaube ich.
Regina in ihrem hellgelben T-Shirt. Das war etwas anderes.
Hanna, wie sie die Brille hat fallen lassen.

Hanna, schlafend.